U0648518

遥远的旅行

[日] 川端康成 著

连子心 译

Yasunari Kawabata

かわばた やすなり

CTS 湖南文艺出版社
HUNAN LITERATURE AND ART PUBLISHING HOUSE

博集天卷
CS-BOOKY

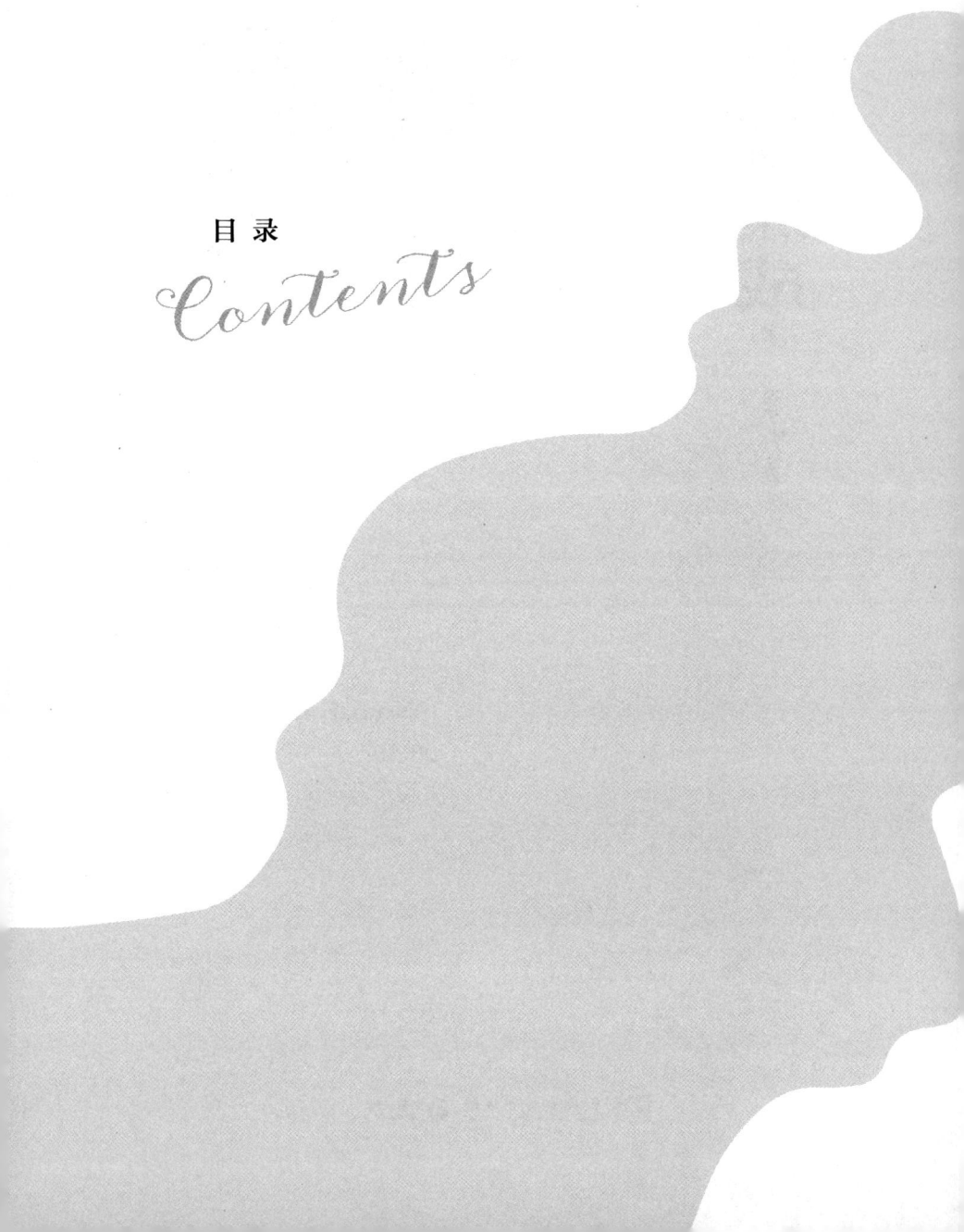

目 录
Contents

上部
遥远的旅行
Part One

下部
河流流经的小城故事
Part Two

遥远的旅行

上部
遥远的旅行
Part One

凝视的少女

"到这儿就行了。谢谢你!"走出田园调布车站后,五月[1]对雅夫说道。

"这已经是你第三次说自己可以回去了。"雅夫笑着说。

走出麻布六本木的俳优座[2]剧场时第一次说,第二次是在涩谷车站,这是第三次。

"我很清楚可以自己回去,又不是小孩子了⋯⋯"五月说着,莞尔一笑。

二人顺着两边种着银杏树的坡道向上走去。他们走在高大茂密的银杏树下,黑暗笼罩在他们身上。脚边散落着还残留着绿色的银杏叶片,若在白天的光照下,一定泛着黄。

"真香!是哪儿种的花呢?"雅夫问道。

"是银桂。今天早上⋯⋯"五月没说完。

今天早上,五月顺坡而下时循着银桂花香的方向望去,发现银桂树下站着一个少女,正睁大双眼看着五月。五月吓了一跳,直到走完那道坡,她仍感觉自己的背影被注视着。那个少女的目光似乎一直追随着五月。她想把这件事告诉雅夫,可是不知道该如何描述那个少女给自己留下的奇怪印象。

藩篱后面硕大的黑影里有一棵高大的银桂树,团团锦簇的小白

---

1 "五月"和她的好友"薰"二人的名字在原作中不是以汉字而是以片假名"さつき"和"かおる"出现的,川端康成其他作品中的少女形象也经常用到这两个名字。在本书中没有译成罗马字或者其他汉字的原因有二。一是,日语中有"風薰る五月"的说法,意为"清爽的初夏风";二是,日语中的片假名比汉字和罗马字更具有温柔的气息,译成中文时选择了相对温柔的汉字。——译者注(如非特别说明,本书注释均为译者注)

2 "××座"是传统剧场的名称。下文同。

花若隐若现，香气在夜晚似乎更加浓郁了。

"这棵大银桂树一直都在这儿吗？"雅夫问道。他小学时就住在这附近。

"是啊。"

"是吗……这么香的花我竟然没有留意过，真奇怪。"

"我也是，没有留意到她在那里。"

"她？"

"今天早上看见的那个女孩……"

"……？"

"一个跟我年纪差不多大的漂亮女孩站在那里。"

直到走过后好一会儿，空气中还飘荡着银桂的香气。顺坡而上就能看见五月的家，四周回荡着钢琴声。

"真是一个美妙的夜晚！我来到这个充满回忆的地方，闻着银桂花香，聆听着钢琴声……幸好我来了。"

五月低下了头，没有回应。

"欸？你说，那是什么曲子？一直弹着同一首，是在练习吗？"

五月先于雅夫留意到了这一点，那是她的母亲美也子在弹奏。

五月每周日都要去上钢琴课。昨天下课后，柏木老师在她多次停顿的地方做了标记。回家吃过饭后，美也子走到了正在练习钢琴的五月身旁。

"蓝色铅笔的标记是柏木老师画上的？"

五月看着乐谱，满面通红。

"这些地方弹得不好吗？"

"嗯。"五月的手指变得僵硬了起来。

现在，母亲正在反复弹奏那些蓝色铅笔标记的、五月曾多次停顿的地方。五月不禁疾走起来。

"怎么了？"雅夫诧异地问道。

五月的侧脸苍白极了。

“什么嘛，弹钢琴的是你家啊。是谁在弹？”

“……”

雅夫似乎觉得不方便再靠近五月家了，于是说：“那，我就到这儿……”

“再见，谢谢你。”

雅夫伸手牵起五月的右手。五月想要抽开，却被雅夫的手指插入指缝，用力地握住了。五月因突如其来的微疼而差点叫出声来。

“再见。”雅夫大幅挥着手，离开了。

五月边走进大门，边用左手摩挲着被雅夫紧握过的手指，黏附在手指上那令人不快的温热怎么也抹不掉。她摁下门铃，钢琴声似乎停顿了一下，又继续弹了下去。玄关门从里面打开，给五月开门的是父亲俊助。

“哎呀，父亲！”

“你回来了。”

一看到父亲，五月就知道他刚才在书斋里看书。父亲是从二楼的书斋下来为她开门的。母亲则在玄关旁的客厅里拨弄着钢琴。

俊助看了一眼五月身后关上的门，问道：“你一个人回来的？”

“嗯。”五月说罢，又连忙更正，“不是的，是桥本——雅夫把我送到家门口的。”

“桥本……”

“您一定不记得了吧。他只在小时候来过两三次，是我小学时候的朋友。”

“他家离得近吗？”

“不近，小学时住在这附近来着，后来他父亲调到名古屋工作去了。现在雅夫上了大学，在练马一带借宿。”

“是吗？应该让他进来的。”

五月看着父亲走进房间时有些佝偻的背影，问道：“父亲，您刚才在工作吗？”

"没有，就准备一下讲义。"

俊助在私立大学的文科担任历史学助教。

五月去了盥洗室，白色的濑户洗手池和地板上到处溅了水，湿答答的。想必是父亲吃完饭后刷牙，笨手笨脚弄脏的吧。她用肥皂把雅夫握过的右手搓洗了好几遍后，本打算直接回到自己的卧室，可是由于挂念客厅里的母亲，便退了回去。

"我回来了。"

"哎呀，你回来了。"美也子转头望向她应道，弹钢琴的手指却没有停下来。

五月叹了口气，望着母亲年轻的脖颈。母亲身穿一件裸露着后颈的连衣裙。近来，母亲看上去年轻了不少。母亲本就年轻，与独生女五月仅相差十九岁。

"剧好看吗？"

"嗯。"

"薰演得好吗？"

"非常好。"

"薰近来不怎么来我们家了。"

"她很忙。"

"我也很想看她的话剧呢。"

"那就去看吧，母亲。他们的话剧团相当于年轻人办的研究会。只要能卖出一张票，就是帮到他们了。"

"薰的哥哥……叫什么来着？对了，研一！研一也在吗？"

"不在。"五月随即摇了摇头。

"不在啊。"

五月想起了自己曾在剧场里寻找研一。明知他不会去，却又觉得他似乎会去，于是直到剧目结束，五月都惴惴不安。听母亲问起研一，五月突然犹豫了起来。她本来是想请母亲不要再重复弹奏乐谱上蓝色铅笔标记的地方，才走进客厅的。

银座疑云

薰每次约五月见面，大抵都约在东京站的八重洲口。大概是因为那里有许多名牌商店，二人不管谁先到，都可以在店里闲逛。

五月走出刷票闸口后，看见那里聚集了一群高中生，似乎是来修学旅行的。车站出口的人们不似平日那样繁忙，映入眼帘的大多是家长带着孩子。

"今天是周日呀。"五月因为患了感冒，一周没去学校，所以对今天是周日有些恍惚。

"你身体怎么样了？"

"已经好了。不过我已经一周没出门了。"五月说着，就把手贴在了额头上，"发高烧了。"

"你看上去有点憔悴，就像秋天的少女。"薰盯着五月的脸，接着说，"你要是在俳优座染上的，那可是我的错。近来很多观众都患了感冒。"

"不是的。"

五月从俳优座回来的第二天下午就病倒了。在感冒引起的阵阵发冷中，银桂树下的少女、被雅夫握紧的手指触感、母亲弹奏钢琴的声音……不断地在五月的脑海中闪现，每一件事都牵动着五月的神经。感冒发烧导致手指无力，就像被雅夫温热的大手包裹着一样。

第二天，五月再次遇见银桂树下的少女，顺坡道而下之后，那少女依旧静静凝视着她。五月忐忑极了，甚至不敢去看她的脸。通过那少女的目光可以觉察出她绝不是单纯百无聊赖地望着路人而已，而是似乎想要诉说什么。

让五月烦心的这三件事中，能对薰诉说的只有那个少女，而那少女给她的感觉又难以用语言表达。

"被她盯着，然后你就感冒了？"薰听五月说罢就笑了起来。薰经常像男子一样说话，这会儿就连走路方式都像极了男子。

"我不认识她，可她的眼神好像在说如果我忘了她，她就会难过。"五月试着去描述对她的印象，却被薰的"下次再见到她，你主动跟她搭话！"这一句结束了话题。

走到日本桥街上，薰担心大病初愈的五月，于是问道："再走一会儿，你可以吗？"

"没问题！一周没出门，好不容易出来，我也想多走走。"

"我本打算在见你之前忙完的，于是出发晚了。"

薰穿过昭和街，从千代田桥上经过，来到茅场町停车场后左转。

"五月，你没来过这儿吧？"

这里是证券公司的聚集地，今天是周日，安静极了。

"这儿是证券交易所。"薰指着一栋大楼说，"平时那边的证券公司和这里的证券交易所之间人来人往的，一不小心就会被撞飞。"

薰在桥前停下了脚步，说道："我进去一下，你要一起来吗？"

"我在外面等你吧。"五月犹豫了一下说。

周末的证券公司大门紧锁，薰熟练地从后门走了进去。她去干什么？和谁见面？五月一头雾水。

五月站在桥下，怔怔地望着河对岸正在建设的大楼的钢筋结构。

不一会儿，薰走了出来，神采飞扬地说："今天我请你！我变成有钱人了。"

"你要不要去我家？我母亲说好久不见，想见见你。"

"我也想去，可是今天和哥哥约好吃饭了。和你，我们三个人……"

"这个嘛……"

"你陪我嘛！我只要说你和我在一起，哥哥就一定会来的。否则，哪怕是为了庆祝我公演结束，约他的时候他也总是'嗯、嗯'地糊弄我。只有我们兄妹俩太没意思了……"

一说要见研一，五月就在心中雀跃不已。

"你呀，总是让人措手不及！"

"和哥哥约的时间是一小时后，现在要不先去银座？"

薰作势寻找空车，然而周日这附近鲜有出租车。

她们在银座五丁目附近下了车，走进小巷里一家名叫"秘密"的咖啡馆。入口处是一扇镶着绿色玻璃的大门，从昏暗的里面可以看到外面，在外面却看不到里面。

五月喝着热可可，不厌其烦地看着来往的行人。在这样的季节，五点钟天色就暗了。

身穿圣诞老人衣服的"三明治人"信步走在街上。道路的另一侧，只见母亲美也子和钢琴老师柏木一同走过。

"啊！"

"怎么了？走累了吗？"薰观察着五月的脸色。

"圣诞老人走过去了。"五月说着就闭上了眼睛，感到一阵眩晕。她努力说服自己：母亲和柏木走在一起并不奇怪，或许是自己今天请假了，柏木担心，于是才去家里探望。

"这里太暗了，我们出去吧。"薰说。

五月似乎有些害怕走出去。

她们走出咖啡馆，又走进附近的一家餐厅。在二楼的窗边刚坐下，人高马大的研一便来了。

"你们等很久了？我刚才在那里看见了五月的母亲。"

五月的脸渐渐褪去了血色。

"哎呀，哥哥你这个笨蛋！为什么没约阿姨来呢？"

"嗯……不过……"研一犹豫了，"我心想着这人可真美，一看脸发现是熟人，可就在我思考的工夫就错过了。对了，我是在错过之后才发现那是五月的母亲的。"

"追回去就好了嘛！"

研一看了看五月，一言不发地在椅子上坐下来。

旋转椅

说起五月的母亲年轻漂亮，薰展开了话题，不断地向研一描述近年来日本的母亲，尤其是中年妇女，青春洋溢、言行举止都十分讲究的模样。

研一只是回应着"是吗""是啊"。

"不论是母亲，还是中年妇女，大家都漂漂亮亮地谈恋爱多好！这可是世界的进步！"看来薰的心情不错。

"母亲们光顾着谈恋爱，孩子们可要遭殃了。"

"孩子又不会一直都是孩子。他们很快就长大成人，能自己照顾自己了。"

没有父亲，又与母亲和哥哥分开生活的薰已经能自己照顾自己了，研一听了她的话感觉似乎是在说自己，不禁觉得有些好笑。他注意到了沉默不语的五月，她似乎一直在避免自己的刀叉碰到盘子发出声响。

五月感觉到了研一投向她的温暖目光，她突然想见父亲了。

饭后水果五月只吃了两粒葡萄，薰见了惊呼："你的感冒还没痊愈，早点回家吧！"

五月回到家后，峰婶给她开了门。

"夫人不久前刚回来……"峰婶说着，把美也子随意脱下的草履¹摆好。

浴室里传来了水声，五月猜想是母亲在洗澡，于是径直走进了

---

1 草履在日本并不单指草鞋，而是搭配和服的必要配件，外形与日式木屐差不多，但制作材料与木屐完全不一样。木屐是用木材制作的，而草履是用人造皮革制作的。

自己的卧室。打开灯，看见桌子上放着一个铝纸包装的盒子。她突然想到，是那个手包！某天晚上母亲答应要给她买一个漂亮的串珠包，一定就是那个了！母亲曾说，串珠包很适合新年的和服。伸手去拿的瞬间，五月犹豫了一下，没有拆开包装。包装里似乎残留着母亲买包时同行的柏木的目光，这让五月感到恶心。"这个配五月怎么样……可爱吧？"母亲一定说了这样的话。

"小姐，有客人。"峰婶喊道。

"找我的？"

"是的。"

"这个时间，是谁啊？"

"是一位从没见过的小姐。"

五月纳闷地走出玄关，啊地惊呼一声，倒吸了一口气。来人正是那位站在银桂树下的少女，和那时候在银桂树下一样，她眼睛一眨不眨、目光炽热地凝视着五月。

"那个……有什么事？"

少女的脸上浮现出了一丝羞涩的微笑。

"找我有什么事？"五月再度问道。

然而，还没等五月说完，那少女便垂下眼，后退了一步，转身迅速走出了敞开的大门。

"啊呀。"五月套上鞋子就追了出去。

少女没有逃跑，而是站在门口回望。

"怎么了？"

五月向她走近，少女凝视着五月的手，似乎有些彷徨。

"啊，这个？"五月这才发觉自己手里还拿着那只手包。她伸出左手，举到腰前，似乎在说"这个给你"。

少女伸手，似是要去接。

"给我的？"

"嗯？"五月反倒是惊了一下，随即说道，"给你的。"

少女目光闪烁。五月等待着她说些什么，然而她突然转身逃也似的小跑着消失了。

"哎呀，我……"手包像是被顺手牵走了似的，倏地不见了。

然而，少女的出现让五月感到神清气爽。

"真好。"五月挥动着空气中的左手，"真有这样的好事吗？"

把手包送走之后，五月意想不到地轻松了许多。手包上附着的肮脏似乎都被少女带走了。她为什么而来，又为什么拿走手包，五月一概不知，只知道她就是那个站在银桂树下的少女。或许是守护天使感受到了五月郁闷的心情，才化作银桂精出现了吧。

可是，母亲洗完澡后一定会去五月的卧室说手包的事。五月在心里想，我知道她家在哪儿，可我是绝不会要求她还给我的。

五月返回家后想要避开母亲，于是去了父亲二楼的书斋。

"父亲。"

伏案工作的俊助摘下那副总戴着的赛璐珞圆框眼镜，说道："你出去一趟，感觉身体如何？"

"挺好的，已经没事了。从明天开始去学校。"五月说着，走近俊助的桌子，"父亲在工作吗？"

"嗯，工作很多。这个月要写出很多东西来才行。有了原稿，还需要插画和照片，出版社说明年的新学期之前就要上市……"俊助转动着旋转椅，"这是给孩子们的书，对我来说很麻烦，也很难，写好的部分要交给童书编辑检查，听说还要给孩子们试读。"

五月知道父亲在做这项工作，之前听他说起过。

"而且日本历史，尤其是'二战'后，简直是翻天覆地地混乱。新的学说和各种奇怪的学说层出不穷，很难在面向孩子们的书中总结妥当，对于我这样的老朽……"

"才不是。您还没老，还不到五十岁……"

"你见过母亲了吗？"

五月心中惊了一下，听父亲的话，他似乎知道了自己在银座偶遇母亲一事……

"你母亲刚才就回来了。"

五月听了，稍稍松了一口气，说道："她在洗澡。"

"哦。听说她去参加同学会了，你母亲的心态真年轻。"

"同学会？"五月反问道。

"你刚出门不久，她就说要去参加同学会。"

"是吗？"五月的心情安定了些许。不过，母亲撒的谎还没被父亲发现。她知道了母亲的秘密。

"听说在同学会上，你的母亲因为年轻而让其他人震惊了。而我稍微工作一会儿，眼睛就模糊，你看，就像这样。"父亲像在向女儿撒娇似的，为她演示了眨眼睛。

看着父亲的眼睛，五月感到了一股强烈的悲伤。"父亲。"五月似要哭出来了。

木造房屋

"我再也不来了！"

柏木洋二发泄了不满之后，生气地关上了玄关门。他偶尔来看望姐姐，却总是被舅母当作坏人。

庭院至大门的围墙前有一棵高大的银桂树。洋二满怀着对舅母的不满，拽住一根粗枝使劲地摇晃。

"洋二，别摇了！"姐姐尖锐的声音传来。雪子穿着庭院专用拖鞋走了过来，悲伤地说："这样花不就落得到处都是了吗？"

洋二看着那满地凋零的白色小花，一时无语。接着，他问雪子："姐姐，舅母对你好吗？"

"……"

"那就好，只要姐姐觉得好就行。我再也不来了！"

"稍等一下，我送你去车站,顺便还要去个地方。"雪子返回家中，拿着一个用白色的纸包着的东西走了出来。

二人走了一会儿，洋二回头望了望舅舅家说："要是姐姐不在……"他没说出口的是"就要揍她一顿"。

大约在一年前，洋二和不良青年吵架时，夺过对方手持的刀刺伤了其手臂，因此被高等学校勒令退学。后来，他就被赶出了舅舅家。现在的他住在新宿的酒吧里，学做调酒师。

"因为他们对母亲和姐姐都不错，所以我才一直忍着。舅舅从事着不法勾当，赚着不义之财。他们就只是养着妹妹和外甥女而已，至于那么……"

"洋二，别说了！"雪子严厉地瞪了一眼洋二。

洋二畏缩了，他快要崩溃。转眼看见雪子手里拿着的白色包装，便问道："那是什么？如果你想从舅母那里拿东西给我，我可不要。"

"这个……"雪子的嘴角突然浮现出了羞涩的微笑，瞳孔也闪烁起来。

洋二又换了话题，问道："你见哥哥了吗？"

"洋二，别再说哥哥了！"雪子激烈地回应道。

"为什么？"

"哥哥是魔鬼！"

"……"

"魔鬼！"

洋二好像很久没见自己的异母哥哥敏高了。

洋二和雪子的母亲幸枝再嫁给了带着一个男孩的柏木洋造，洋造在洋二上小学时去世了。洋造死后不到一年，幸枝发了疯，住进了精神病院，如今在伊豆疗养。洋造与前妻的儿子敏高，在父亲去世时已经从艺术大学音乐相关专业毕业，成了一名年轻的钢琴艺术家，因此只有雪子和洋二姐弟俩被幸枝的哥嫂收养。敏高和舅舅、舅母没有血缘关系，几乎没有来往；和妹妹、弟弟异母，大概也不想扯上关系。

"你说他是魔鬼，因为他抛弃了我们吗？"

"不是！"雪子摇了摇头。

在田园调布车站附近的坡道上，洋二与雪子分道扬镳。洋二走到站前的喷泉池时，看了看手表——要去店里还早。他惦记着姐姐，于是又原路返回，打算尾随雪子。

黄色的银杏行道树在地上拖着斜影，午后的阳光已经有了冬日的气息。洋二尚未穿大衣，而是穿着一件单薄的、近乎白色的浅绿色西装上衣。那是一位沉迷于他的美貌、时不时光顾酒吧照顾他生意的贵妇人为他量身定做的。

顺坡而上，洋二犹豫了一刹那，又匆忙走了起来。他看见了姐姐若有所思、脚步沉重的背影。只见她经过了舅舅家门前。对了，她说要顺便去什么地方一下——洋二想起来。她要去哪儿呢？

　　刚才舅母说雪子遗传了母亲，精神也有些不正常，不让她这时候外出。这句话也是洋二生气的原因之一。然而，姐姐的背影里确实有某种令洋二不安的东西。洋二渐渐缩短了与姐姐之间的距离。雪子既没有回头看，也没有左右张望。

　　过了一会儿，她似乎在某个地方停下了，可又像是在忌惮什么，小心翼翼地把那包白色的东西托举在大门上。大门很高，洋二看了看，想去帮她，可转念一想又觉得奇怪。待回过神来，他已经驻足靠在了面前的围墙一角。

　　这时，只见雪子逃也似的匆忙走来。

　　"姐姐。"

　　"哎呀，洋二！"雪子松了口气似的放松了肩膀，"你怎么了？没回去？"

　　"倒是姐姐你怎么了？刚才那是怎么回事？"

　　"快点！"雪子抓着洋二就跑。

　　"你去那儿干什么？"

　　洋二被雪子拉着迅速离去，时不时回头看放在大门上的白色包裹。

　　"我把收到的东西还回去而已。我不清楚自己为什么收下，所以来还的。"

　　"谁给你的？"

　　"那家的小姐。我非常喜欢她，可能是在发呆的时候收下的。"

　　"里面是什么？"

　　"不知道，我没打开看。"

　　"放在大门上面不奇怪吗？"

　　"我收下的时候才奇怪呢。"雪子仿佛在反省自己，眼眸沉了下来，"敏高哥……"她还没说完就住了口，因为她看见敏高正在和五月的母亲一起散步。

电话邀约

放学回到家的五月看到客厅的门开着，觉得奇怪，于是向里望去。只见母亲一个人在那里。

"母亲，我回来了。"

母亲扭过头来，眼神空茫。

"母亲，发生什么事了？炉子也没有点上……"

"嗯？哦，你回来了。"

"这么冷的天……您是不是发烧了？脸色很不好。"

"没有。"美也子摇了摇头。

五月把手贴在母亲的额头上，然后摆了摆手说："没发烧。"

这时餐厅里的电话响了，母亲慌忙起身。五月见状，忙说："我去接。"

"喂！嗯？喂！"

电话的信号不好，听不见对方的动静。母亲从她的身后走来，似乎想听话筒里的声音。五月不禁咳嗽了几声。

"喂，是哪位？"

"是男的吗？"母亲说。

"嗯，桥本？是的，是我，五月。"五月按压着话筒，对母亲说，"是桥本打来的，雅夫。"

紧盯着话筒的母亲听了，松了口气似的走开了。五月一动不动地看着母亲的背影。

母亲似乎在等电话，而且不想让五月听到。五月一心想着母亲，对雅夫邀请她去看 N 交响乐团定期演奏会敷衍地回应着。放下电话后，甚至不记得是否答应了雅夫，也完全想不起来演奏会的时间。

近来，常常有同一个人给美也子打电话。是一个女声，自称姓三村——"我是三村，是夫人吗？是夫人吗？"五月接到过几次她的电话，她会用不讲究的语气确认数次。母亲放下三村的电话之后总是坐立不安，五月把这一切都看在眼里。

一个月前，五月不只尊敬钢琴老师柏木，看着那些为他的魅力所倾倒的女子，甚至还会感到淡淡的艳羡。可是，一想到他和母亲在银座散步就心中不快。不上课，柏木竟然也不打电话来，这也很奇怪。

为什么不上钢琴课了？母亲和父亲也都没有过问。这是为什么呢？一家三口在吃晚饭的时候，五月很想大声叫喊。她有时会感到可怕，和父母任何一方对视都会觉得痛苦。

这样的五月见到雅夫之后更加烦恼了。雅夫所在的大学离五月就读的女子大学很近，因此雅夫经常会在目白站等她。五月和朋友一同走的时候，雅夫也会上前搭话，并且约五月去咖啡馆。

刚才的电话邀约也是雅夫单方面的要求。不过，五月答应他还有一个原因，那就是好不容易买到的两张演奏会门票，不去就可惜了。五月心中有芥蒂，不是雅夫的错，而是因为母亲……

这时，餐厅里的电话又响了。五月走到廊下，看到美也子小跑着进了餐厅，五月停下了脚步。

"喂，您好！是的，好，请您稍等！"话筒放下的声音传来，"五月，还是找你的。"那声音气若游丝。

五月走进餐厅，与美也子擦肩而过。

"哦，薰。"

"不好意思，我想叫你出来，有事跟你商量。还在老地方，八重洲口。天冷，我们互相都别等太久。四点半见，怎么样？"

"好，四点半。"五月神采奕奕地应道。

放下电话后，五月走进自己的卧室，穿上刚脱下的外套，去母亲的房间打招呼。

"母亲。"

母亲不在那里。于是五月走去客厅，把门打开了一条缝，只见母亲以与刚才相似的姿势怔怔地坐在椅子上。不同于刚才的是，炉子点上了。

"母亲，我去去就回。"

母亲只是点了点头，甚至没问她要去哪里。

五月庆幸薰叫她出来，早早地就到了约定地点。薰正好四点半到达了八重洲口。

薰给五月打电话的地点大概是五月想象不到的：位于兜町的证券公司妇女咨询部。薰在那里和熟人岛田会面。

"今天我有事要跟岛田先生商量。"薰开门见山地说，"我呢，打算开一家小店。"

"开店？大小姐，你要做生意？这是什么……"

"我决定开一家花店。"

"欸？花店？和你哥哥商量过了吗？"

"不管我做什么事，哥哥都会默默地守护我的。"

"因为哥哥被你养着吗？"

"我啊，昨天去了商工会议所。职员非常亲切地帮助了我。"

"啊……"

岛田虽然长了一副惊人的面孔，但是已经跟薰合作了五六年，对薰的家底和性格都了如指掌。

薰的父亲是贸易商，因脑出血猝死后只留下了上百万日元的保险金。他的生意看似红红火火，然而死后店面连同家里的房子都拱手让人了。当时，哥哥研一还是大学生，完全不知道未来该如何是好。十五岁零几个月的薰没有征求哥哥的意见，以非凡的决断力用全额保险金购买了股票。

少女无知无畏的豪赌最终获得了丰厚的回报。当时正值朝鲜战争结束，经济高速发展，有"外行都能翻三番"的传说，甚至传到了研一的耳朵里。

　　最初为薰做咨询的人就是岛田。他任职于一家大型证券公司，罕见地被少女委任理财，因此感到责任重大。

　　"哥哥，放心吧！就按一年获利一成来算，咱们俩的生活也是有保障的。"

　　薰也常常光顾证券公司委托理财，或者自己预测股市走向，增长智慧，进行交易。如今的研一正是所谓的"二十六岁的哥哥被十九岁的妹妹养活"。薰突然想要开花店，大概也是因为对研究室之外的世界毫不关心的哥哥不反对吧。

　　证券公司的岛田也说："花店生意我不太了解，不过归根结底也是生意，有时候比你想的要难一些。不过，既然你想做，凭小姐的个性，应该都能搞定。"

　　"岛田先生，请尽快帮我找店！我想赶上圣诞节和新年的卖花季！"

　　"这可真是太紧了……不过，荻洼怎么样？"

　　"荻洼？哥哥为了学习还是待在现在的住处比较好，安静。我想住在店里。"

　　"一个人？你想拥有两套房子吗？"

　　"哥哥住的房子要租出去。我要是和哥哥住在一起，那看店的人就必须对花店了如指掌。可是那样的人反而会让我不安心，我想从进货到所有事都亲力亲为……只有销售，我打算找一个可爱的女孩子。"

　　"明白了，这样很好。年关近了，应该会有店面出售，那我马上打电话给一个姓山本的人，让山本帮我们找一家店和一个可爱的女孩子。"

　　薰见了岛田之后，事情进展迅速，因此她的心情好极了。她凑近岛田正在敲的算盘，嘴里念出了那个合理的数字。

　　走出证券公司，站在繁忙的人潮中，薰猛吸了一口冬日的夕阳。

来客

　　在八重洲口，薰一见到五月就说：“我要开花店了！”

　　五月还以为薰说的“开花店”是出演什么新话剧，于是问道：“什么角色？”

　　“不是话剧，我要开花店，卖花。”

　　“你……”

　　“那么惊讶吗？”

　　“一边演话剧，一边开店？”

　　“不演话剧了。”

　　“哎呀，那多可惜啊！为什么……”

　　“没什么可惜的……”

　　“可惜！之前不是都演得好好的吗？”

　　“谁都能演成那样。”薰说着，露出爽朗的微笑，“之前我也一直认为自己是有天赋的。后来才发现那就是一场梦，是幻影，是错觉，更容易吸引年轻女子。假如换你来演，只要稍微练习一下也能演得不错，还有可能比我演得更好。”

　　“我这样……”

　　“你可以的。总之呢，我放弃话剧了。这不是自信与否的问题，对吧？我做什么都能做得不错，因为我比较有自信……只是，一旦因所谓艺术的光芒而飘浮不定，被其光芒遮了眼，那么身处这八重洲口的人潮之中就很难把自己当成普通人，我讨厌自己变成那样任性的人，况且原本也不是什么天才……”

　　“……”

　　“因为本就是个平凡的人，所以我觉得生活在花丛中就很好，很快乐。我们在外面约见面的时候，或许我浑身还会散发花香呢。

我啊，想了很多，你可要成为我的后盾呀！"

"我……我能成为你的后盾吗？"五月说着，就被她惹得笑了起来，"你不是还有哥哥吗？"

"哥哥不行！精神上倒可以依赖，可是一旦遇到实际问题，他就只会'哦，这样啊'地陷入思考。在他思考的时候，我就已经做出决定了……"

"是吗？"

"我还想找你的母亲商量呢。"

"我母亲……"五月的脸色沉了下来。

"我们找个地方边吃边聊吧！五月，你不吃河豚吗？我们去吃那家每天都空运来明石鲷鱼的店？"

"你真是什么都知道。"

"和股票公司的人，不对，是和证券公司的职员一起吃过饭……我去证券公司妇女咨询部的时候，一个靠股票赚了不少的阿姨邀请我去吃来着：'小姐，我们走吧！'可有意思了。明明我还是个孩子，就因为交易股票，她就对我宠爱有加。"

"薰，去我家嘛！"五月缠磨着薰说，"在我家咱俩就可以像之前那样一起做饭，好吗？"五月希望的是，薰讲述自己开花店的高涨情绪能让一家人围绕的餐桌变得热闹起来，"而且我母亲也在家。"

"可是，我好不容易才把你从家里叫出来……"薰犹豫了。

"没关系的，我也想出来走走。"

"可是……"

"我给家里打个电话，让他们等我们回去做。"五月没等薰回答，就迫不及待地走向了电话亭。

电话是峰婶接的。

"喂，峰婶，是我，五月。母亲在吗？"

峰婶的声音压得很低，似乎在忌惮什么："小姐，就在刚才，柏木老师来了……"

五月心中不安起来，继续问道："父亲呢？"

"从学校回来的路上，老爷绕道去了台球厅，从那里打来了电话。"

"在哪儿？"

"嗯？夫人吗？夫人在客厅，需要我去叫她吗？"

"不用了，我也没什么事。"

五月放下了电话，仿佛电话是什么不洁的东西。接着，她拿出化妆镜看了看自己的脸色，之后返回了薰所在的地方。

柏木在，就不能带薰去。可是，如果柏木是因为担心请假的自己而造访，那么有错的人就是忐忑不安的自己——五月希望如此。

"我家有客人，今天不行了。"

看到五月一脸失望的表情，薰说："今天本来就是我约你出来的……"

"……"

"我还有一件事。"薰说着，向出口方向走去，"前几天桥本来我这儿了。然后呢，他告诉我他喜欢你。你听桥本说起过吗？"

"没有。"五月怔怔地嘟囔着。

"他似乎想让我转告，可是这种事本人直接说不是更好吗？明明是个大男子汉！"

五月正为家里的事而头脑沉重，甚至没有看薰一眼。

兄妹心意

　　研一和薰一家据说曾是荻洼一带的大地主，租住着两厢田舍风格的大房子。本家作为老人的隐居之所。两厢房之间隔着壁橱和床，廊下的尽头是厨房。廊下放着圆桌和椅子，充当餐厅。

　　薰仿佛在等人似的坐在椅子上，一看见回来的研一就说："哥哥，我的生意定下来了。"

　　研一没有作声，脱下外套。薰起身，走过去接过哥哥的外套。

　　"哥哥，你觉得怎么样？"

　　"什么怎么样？你……说的是花店的事？"

　　"哎呀？"薰将鼻子凑近研一的嘴巴，"哥哥，你喝酒了？"

　　"喝了一点。玉木助教叫我去的。"

　　"是吗？有猫腻！"不过薰没有执着于此，而是继续说，"哥哥吃过饭了吧？我和五月也一起吃过了。"

　　"那就好。"

　　"还说了哥哥情敌的事。"

　　"欸？什么情敌？"

　　"有一个名叫桥本雅夫的学生不是来找过我吗？他说喜欢五月，想跟她结婚，让我转告五月……既然被拜托了，就只好按他说的去做咯。我其实还想告诉五月哥哥你也喜欢她，可是你没有拜托我，所以我就没说。如果你想让我帮忙，我很乐意哦！"

　　"不需要。"

　　薰盯着研一，缩着肩问："那哥哥自己能说出口吗？今天我仔细看了看五月的脸，乍一看平凡普通，可是仔细一看，发现那真是一副温暖深邃、有着许多表情的面孔。你不这么认为吗？"

　　"是吧。"

"我的脸乍看之下似乎很有个性，可仔细看的话就会发现其实很平庸，放在舞台上毫无优势。但如果是放在花丛中，就会好看许多。"

"你是因为这个才想开花店的？"

"没有开玩笑哦，我想了很多。"

"你会做生意吗？"

"这个嘛，总归比哥哥你强吧！"

"确实，我不能和你比。"研一笑着，继续道，"以前也是这样，你突然就决定要演话剧。在剧团发生什么事了吗？"

"没有，我是为自己考虑的。我已经二十岁了。"

"二十岁？二十岁怎么了？尚且年轻着呢！"

"女子二十，就不再年轻了呢。"

"是吗？"研一饶有趣味地微笑道。

"母亲十九岁的时候就出嫁了，二十岁生下了哥哥。"

"那是过去。现在的二十岁是刚从高等学校毕业不久的年纪，不管男女，都还是大学生呢。"

"十八岁的时候，是只有十八岁才能看清的自己。二十岁的时候，则是只有二十岁才能发现的自己。二十岁的我发现自己就是一个再平凡不过的人。自从发现这一点，我就安下心了。这件事非常重要。"

"是吗？"

"这可是花店老板的话哦！"薰明朗地笑着。

"薰，"研一唤她的名字，"你从小就一直都是自己思考自己的事，自力更生。都是托了你的福，我才能从大学毕业后一直留在研究室里。一直以来，我默默地看你做了很多事，或许你认为我不负责任……"

"我没那么想。"

"这次你要开店的事也是，我没给你出主意。你觉得自己平凡，还想开花店，你按照自己的想法来做就好。"接着，他以轻松的语调调侃道，"说句实话，是不是股票亏损了？如果是的话，你可别太在意哦。"

"没有，股票安全着呢！可以保障咱们俩的生活。"

"既然如此，那不就行了吗？"

"什么？我不开花店吗？"

"不，不是的。"

"不过，哥哥，你是想让我出嫁吗？"

"嗯？"

"这是哥哥的责任哦！"

薰歪着脖子故意这样说，研一被她逗笑了。

"太难了，相当有难度。"

话说回来，薰为什么突然说出这种话来呢？

"你有喜欢的人了吗？到了二十岁，就想着要出嫁了？"

"在被嫂子妨碍之前。"

"结婚费用就用股票赚的钱好了。"

"那哥哥怎么办呢？青年科学家与财富无缘吧！没有那笔钱的话，哥哥就结不了婚，娶不了五月。"

研一没有作声。薰知道他一直默默爱着五月，然而他对五月的爱比薰想象的更加深沉。

"我没想过要动父亲的保险金。所以啊，不做点什么的话，本金是不会有所增加的。不过呢，这次我要把盈利的大部分拿来做生意。哥哥，先借我一用哦。"

研一无话可说了。

"去做你想做的事吧！什么都行，去做吧！开花店也好，想嫁人也好。"接着，研一轻声补充道，"不过，要是想结婚的话，有了结婚对象也让我见见吧。"

开店

今天是五月大学考试的日子。上午九点有法语考试，之后就可以自由活动了。

一大早，薰就打来了电话："早上好！叔叔阿姨都好吗？"

"嗯，那个……"

"之前跟你说过的，花店今天开业，你来吗？"

"啊，今天？吓我一跳。为什么不早点告诉我呢？我还能给你帮帮忙，真是的！"

"抱歉，抱歉！我忙坏了！本来想赶上圣诞节和新年的花季，无奈时间太紧，没能如愿。结果今天终于都准备妥当了。"

"因为新年太忙，所以才没来我家？"

"是啊。"

五月转念一想，薰新年没来也好。因为母亲完全没有准备新年料理，家里也不同于往年，冷清极了。

"放学之后过来吧。"薰的声音非常明快。

"嗯，一定！"

"一定哦！"薰再三嘱咐之后挂了电话。

五月和峰婶二人吃了早饭，直到她们吃完，父母仍没从二楼下来。

五月来不及了，于是在便笺上写下"薰的店今天开业，下午想和母亲一同前往"，放在餐桌上。直到她走出家门，母亲都没有一声半语，看来形势严峻得很。

东田广子早早地交了法语试卷，在走廊里等待五月。

"怎么样？"

"那就明天在这儿……"

二人一边走一边说，刚走出校门，就看见桥本雅夫站在那里。

"五月！还好赶上了！"雅夫说着，向五月走来。

广子见状立刻和五月保持了距离。

不论是广子，还是其他朋友，经常在校门口看到雅夫像这样等待五月，他们会不会觉得雅夫是自己的恋人呢？五月想到这里，心里生出了不悦。尤其是这大上午的，看上去更像是约好了一样。可雅夫怎么知道今天有法语考试呢？

"明天没有考试了吧？"雅夫熟稔地说道，"接下来去散散心，看电影好不好？"

"嗯，可是……"

"有什么事吗？"

"嗯。"

"你要去哪儿？"雅夫不停地问。

五月压抑着对他的不耐烦说："去薰那儿。"

"哦，亚川那儿。对了，她好像今天开业吧！"

"嗯。"五月看着雅夫，"你怎么知道？"

"有关你的一切我都知道。"

"为什么？听起来真讨厌。"

"你都明白的吧！"雅夫直勾勾地盯着五月，自己却先红了脸，"我跟你一起去，她的店正好顺路。"

"可是我还要先回家一趟，和母亲约好了一起去。"

"是吗？"雅夫放弃了纠缠，"那我们就在薰的店里见吧！"

"嗯。"

一旁的广子说着"再见，中田！"，便向公交车站匆忙走去。五月见状，说"等一下！"，小跑着追了上去。

"没关系的，中田！你和朋友一起去吧！"

"我和母亲约好了。"五月说着，突然心头涌上了一阵不安。

在车站前一角的电话亭里，五月给家里打电话。

"是。老爷一出门就马上……"峰婶答道，"夫人刚出门。"

"父亲先出门的？"

"是的。"

"母亲看了我刚才写的便条了吗？"

"看了。"

"看了，然后呢？"

"没什么特别的……"

"什么都没说就出门了吗？"

"是的。"

"是吗……"

"喂喂，小姐……"

"嗯，母亲说几点回家了吗？"

"夫人什么都没说。"

五月怔怔地放下了话筒，走出了电话亭。

"五月！"

五月被这一声叫得停下了脚步，只见雅夫站在那里。

"一起去薰的店里吧。"

莫非雅夫听到了刚才的电话？如果没有，雅夫说五月的事他全都知道，那么五月母亲的事他也知道吗？

"母亲好像有急事。"五月声音发颤，拼命抑制着浑身的战栗。

"是吗？太好了！我们先买礼物再过去吧！"雅夫明朗温柔地说道。

"我没有带很多钱。"

"没事的，没关系。"

五月似乎被雅夫抓住了弱点，又似乎在寻求雅夫的支撑和安慰。

雅夫在目白站旁的西洋点心店里买了一个大大的派。

从荻洼车站出来，走到站前的大街上，向着西荻洼的方向走一会儿，右手边就是薰的花店。店面全部涂成了粉色，可爱极了。

"哎呀，欢迎欢迎！谢谢！"身穿白色毛衣和千鸟格裤的薰从店里飞奔出来，握着五月的手，"什么?!桥本也来了!"

"放学后我去找五月的。"

"原来如此，所以五月才一脸不高兴吗?"

"今天恭喜开业!"雅夫说着，递出了包装好的派。

"谢谢。"薰冷漠得甚至没有仔细看雅夫的脸，而是对五月说，"总之，有自己的店真是开心!我太兴奋了!花虽然还没打理好，不过有花真好啊!每一朵，不管看着哪一朵，都会感叹大自然为什么能开出这么美丽的花来!真想感谢神明!"

五月被薰的热情感染了，左右环顾着花丛。

"我有一事相求。你的朋友里有人想兼职吗?不知道有没有人能来帮我打理店，我怎么找都找不到!"

五月深思了一下，问道："我呢?我可以吗?"

尖叫声

薰听了这出乎意料的回答，盯着五月的侧脸，仿佛难以捉摸她的真意。

"你……"

"我，不行吗？"

"如果你来帮我，那简直再庆幸不过了。可是……五月，你用得着在这种小店里兼职吗？"

"我想工作。"

"可是，你家里不会同意的吧？"

"我想离开家，看看外面的世界。"

"在这店里工作可是看不了外面的世界哦。"薰以一副男子般的口气说道。不过，面对不同寻常的五月，薰还是体恤地邀请道："只要你想来玩，这里随时欢迎你哦。"

"我想工作，不是来玩。"

百无聊赖地信步花丛、闻着花香的雅夫从旁插话道："五月能来帮忙不是很好吗？店里有五月这么漂亮的人在，生意一定会兴隆的。"

"花店自有花仙子。"

五月近来一直在家里过着为父母心惊胆战的生活，为了从那喘不过气的地方逃出来，她是认真的。可没想到经雅夫这样轻佻地一说，反而有种被侮辱的感觉。不过，今天是开店的大喜之日，为了薰，五月努力保持着明快的表情，一直待到下午三点多。其间她没少为母亲是否回家了而担心。

"我送你。"雅夫说着，也从店里走了出来。

"不用了，我想自己回去。"五月应道。

"你怎么说话没精打采的,真奇怪。"

"我自己回去。"

"我有话对你说。"雅夫不依不饶,与五月一同走到了田园调布站。

走出站口,五月停下来对雅夫说:"到这里就可以了。谢谢你。"

"之前我们看完薰的话剧,在回家的路上你也说了同样的话。"

那之后,雅夫一直把她送到了栽着银杏树的坡道上。

五月一看到雅夫就心情沉重,想早些与他分开,于是局促地问道:"你说有话对我说,是什么?"

"嗯,边走边说……"雅夫低头看着地面,边走边说。

"很冷。"

"已经是春天了,今天很暖和。"雅夫吞吞吐吐地辩解。

在经过回家必经的拐角时,五月径直向前走去。

"树叶发芽了。五月,你见过冬天的叶芽吗?"

"没有。"

"春天的新芽是在冬天准备好的。比方说,红叶就是在冬天伸长了细枝,结了坚硬的芽,等待着春天来临。"

"是吗?"

之后雅夫便不再作声,只是安静地走着。五月似乎在暗地里与之较劲,也安静地走着。

走到宝来公园前,雅夫向着没有行人的公园里走去。五月想起了薰告诉她雅夫喜欢自己的事,也想起了在看完薰的话剧后回家的路上,雅夫用力握住了她的手,并且从第二天起她就患了感冒。五月脚步沉重地渐渐与雅夫拉开了距离。

雅夫站在树枝伸长的树下,回头呼唤道:"五月,你来看!这棵树也发芽了。"雅夫伸手抓住的细枝叶映入了五月的眼帘,硬芽尖还泛着一小片绿。

"真的哎!"五月的心头突然涌上了一丝柔情。

"五月，我喜欢你。"

五月后退了一步。

"答应我！嫁给我吧！"

"这个嘛……"

"五月！"

"你突然这么说……"

"哪里突然？就像这冬天的叶芽，我从小学起就喜欢你了。你应该知道！"

"我不知道。"

"撒谎！都到这时候了，你还撒谎？"

"……"

雅夫走近，两手抓住五月的肩头，试图抱住她。

"不要！你干什么?！"

五月瞳孔中的雅夫的脸迅速地变大，向她靠近。

"啊！"

在五月喊出声之前，雅夫的身后传来一声尖叫。雅夫受了惊，一把放开五月。五月筋疲力尽，似乎折了一样向雅夫身后望去。

只见雪子睁大了眼睛，手捂着尖叫的嘴巴站在那里。

五月不知道雪子的名字，与其说诧异银桂树下的少女为何出现在这里，不如说因为被看到了这羞耻的一幕而感到无地自容。

"我……"五月声音颤抖着开口道，"讨厌你。"

雅夫的五官扭成了一团。没等他开口说话，五月就已经向着池塘的方向跑去了。

"啊！"

五月对雪子的尖叫没有任何回应，只是一个劲地向前奔跑。

伊豆的母亲

吃过早饭后，雪子被舅舅召唤了。舅母不在茶室里，舅舅小山周作正坐在偌大的暖桌里看报纸。

"天冷吧？快，坐进来……"

雪子听了，坐到周作旁边，把腿伸进暖桌里。

没有子嗣的周作待雪子很好，对雪子的弟弟洋二也从来没有像舅母那样称呼他"小混混"。他近来身体不好，常常待在家里，对雪子似乎更加亲切了。

"敏高寄来了这封信。"他说着，把一个信封放在了雪子面前。

雪子拿出信读了起来，上面写着如果母亲幸枝的身体好转，父亲的十三周年忌日希望她能前往参加。

周作注视着正在看信的雪子："雪子，你怎么想？"

"舅舅……"

"虽然他没有资格寄来这种信……"

雪子明白舅舅的意思。

"那家伙啊，雪子，雪子你大概还不懂……"

舅舅说到一半，雪子开口道："舅舅，我都知道。"

雪子的嘴唇颤抖着，眼神黯淡了。

"你都知道了？原来如此。"周作平静的声音里充满了怜悯。

雪子姐弟俩的母亲幸枝在丈夫洋造死后不久，就精神失常了。年幼的雪子清楚地记得，母亲在被送往医院的车里旁若无人地喊着雪子同父异母的兄长敏高的名字："敏高，敏高……"直到很久之后，雪子才明白了那意味着什么。

舅舅宽慰雪子似的说道："不过那时候敏高还年轻，才犯了那样的错……"

"不！舅舅，他是个彻头彻尾的坏人！"

"他导致你母亲精神失常，所以你才会这样想吧。"

"敏高哥是魔鬼。"

周作被雪子这番激进的言论震慑住了。

"敏高哥如今也诱惑了中田同学的母亲。"

"中田同学是谁？"

"……"雪子犹豫了一下，"是我的朋友。"

雪子确实对中田五月产生了一种奇妙的情感，可是或许对方并不认可"朋友"这种关系，不过雪子现在只能这样说。

雪子自从知道了母亲沉迷于兄长之后，就经常放学后在兄长家附近徘徊。待回过神来，她发现自己不知道怎的去了那里，对那样的自己害怕极了。一定是不知不觉地被对兄长的愤怒和憎恨带去了那里。可是，雪子自己也没想清楚该拿兄长怎么办。

也就是在那个时候，雪子看到五月经常去兄长家里上钢琴课，也知道了有时和兄长一起从家里走出来的女子不是五月，而是五月的母亲。

雪子确信兄长会给她带来不幸，便感到非常恐惧。面对五月的时候，心中常会涌出"你的母亲也……"的想法，因此对五月产生了奇妙的情感。

雪子想方设法对五月隐瞒了敏高的事，可又为此坐立不安。那天晚上，雪子不经意间走到五月家，也是自己的不安在作祟。随着不安的加剧，雪子渐渐不再上学了。

前几日，雪子到附近办事时，看见五月和一名男子在一起。雪子心中忐忑起来，不禁尾随二人。走进公园后，看到男子突然抱住了五月，雪子吓得发出了尖叫。

然而，这些事都不能对舅舅讲。

"你朋友的母亲啊……"舅舅眉间的神采也散去了，没有再深究下去，待思索一番后，说道，"雪子，你去你母亲那里一趟吧。"

"什么？"雪子脑海中浮现出已有小半年没见的母亲的身影，似要哭出来。

"你去一趟，看看她身体如何，和她谈谈心。倒不是因为敏高寄来的信，只是，趁现在这个机会把你们的户籍弄明白比较好。"

"母亲的户籍？"

"还有你的。你也长大了，该考虑结婚的事了。"

雪子根本没想过自己结婚的事，因此着实被舅舅这番话惊到了。

"我的身体也大不如前了……"

雪子请求似的说："我想带洋二一起去。"

"洋二？"舅舅苦笑一声，"他也真让人头疼啊！"

"我给洋二打电话，明天就去。"雪子说着就站了起来。

第二天一大早，雪子和洋二一同搭乘了湘南电车。

"完全是春天的样子了！我很久没有像这样和姐姐一起去看望母亲了。上一次还是一年半前。"洋二喜气洋洋地说着，"上次去了之后，母亲不认识我了。这次听说她身体好多了，应该能认出我了吧！"

"肯定能。我四个月前去的时候，母亲一见我就问了你。"

二人从三岛站换乘，到修善寺站下车，开往下田的公交车翻越了天城岭，从天城山南下，途经了汤之野温泉。南伊豆尚值早春，明晃晃的阳光普照着大地，油菜花漫山遍野地盛开着。二人在莲台寺温泉入口下车，沿着河边往回走，远离农家的地方就是母亲幸枝的疗养地。

幸枝在东京入住的精神病院的副院长的友人在莲台寺经营了一家有精神科的医院，副院长建议幸枝在安静的伊豆乡下疗养，于是介绍了这里。幸枝在这里算不上是住院，只是承蒙农家的关照罢了。

洋二从一条小溪上方跃过，直奔农家的院子，惹得鸡群一阵骚乱。

"哎呀，这是怎么了？"农家的主人一脸错愕。

"叔叔，我母亲还好吗？"

"嗯？"主人走近洋二，看到紧接着而来的雪子，歪着头一脸错愕，"你们走错了吧？"

"母亲，母亲去哪儿了？"

"奇怪了！东京来信说，柏木家要做法事，夫人今天一大早就出门了！"

"说要做法事……"雪子大惊失色。

"姐姐，你寄信说要做法事？"

"夫人说自己已经痊愈了，要回东京去……"农家主人说着，可雪子仿佛什么都没有听见。

"不是我寄的信！洋二，怎么办？洋二！母亲一个人去了东京，肯定有什么……"

"嗯！我们也赶快返回吧！"洋二回头，不安地眺望着空无一人的远方。

自己的幻影

清晨，幸枝神采奕奕地从莲台寺出发了。

她在心里雀跃着："马上就能见到雪子和洋二了，我已经痊愈了！让东京的医生好好看看，之后我就能与雪子和洋二一起生活了……"

然而，公交车旅途漫漫。再加上当下正值赏花季，电车里熙熙攘攘，虽然坐在二等车厢里，可是组团出游的旅客喝醉了酒，吵吵闹闹。幸枝很久没听过这样喧嚣的人声了，在独自去往东京的兴奋中渐渐感到了疲惫，萌生出了担忧。

就连电车在行驶过程中持续不断的轰鸣都让幸枝受了惊，一想到要见到可怕的敏高，她就在心里恐惧起来。她恐惧的是可怕的敏高，还有去见敏高的自己。幸枝上京，是因为收到了敏高要为亡父举办法事的通知。幸枝觉得必须参加亡夫的法事，但更重要的是，她想见见女儿和儿子。除此之外，她还想让东京的医生看看。可是，随着电车越来越接近东京，敏高的身影就像一个黑暗的魔鬼，让她的心情沉重起来，渐渐地为自己被敏高的魔力召唤而来感到担忧。

在品川站换乘电车，在那里和在目黑站搭乘的电车形状似乎与记忆中大有不同，而她也说不上来是哪里发生了何种变化。她虽然知道那就是品川站和目黑站，可有一种感觉，似乎那里既不是品川站，也不是目黑站，而是陌生的地方。在伊豆时，她脚踩着大地，踏实地前行。而在目黑站下车后，她感觉不到脚踩大地，脚似乎悬浮着，熙攘的人群似乎马上就要撞到她。

看来我的精神还是不太好啊，幸枝心想。

早上从伊豆出发，直到现在还没有进食，这一点也很奇怪，以至于现在疲惫极了，好想在哪里休息一下。幸枝走进了一家荞麦面馆，店里十分昏暗，除她之外没有其他客人。

"来一份山药泥荞麦面。"

"请购买餐券。"女侍说道。

将小碗里的鸡蛋和山药泥搅拌均匀，从笼屉上夹起荞麦面蘸着山药泥放进嘴里。一个人吃颇有些寂寞。一旁的女侍光着脏脚跐拉着木屐，瞥着幸枝。幸枝头也没抬。

走出荞麦面馆，返回车站附近，幸枝看到了神社旁的旅馆。她依稀记起那里以前就有，于是走进了玄关。

"我想住宿，有空房吗？"

"住宿吗？您的同伴一会儿来吗？"

幸枝红了脸，说道："不，就我自己。"

女侍先退下了，随即一个老板娘模样的人走了出来，把幸枝带到了一个靠近账房的四叠半大房间。没有壁龛，看上去不像客房。幸枝察觉到这里的人对她很是警惕，于是变得十分拘束。

吃过晚饭后，独自待着时，她疯狂回忆着柏木敏高。我好想他！幸枝几度想要起身，可膝盖颤抖不已。我本不必这样，只要去兄长家，或者雪子家……她这样想着，对敏高的憎恨和恐惧，还有痴迷所带来的罪恶感让她动弹不得。

幸枝在黎明前陷入了死一般深沉的睡眠。到了早上，旅馆的人三番五次走进屋子观察她的情形，她对此一无所知，直到午后两点多才睁开眼睛。

房间里没有化妆台，她叫人拿来，细致地化了妆，又喊来女侍结了账。她从手提包里拿出两张一千元纸币。她好久没有亲自使用了，一想到自己恢复了健康就高兴起来。

幸枝对发型不太满意，于是绕道去了附近的美容院。待她走出美容院时，春天的夕阳已经向着目黑站的陆桥方向西沉了下去。

搭乘拥挤的目蒲线列车，在洗足站下车，朝着柏木家方向走去。可她脚下沉重不堪，站定之后转而朝洗足池走去。夕阳西下，月亮升空，洗足池的水面波光粼粼。

我为什么来这里？幸枝扪心自问。接着，她沿着来时的路折返，途中什么也看不见，什么也听不到。幸枝来到了柏木家门前，强烈的悸动令她呼吸困难。

几年前，她在这个家忽然被继子抱住——那时的记忆历历在目，幸枝逃也似的离开了门前，似乎连自己是从伊豆而来也不记得了。

这里是敏高的家，也是幸枝曾经的家。随即，幸枝因坠落地狱般的恐惧和悔恨垂下了头。无论是在东京的医院，还是在伊豆的疗养地，她都忘不了敏高。

"我不该来这里的……"幸枝自言自语着。然而回过头时，她发现一个人影倏地走进了柏木家。

"啊！"

那是一个手提着行李箱的女子。幸枝的脑子里腾地升起一团火。她把那个走进门的女子当成了自己，紧跟着自己的幻影走了进去。

朦胧的月光洒在庭院里的每一棵树上，幸枝感到怀念极了。她转到后门，打开厨房门。厨房里一个人都没有。

"不要！不要！"

屋里传来了女子的声音。

"不要！不要！"

幸枝把那叫声听成了自己的。幸枝潜入了厨房。

"我不要……我是来和你告别的！你放我走吧！"

幸枝透过连接着厨房的起居室的门缝，看到了一个被敏高抱着的女子的身影。

"我离开家，想一了百了！可是没有成功，于是又回去了。我女儿……放我！我是来和你告别的！"

"我不！你若想一了百了，那还畏惧什么？！"

美也子挣扎着挣脱了身体，敏高又把脸贴了上去。

　　幸枝觉得被抱着的人正是自己，身体颤抖个不停。她伸手到洗碗池旁，失神地抓起一样东西，冲进起居室里，走向抱着"自己"的男子。

　　就在敏高嘴里大喊着什么、放开手的一刹那，美也子昏了过去。

夜晚的酒

"跳舞吧！好吗？跳舞吧！"雅夫以一股强人所难之势去抓五月的手。

"不要！"五月明确地拒绝并抽身。

负责服侍五月他们一桌的女侍缓和气氛似的说道："我们一起跳舞吧！"

雅夫只是点了点头，既不是向着五月，也不是向着女侍。他没有起身。

面前的大厅里，几对男女正在跳舞，乐队正在演奏着五月常在广播里听到的爵士乐。正上方的天花板上悬挂着的玻璃球灯慢慢地转动。反射着霓虹灯的光束落在墙壁上、地板上、桌子上，转来转去。

五月知道自己醉了。她想，如果现在去跳舞，就一定会倒在雅夫的怀里。五月像这样喝洋酒还是第一次。大脑似乎很麻木，可是某些地方又似乎比以往更清醒。

雅夫跟女侍私语了什么，女侍便将五月面前的酒杯换成了新的。五月失神地伸手去拿酒杯，酒杯倒了。"哎呀，真是抱歉。"五月说着，却只是用一副旁观者的表情看着被自己洒上了洋酒的裙子。

雅夫见状，立刻掏出手帕为她擦拭膝盖部位。女侍起身去叫男侍。雅夫的手透过裙子触到了膝盖，五月打开两臂，任雅夫为她擦拭。"里面也湿了吗？"雅夫问道。他的脸近在咫尺，似乎触手可及。"醉了？我倒是想让你稍微喝醉一些……"

五月突然想起在宝来公园时差点被雅夫吻唇一事，旋即转过头去。"我要回去了……"五月想要起身，可脚下软绵绵的。她左手扶额，右手撑着桌子。

雅夫扶着她的肩头，抱住了她："你站不起来。稍等一会儿，表演马上就要开始了，再待一会儿吧。"

"我想回去。"五月反抗道，可是下肢完全使不上力，反而倚在了雅夫身上，只好重新坐下。五月忽然变得胆小起来，她开始后悔不该接受雅夫的邀请而来。

这半个月以来，五月的生活被母亲的离家出走和紧随其后的柏木家伤人事件搞得一团糟。好不容易放了春假，却也只是苦闷不堪地烦恼度日。

柏木被幸枝刺伤了肩头，仍在住院中，不知道能否再继续弹奏钢琴。这件事登上了报纸后，坊间流传着各种谣言。

五月家的气氛也尚未安定下来。美也子一直把自己关在房间里。吃饭时，一旦与五月的目光交会，就会像个受罚的孩子那样小心翼翼。俊助也不堪其扰，作为一名教师，还参与编写教科书，因此他的名字见报简直就是雪上加霜。峰婶也不知怎的，在大家面前胆战心惊，生怕弄出一丁点声响。

就这样，五月把全部精力都投入到家庭中，筋疲力尽。

新学年开始了，在学校时无论多么忙碌，她也总是担心母亲，可是回到家后又深感痛苦，每天都过得不堪重负。到了今天，雅夫打来电话，多次向她道歉，并且拘谨地邀请她来听音乐会。这次外出对五月来说是久违的。

音乐会结束后，雅夫说道："时间还早，要不要去酒吧？"

"想去。我想去！"五月毫不迟疑地答道。如果去酒吧能忘记那些烦恼……五月心想。

走进位于银座的一家名叫"悲喜"的酒吧，五月被那里的气氛震惊到无所适从，但为了不输给雅夫而喝了鸡尾酒，口感甘甜。

"五月，你的眼睛里都是醉意！看来，在我送你回去之前你一个人是回不去了。"

五月听了，忐忑起来。她坐在柔软的沙发里，感到自己全身都沉了下去。五月想给家里打电话，让父亲来接她。

"你要去哪儿？要回去吗……"看五月站了起来，雅夫靠近想要扶她，五月拧着身子逃开了。

"洗手间。别，你别跟来……"

雅夫给一旁的女侍使了个眼色，于是女侍抓着五月的手腕，跟在她身后。

女侍身穿一件低胸露背连衣裙。五月一扶住她，就感觉女侍的皮肤汗津津的。

"请这边走。"

"不，我想打电话。"电话机在入口的时钟前。五月把手指放在号码盘上，突然改变了主意，打到了薰店里。"喂，薰，你还在店里吗？"五月断断续续地说。

"五月？怎么这时候打电话来？"

"我醉得厉害，在酒吧……薰，我想让你来接我。我动不了了。桥本也在，他好可怕。"

"什么？我马上就去。对了，哥哥现在也在店里，他或者我去接你哦。"

五月胸痛欲裂，女侍扶她返回座席后，雅夫手指着大厅说："节目刚开始，看完再回去吧。"

"我给薰打电话了，她来接我。"

"薰来接你……"雅夫听了，脸色为之一变，"不是说我送你吗？我送你回去！为什么要叫薰来？"

五月知道接下来这句话会令雅夫感到羞辱，却还是说道："薰的哥哥可能会来。"

舞女露出白花花的肉体，在舞池里扭来扭去，五月看都不想看地闭上了眼睛，她对醉酒的担忧突然变成了享受。

次日清晨

五月一大早就醒了。脑袋深处还在隐隐作痛，可一想到昨夜的事，脸上就浮现出了微笑。她身穿着连衣睡裙，双臂舒展地张开。

昨夜，研一到了酒吧后，雅夫愤愤地说"应该由我来送！"，于是三人同乘了一辆出租车。

车子发动后，五月很快就睡着了。车子在五月家门前停下，五月睁开眼，发现自己的头靠在研一肩上。坐在五月两侧的雅夫和研一之间发生了什么，他们说了什么，五月一概不知。

"雅夫带我去酒吧，还把我灌醉，你不要去见我父母了。"五月在下车时说道。

"可我是因为知道你家发生的事，想安慰你才这样做的！就这样说嘛！"

"不行。这样说了，你觉得会怎么样？"

雅夫瘫坐在车里。

从大门到玄关，五月始终摇摇晃晃地被研一揽着。

"喂！喂！五月……"父亲看到终于回家的五月后，似乎松了一口气，没有训斥她，反而先给了她一个微笑。

"研一帮了我大忙，送我回来了。"

"我担心死了！"美也子也说着，请研一进屋。

停在门前的车子鸣了三四次喇叭，不一会儿便传来了发动和远去的声音。

五月在父母面前也依旧醉醺醺地靠着研一。"你住下来哦。我给薰打电话告诉她，你不要回去了。"说罢，就联系了薰。

五月醉酒归家，大声吵闹，还罕见地留客过夜的行为搅动了家里死气沉沉的空气。父母听了薰的话也久违地发出了笑声。

到了早上，五月又可怜起昨夜被自己赶走的雅夫来。他回家后该有多么生气啊！他的内心一定受到了重创。可五月从洗手间返回房间里细致地梳头后，就忘记了雅夫。

待她下楼去了厨房，峰婶一脸不可思议地问道："小姐，周日起这么早啊……"

"昨夜我带回来的那位客人，就是薰的哥哥，如果他醒了，请他先去洗澡哦。"

五月穿上拖鞋，走到了庭院里。邻居家藩篱旁的樱花树花谢后结着嫩叶，高高的枝丫正沐浴在晨晖里。五月想起雪子家的庭院里除了那棵银桂树，还有两棵比这棵树小的樱花树，于是她朝着那里走去。

在柏木被伤事件发生后，五月和雪子突然变得亲密起来。虽说如此，五月还没有从家里直接去拜访过。于是，她走近藩篱后先眺望了一番，发现雪子就在庭院里。

"雪子！"五月喊了一声。

雪子站定后，应道："哎呀，是五月啊，这么早……"

"早啊！你在做什么？"

"我……"雪子咬了咬牙，看着五月，"我每天早上都早早起来，给院子除草。"

"睡不着？"

雪子点了点头道："我正要去你家。"

于是二人并肩同行。她们二人都被柏木染指了母亲。

"我也正想着要去你家。"

"是吗？"

"我在等你起床的时间。"

"有什么事？"

"啊！不好！来这边！"雪子在拐角处抓住了五月的手。

"怎么了？什么事？"

雪子瞪大了眼，看上去很惊恐。"上次在公园里抱你的那个大学生……刚才从这里走了过去。"

"今天早上?"

"嗯，早些时候。"

雅夫彻夜在此，还是失眠来此呢? 五月这样想着，左右张望。

案发之后

"他急急忙忙地往你家的方向去了。"雪子忧心忡忡地说道。

"要是他的话，就不怕。"五月不同寻常地应道，"不会有事的。"

可注视着五月的雪子并没有因此而放下心来，她深邃的眼底映着五月的一切。

"我们从小学起就是朋友……"五月说到一半停了下来，脸颊绯红。她不知道关于雅夫该跟雪子说些什么。

"我送你回家。从这边走不会碰见他。"雪子说着，带着五月来到一条横道。

"没事的，他不是坏人。"五月虽然这样说，可昨夜发生了那样的事，现在的她并不想见到雅夫。况且雅夫一大早来访，应该不会什么事都没有。"我们是朋友，他却突然向我求婚。就是那时候的事，在公园里……"

"我看得入神，竟然尖叫了出来。"雪子说，"我还以为你被坏人袭击了。"

"他不是坏人……"五月再度为雅夫辩解，"他突然靠近来抱我。跟他在一起，一想起这件事，就突然开始讨厌他。"

"那就不要和他在一起了。"

"嗯。"

"刚才他从这里经过的时候，我就想他一定是要去你家。他看上去很奇怪，可能是我不清醒的缘故……"

"才不是，你没有不清醒。前段时间你比我坚强多了。"五月指的是柏木被伤事件发生后雪子的状态。

雪子同弟弟在伊豆得知了母亲上京一事后，径直返回了东京。在车站给舅舅家里打了电话，她以为母亲会先到舅舅家。可是，当听见电话里说母亲没去后，姐弟俩都惊呆了。他们又去了敏高家，也没有找到母亲。母亲下落不明，他们猜想或许是返回了伊豆，又拍电报去询问。结果，他们的担心终于在第二天变成了事实。想着再去敏高家看看，到了那儿才得知出事了。

敏高肩膀被刺，被送往了医院。施害人幸枝和目击证人美也子被警察带走了。附近的居民一片骚乱。雪子打电话通知了舅舅家和五月家之后，便赶往了东调布警察局。

听说幸枝被警察带走后一言不发，让负责问话的警官一筹莫展。雪子拼命地向那位警官解释母亲的精神状况。美也子也悔恨交加，自责不已，因此做了对幸枝有利的证言。

在这期间，舅舅小山携律师去了警察局。于是，那天晚上幸枝只被简单问话后就被来接她的小山周作保释回家了。

次日，幸枝再度去警察局做详细叙述，雪子和舅舅陪同。律师出示了幸枝之前的住院证明，并且知会了伊豆的疗养地。幸枝得到警医的诊断，住进了警察医院。

后来，检察院根据警方提供的文件，为制作检方文书而相继传唤了美也子、雪子和舅舅小山周作。这天，五月因担心母亲而陪同前往，在那里见到了雪子，二人聊起了各自的母亲。

"我们做朋友吧！"五月说。

幸枝刺伤敏高一事被认定为精神病患者发病，因此决定不起诉。幸枝又被送进了之前所在的精神病院。

"你为母亲努力辩护，真的很厉害！"五月想起后说道。

"是吗？"雪子诚实地点了点头，"我为了保护她，拼尽了全力……可一想到她做了那种事，就害怕极了。"

"那时，我接到你的电话也是眼前一黑。"

那件事跟美也子也有很大的关系。如果美也子不去柏木家，幸枝也就不会刺伤柏木了吧。这样一想，五月就心疼起雪子来。二人同病相怜，她们的母亲都因为同一个男子受到了伤害。五月也因柏木和母亲的关系经历了不见天日的痛苦。

　　"从那之后，母亲就住院了。好不容易去伊豆之后身体有所好转……"

　　听雪子这么说，五月不知道该如何安慰她。五月的母亲也在那件事后内心深受折磨，虽然还没到发狂的地步。

　　"不知哪户人家打开了遮门。"雪子说着，停下了脚步。

　　"近来，我一听到早上别人家打开遮门的声音就觉得很开心，像被拯救了一样。"

　　"是吗？"

　　"早晨可真好啊。"

　　渐渐地，越来越多的行人出现在街上，他们早早地出门，去远的地方上学或者上班。

　　"我家的客人大概也起床了。我该回去了……"

　　雪子听了五月的话，便问道："客人？是刚才的大学生吗？"

　　"不是。我朋友的哥哥昨晚住在我家。雪子，我马上就到家了，也没看到那个人，你就送我到这里吧！非常感谢你，再见！"

　　雪子一眨不眨地目送着急忙离去的五月。

笑声

五月回到家后，研一已经起床，正在客厅里同美也子聊天。

五月走过廊下，就在与研一四目相对的一刹那，啊地轻呼一声，随即屏住气，涨红了脸，对昨夜之事也没道谢，就逃也似的回到了自己的房间。

"五月！五月！"美也子呼唤她，紧接着便发出了爽朗的笑声。

五月站在三面镜前凝视自己的脸，脸上洋溢着无法抑制的微笑。昨夜是五月把研一留下来的，她明明知道研一住在自己家，可当看到客厅里的研一时还是一脸不可思议。

母亲爽朗的笑声久久没有散去。"吃饭了，快来吧！"美也子走到房间里来喊五月，"哎呀，你在做什么？真是个奇怪的孩子。"

五月好久没听到美也子那充满母性的声音了。

"父亲……"

"他已经洗完澡了。你也快来吧。"美也子说罢，站在五月的身后稍稍弯下腰来，把手放在五月的肩膀上，看着镜子中的自己。

"借我用一下插梳。"美也子说着便拿了一把梳子插入发髻，又给五月的头发也装饰了一把。

"母亲。"五月娇柔地唤了一声。

早上的餐桌因为有了研一的加入而在不知不觉中热闹起来。往常默不作声的研一也淡淡地开着玩笑，逗得大家咯咯地笑。

俊助频繁地跟研一谈论台球，研一因为在学生时代有打台球的经验，所以可以听懂。

"对了，还有一个大学生也常来。"俊助说，"带着一个看上去像是恋人的女孩，教她打球。可那女孩只是静静地看着男孩打出的好球，她的表情总是那么真诚质朴，我着实有点羡慕啊！"

"老师您带五月去吧……"

"不，自己的女儿就没意思了。其实我也和女子交手过。那人看上去三十多岁，不像成家的样子，看穿着似乎刚下班，独自走进了台球厅，独自在最里面的桌子上打了一会儿。我临走时，她突然对我说：'老师，能和您打一局吗？'我是学校老师，因此在那家台球厅里大家也都叫我老师。虽然那是我第一次和女子打台球，可是心情好极了。"

那家台球厅位于道玄坂，俊助时常光顾。五月甚至记得其电话号码，父亲晚归时就会打电话过去询问。五月知道，父亲因为饱受家庭之苦而用打台球来转移注意力，却不知道他曾和女子一起打过。听他这么一说，五月在心中感慨着父亲居然也有这样温柔的一面。

今天早上的父亲表情明媚，由于研一这位留宿客人的加入，母亲似乎也轻松了许多，饭后一边清理一边说笑。

"来了一个姓桥本的学生。"峰婶对五月说道。

"雅夫？"

五月与研一面面相觑。

"桥本……"研一似乎也在忖度雅夫一大早来访的目的，"我去见他吧。"

"不，还是我去吧。"五月说着，就起身前往。

美也子见此情景，马上追问："怎么了？"

雅夫目光凌厉地站在玄关处，五月一脸僵硬地向他道歉："昨天晚上对不起。"

"没事。"雅夫吞吞吐吐地说，"我母亲说要来访……"

"你母亲？"

"是的。"

"来我家？"

"是的。"

五月似乎受到了惊吓。"和你一起来的？"

"不是。我觉得自己先来比较好……"

"……"

"我昨夜没睡着。"

"……"

"母亲见我那样，心疼得坐立难安，于是说要来拜访你的父母。母亲今天下午就要乘坐电车返回名古屋了……一周前她来东京住在了亲戚家，昨天晚上来到我的住处。我把你的事都告诉了她。她早上和身在名古屋的父亲商量后，决定要来正式拜访……"

"正式拜访？"五月反问道。她自然明白那是什么意思，满脸写着不知所措。

"在母亲来之前，我想和你谈谈，你能出来一下吗……"

"不能，家里还有客人。"

"客人？"

"薰的哥哥昨夜留宿在这里。"

"研一？"雅夫的五官扭作一团，露出不可思议的表情。他看了看玄关处的鞋子。"是吗？是研一吗？"他颤抖着说，"如果是研一的话，我想见他。我有话对他说。"

"什么话？"

"我要直接对他说。你把他叫到这里来！"

听了雅夫高声命令的语气，五月就气不打一处来。

"他真卑鄙！"雅夫激愤地说。

这时，研一从屋里走了出来。"你有话对我说？"

"是的。"

研一回应了雅夫之后，面向五月与她道别："那么，我就此告辞了……"

五月担心雅夫不知会说出什么话、做出什么事来，于是说道："我也去。"

　　"不用，既然对我有话说，你还是不要跟来了。"研一说。

　　"你还是跟来听听吧。"雅夫说。

　　于是五月穿上拖鞋，跟在二人的身后走了出去。

花季

上午十点钟，雅夫的母亲来了。俊助与美也子一同在客厅里接待了她。把她送出玄关后，俊助强忍着不悦道："看样子，雅夫可真任性。"

"五月真可怜。不知道的人还以为是我们的错。"美也子生气地附和道。

"说话倒是很客气，一个劲地请求我们答应。可是看样子，她认为是不良少女五月诱惑了纯情的雅夫。"

"我们委婉地拒绝，对方也丝毫不接受，始终重复着同样的话。"

"对儿子太放纵了，完全不考虑别人的想法。"

五月在茶室里焦急地等待着美也子。

"怎么样了，母亲？桥本母亲说什么了？"

"她请你一定要嫁给雅夫……她说当下很流行学生夫妇，哪怕你不答应，也要先约定好。"

"哦，那你们拒绝了吗？"

"当场没法拒绝啊，只能说要与当事人商量之后再决定，先请她回去了。"

"当事人，就是我吧？"

"当然是你。你和雅夫正在交往，今天一大早雅夫又来找你，我虽然没见他，不过他肯定很烦恼吧？他的母亲来说了那么强硬的话，五月你没有责任吗？你是不是和雅夫约定什么了？"

"我没有。"五月摇了摇头，"母亲，求你了！我很害怕，不知道雅夫要干什么。"

"别害怕，我看着呢。"美也子故作坚强地说道，眼眶里不禁涌出了泪水。

　　五月吃了一惊。自从柏木事件发生后，母亲就变了，这突如其来的眼泪似乎是在向五月道歉。

　　傍晚，始终无法放下心来的五月给薰打了电话。

　　"好久没见！我好想你啊。"薰用开朗的声音说道，"我整天待在店里，除了进货一步也没离开。现在正值花季，店里漂亮得很。藤花和杜鹃花都开了，你来看！"

　　"嗯，我这就过去。"五月也明朗地应道。

　　薰放下电话，正要看账本。这时，看店的少女京子向在里屋的薰喊道："哎呀，他又来了！"

　　"谁？"

　　"就是那位。"京子对薰眨了眨眼。

　　一副刚下班模样的男青年走进店里，左右张望。他选了最先映入眼帘的浅黄色大朵蔷薇[1]，于是京子从花筒里取出了三枝"和平月季"。

　　客人走后，京子来到里屋。

　　"那位客人不是来看花的，是来看你的哦。"

　　"是吗？"薰一副不在意的样子说，"也许他的恋人在医院，他总是拿两三朵花前去探望，不是吗？"

　　"除他之外，还有其他客人也不是来买花，而是为了看你的。我可知道哦。"

　　"是吗？真讨厌。"

　　"不讨厌。这不是很自然吗，你这么漂亮，即便是男子也会想来买花啊。"

　　"好了好了。"薰起身正要走到灰泥地板上时，透过玻璃看到

---

1 蔷薇、月季和玫瑰都属蔷薇科，在日语中它们是一个词，但在中文中有区分。本书在一般语境下都译成了"蔷薇"，在说明性质或出现花名时，依照中文习惯译成了相应的不同名称。

了立于黄昏中的雅夫。

雅夫与薰目光交会后，走进了店里。

"你怎么了？表情那么可怕。"

"嗯，你哥哥还没来吗？"雅夫站在花丛中低着头。

"找我哥哥有事？"

"我见到研一了，在五月家……"

"欸？"

"其实，今天我母亲正式拜访五月家了，去提亲。"

薰惊讶地望着雅夫。

认错人

"那件事发生后，五月家还没缓过来，你是知道的吧？"薰一副责备的语气，"这时候去提亲，是很没常识的做法。"

"怎么了，你想说我乘虚而入？"

"虚？你觉得这是五月家的家丑？"

雅夫完全被薰的强势压住了。

"我不是那个意思。我不觉得提亲的时机有错。五月的母亲犯了错，柏木被刺伤，哪怕世人对他们家指指点点，我对五月的心意也丝毫没变，而且我的母亲也不在意那件事……"

"我知道了。"薰没等他继续说下去，"你真伟大。可我不想听，听了就来气。"

"因为你哥哥吗？"

"与他无关。我只想安静地陪伴和安慰现在的五月。"

"我爱她，想娶她，还有比这更有力的安慰吗？"

"分时间、场合，也分人。"

"你想说我不行？研一就行，是吗？"雅夫嘲讽地说，"研一也爱五月吧？"

"谁知道呢。"

"就是！我知道！而且，五月好像也喜欢研一。"

"既然你知道，这不就完了吗？"

"可我不想放弃，绝对不……"

"你来就是想说这个？"

"我来是想说，你别妨碍我！研一也是，你也是……"

"哎呀，这可奇怪了！哥哥爱五月，五月也喜欢哥哥，而你又知道，那么妨碍的人难道不是你吗？"

"我的爱不同于研一那慢吞吞的爱，我愿意为五月付出生命！今天早上我已经这样明确地告诉研一了。"

"今天早上你见哥哥了？"这完全出乎薰的意料。

"我再三嘱咐了研一，现在也来嘱咐你。我对研一说这番话时，五月也在。"

薰惊讶地望着雅夫的脸。"五月也在"是什么意思？薰充满了疑问，却沉默着别开了脸，在花丛中漫步着开始打理。刚才打电话来的五月很快就要到了，她不想让五月在这儿看见雅夫。

雅夫看到薰不再理睬他，便打算离开。他背对着薰说："我专程过来拜托你，希望你不要忘记。"正当他说完时，"啊！五月！"在店门口差点撞上了匆忙赶来的五月。

五月大惊失色，越过雅夫的肩膀用眼神向薰求救。

"正好！"雅夫说着，就向店里折返。

"不行！"薰站在雅夫面前，挡住了他的去路，"这是我的店，现在是我和五月约定好的时间。你该回去了！"

"可是五月来得正是时候！"

"五月和我有约！妨碍别人的好事不是你最讨厌的吗？"薰斩钉截铁地说道。

"好吧。"

就在雅夫犹豫之际，薰说着"欢迎"就拉着五月的手向里屋走去，顺手关上了拉门。看到雅夫仍然倔强地不肯离去，薰于是对看店的少女说："京子，关店！"

看雅夫来势汹汹，京子连忙起身撤回里屋，和薰二人合力拉上了大玻璃门内侧的窗帘。

"桥本，快回去吧！"

五月听到薰的声音后走进店里，仍然惊魂未定地向外望去，只见厚厚的窗帘上映着街灯的光。

"今天早上，雅夫的母亲来我家了。"

薰依旧明朗地点了点头，像男子一般应道："我知道。"

"你哥哥告诉你的？"

"桥本说的。我哥哥从昨天晚上就没回来，大概是直接去研究室了吧。"

"昨天晚上真的非常感谢，你帮了我大忙。"

"我哥哥住下了？"

"是的。"五月说着红了脸，似乎感受到了薰炙热的视线，"雅夫来做什么？"

"他来宣言要跟你结婚，还让我哥哥放手……"

"不是吧?！"五月叹了一口气。

"是真的，虽然没有说得那样强硬。不过他可说了'研一爱五月，五月好像也喜欢研一，可我就是不能放弃'这种话……"

"啊！"

"还专程来让我不要妨碍他，太可笑了吧！"

"真讨厌！他会不会在哪儿等着我回去？太可怕了！"

"我去送你。如果哥哥来的话，就让他去送你。"

"可是昨天晚上也是他去接我的……"

五月说到一半，帮忙看店的京子打开了窗帘要出门。

"啊！"五月轻呼了一声，身体不住地战栗了起来。

"怎么了，五月？"薰走到五月身边，"桥本在那儿？"

五月摇了摇头。

"怎么了？"

"没什么，我认错人了。"

京子走了出去。

"刚才一个半张脸缠着绷带的人走了过去。我认错人了。"

柏木被刺的是肩膀，脸上应该没有缠绷带。那个人看上去比柏木矮，而且柏木大概已经取下绷带了吧。虽说不该认错人，可是一看见缠着绷带的人就害怕地以为是柏木老师，而且哪怕知道自己认错了人，五月仍然苦闷不堪，仿佛胸中堵着什么东西。

　　五月的眼前浮现出了昨天母亲眼中泛泪的脸庞。

一个女人

"洋二，钱安全吗？"雪子再三叮嘱。

洋二有些听烦了，拍了拍上衣内口袋给雪子看。"好好地在这儿呢！"

"别弄丢了！这可是舅舅在困难时期拿出来的钱……"

"我知道！"洋二咂了咂舌，"真窝火！凭什么我们必须出治疗费和慰问费啊?!明明母亲也是受害者！而且还是那家伙的继母！"

"没办法，律师让这样做的。"

"他们都错了，律师和舅舅……"

"不过这样一来，母亲的事就不会传到外面去了。"

"可是母亲又被送回精神病院了……"

洋二生气地迈出脚步说："敏高那家伙的名声不也同样保住了吗？"

"有少数报纸登了。而且，敏高哥弹钢琴的右肩膀受伤了。"

"如果让我见了那家伙，我就刺他的左肩膀！钱不重要，心里畅快！"

"洋二！"

幸枝刺伤柏木一事发生后，介入调解的律师提出了息事宁人的条件：由幸枝的监护人小山周作支付敏高以治疗费为名义的十万日元。一周前，柏木给周作寄信。信中说，不求调解中的十万日元治疗费，只是目前出院后在伊香保疗养，苦于囊中羞涩，特来相借。对因病闭门不出的周作来说，十万日元并非小数目。雪子深知这一点，因此才对跑腿办事的洋二千叮咛万嘱咐。

雪子把洋二送到田园调布站的刷票闸口，睁大眼睛对他说："小心点，别乱来！"

洋二在涩谷下车后，形单影只的他仍然怒火中烧。前天的一场雨过后，昨天和今天的阳光像盛夏那样耀眼。洋二脱下外套，看了看手表，离上野站还有三十分钟。然而，上野站的电车要在一个半小时后才出发。他嗓子干燥，为了静下心来，打算去喝一点冷饮，于是走到了人行道上。就在这时，一辆绿色的高级小轿车停在了他的面前。

"这不是洋二吗？坐上来吧！"车里的中年妇女对他说道。那就是不时光顾洋二所在酒吧的大田夫人。

"坐上来吧！"坐在副驾驶席的大田夫人打开了后车门，洋二二话不说就钻了进去。正好这时信号灯变了，车子立刻发动。

正在驾驶的是大田夫人二十多岁的女儿玲子。洋二看着她秀发上的美丽波浪、可爱的香肩和半袖衬衫中露出的手臂，手臂似乎还在散发着光芒。

"玲子，"夫人喊了一声，"他是'瞳'酒吧的洋二，怎么样？"

玲子回头看了一眼，洋二瞬间被一阵花香包围了。

"这是我的女儿，玲子。她不去酒吧。"

玲子淡淡地向洋二点了点头，继续驾驶。洋二说自己要去伊香保，于是夫人把他送到了上野站。

洋二在玲子的身后似乎做了一个温暖的美梦。近在咫尺，却相距甚远。洋二瞬间感到了悲伤，对敏高的愤怒也缓和了一些。

坐上电车之后，洋二的心仍追随着玲子。她的身姿难以言喻，但一想到若是那样气质的人在自己的身边，人生就立刻变得生动起来。

"涩川！涩川！"电车乘务员的声音让洋二回到了现实，急忙下了车。

在走向站前公交车站的途中，洋二以防万一地把手放在了内口袋上。

"糟了！"放着一沓纸币的信封不见了。洋二心想兴许是被扒手扒走了。在到达高崎站之前，上衣挂在窗边；走在上野站的地下通道里喝着冷茶的时候，还有走进刷票闸口之后的事他都记不清了。

归根结底，都是敏高那家伙的错！洋二愤愤地在心里憎恶起兄长来。只要跟他产生联系，己方就会倒霉。可是伊香保又不得不去，洋二便晕晕乎乎地搭乘了公交车。待到了伊香保的温泉，洋二虽然找到了敏高所在的旅馆，却没有勇气迈步走进旅馆的玄关。于是，他向着溪流的方向走去。四周被青山绿水环绕着，还能听到小鸟的鸣唱。

他走到溪流旁的岩石上坐下，看见一个身穿浅黄灰色毛衣的男子正单手拄着拐休息。洋二走到能看清那人长相的地方，不由得喊出了"敏高哥"。敏高一脸诧异地望着他，洋二很想逃。

"我，是洋二。其实……"洋二把途中弄丢舅舅的钱一事告诉了敏高。敏高一言不发，甚至有些冷淡地听着。不知道他是否相信了洋二。过了一会儿，他说："是吗？被扒走了？报警了吗？"

"没，还没有。我大脑一片空白……"

"是吗？那就没办法了。那笔钱我不要了。作为条件，我有件事要拜托你。"

"……"

"我要把一个女子……"柏木望着远方说，"带出来。"

"……"

"我不是要干什么坏事。她很想见我一面，可出于某些原因，她出不了家门。"

"……"

"如果你帮我，那你弄丢的那笔钱我就权当收下了。"

昏暗的廊下

洋二出什么事了？

自从洋二出发去伊香保给敏高送钱，这已经是第三天了。雪子以为钱送到之后他就会当日返回，就算留宿一晚，昨天也应该回来了。雪子担心得坐立难安。如果那笔钱没有送到敏高的手里，家人就会大发雷霆，他是不是和他的狐朋狗友一起拿去花掉了？雪子打算致电洋二工作的酒吧询问，因忌惮舅舅，没有使用家中的电话，而是去站前使用公共电话。雪子拨通了号码，手指颤抖着。

"我是在贵店工作的柏木洋二的姐姐……"

雪子还没说完，一个似乎是女侍的人放下心来似的说："我们从前天起就在找洋二，可是不知道该联系谁，正发愁呢！"

"我弟弟怎么了？"

"那个，你稍等一下！"

"喂喂，喂……"雪子不停唤着，可是对方毫无回应。雪子害怕了。

过了一会儿，一个男人接起了电话："您好，我是高田。"

"哦，高田先生？"雪子想都没想地说道。高田是洋二的同事，雪子听洋二提起过。

"我是高田。洋二他……"

原来，洋二三天前在涩谷搭乘了酒吧客人大田夫人的车，在上野站下了车。他落在车里一个装着很多钱的信封，被大田夫人的女儿发现了。

"之后大家一阵忙乱。大田夫人打电话来店里，昨天和前天我们都在找洋二。洋二在哪儿？"

"嗯，那个，不是……"

"我听说他有舅舅和姐姐，但谁也不知道地址……您打电话来，我们真是松了口气。请转告洋二！"

"是。谢谢，非常感谢！"

"那么再见……"高田说着就要挂断电话，"啊，对了！我告诉您大田夫人的住址和电话号码。准备好了吗？杉并区、荻洼……"

雪子在电话旁的备忘录上记了下来。

"洋二，你在哪里？"雪子怅然若失地嘟囔着。或许他弄丢钱后自杀了……为了弟弟，自己必须冷静下来。雪子深呼了一口气，仰望着天空。道路两旁的银杏树伸展着绿色的粗枝。梅雨的天幕沉重地垂着。

"洋二。"被雪子的呼唤声吸引的行人驻足向她投来视线。这时的雪子完全丧失了自信，跌跌撞撞地奔跑回家。从玄关到里屋的暗廊让现在的雪子害怕不已。"洋二，洋二。"雪子仍在呼唤。我又担心了，这样可不行！她心想。

周作从起居室里探出头来问："雪子，怎么了？洋二来了？"

"没有，那个……"

"你刚才不是在喊'洋二'吗？他在哪儿？"

必须告诉舅舅……洋二的事了……不，不能冲动……雪子低垂着脑袋。

"怎么了？"舅舅看着雪子。

就连病弱的舅舅靠近，雪子都感到害怕。

"啊……"

"雪子，雪子，喂！"

雪子的脑海深处平静了，身体却毫无力气，舅舅用手臂撑着她。

周作叫来了熟悉的为老人看病的医生。雪子恢复了意识，恐惧却没有消失。

雪子心想，必须马上去大田夫人家拿钱。可她大脑一片混沌，只能不断地摇头。冰袋的冷气让她舒服了不少，不知不觉便进入了梦乡。

盛开的蔷薇

白木来到了薰的店里。白木就是那个总来买两三枝蔷薇的青年。

近来，薰和白木进行了类似相亲的活动。白木没有直接对薰说想跟她结婚，而是由他的亲人向薰的哥哥提了这件事。白木在店里见过研一，也知道他在大学做助手。白木的父亲径直拜访了研一所在的大学研究室，与他商量这件事。后来，研一为他们二人制造了见面的机会。

薰经营花店，因此他们约在银座一家名叫"花之木"的法国餐厅吃晚餐。

研一在放租的房子里等待薰的到来，待薰回来后，研一温柔地问道："怎么样？"

薰耸了耸肩说："相亲也就那么回事吧。"

"你说是相亲，可对白木来说是恋爱，是吧？他起初对你眼缘不错，于是来买花，在不断买花的过程中越发喜欢你了。"

"可是双方父母……虽然咱们这方不是父母，但是张罗了晚餐，又见了面，可不就是相亲嘛！"

"你们之前也偶尔见面，而且今天只有你们两个，应该没有相亲的感觉吧？"

"才不是呢，根本不知道该说什么。既然是相亲，就应该像相亲那样正儿八经地请家人同席，互相说些该说的话，促使这件事办成。"

"欸？薰，你……"研一一副颇感意外的表情。

"算了，反正怎么做都没区别……"薰说着，竟然垂下了眼，"我呢，好好想了一下这件事。我以前都太大意了。"

"……"

"我还没谈过恋爱呢。我也想爱上一个人，给那个人生孩子。我喜欢是最重要的。不过，会不会我的性格不适合呢？"

"你才十九二十岁，说什么呢！"

"精神年龄不小了嘛。"

父亲死后，研一就靠妹妹养着，妹妹这番话让他的内心隐隐作痛。可现在不是时候。他努力地轻声说道："白木失败了啊。"

"还不清楚。我总感觉自己会和白木平凡地结婚，所以觉得有些失落。虽然这件事对自己来说并没有损失……"

从那天到今天为止，白木没有再来薰的店里。他一直在等薰的回复，可迟迟没有等到。他是因为心烦意乱才没来吧。

白木和往常一样看着蔷薇花筒，心不在焉地说："这蔷薇已经盛开了啊。"

"是啊，盛开了就不能再出售了。一枝算三十日元，你要买下这全部的八枝吗？"

"我吗？"

"嗯，是的。"

"吓我一跳。不过，你让我买，我买就是了。"

"白木，你还没送过我花呢。"

"当然。"白木的声音突然明朗了起来，"给花店老板送花，哪有这样的蠢人？"

"那……你来当一下蠢人，送我花怎么样？"薰笑了，转念又觉得糟糕。白木今天来店里是抱着什么样的情感，薰最了解不过了，他一定坐立难安、忐忑不已。

白木也笑道："你可真会做生意，长此以往一定会生意兴隆的！"他边说，边从花筒里取出那枝盛开的蔷薇。

"啊，好痛！"

"小心，那蔷薇有刺。"

白木放下手里的蔷薇，从口袋里掏出钱包。"三八两百四十，对吧? 我没零钱, 只有一千, 请找零。"

"好啊, 给你! "

"欢迎光临! " 就在这时, 京子迎客的声音响起。

雪子犹豫着走到店内: "那个……" 没等她说完, 薰就走近了说: "你就是雪子吧? 刚才五月来电话了……我已经选好了花, 束好了, 在等你。"

"哎呀。"

"给你! "

"谢谢, 真漂亮。多少钱? "

"不用了。被你拿着, 这束花也会高兴的。"

"哎呀, 可是这束花我要当作谢礼送人的, 好不容易劳烦你……"

"没事的。请来这边坐, 我去泡茶。我和五月从高中时候起就是好朋友, 关系非常好。"

雪子无法拒绝, 于是向里面走去。薰泡了红茶, 又端来了蛋糕。初次见面薰就这样热情, 雪子反而无法平静了, 于是她很快就起身想要离开。

"回程时也一定过来坐坐哦! 我们多聊聊天吧! "

"好的。那个……" 雪子再次向薰询问花束的价格。

"不用了, 那我等你回来哦! "

"谢谢你。"

雪子不禁心想, 五月在电话里对薰说了些什么呢?

就在刚才, 雪子在去往田园调布车站的路上见到了顺坡而上的五月。她刚从面包店回来, 听说雪子要去荻洼之后, 就说起了自己在荻洼车站附近开花店的好朋友。"你去薰的店里看看! 她人很好的。"

雪子想起了五月这番话。

"那我就去店里买束花吧。第一次去拜访人家, 送花不失礼吧? "

"不失礼。我这就给薰打电话。" 五月说。

或许正是因为这通电话，薰才亲切地没有收钱。雪子想到这里，泪眼婆娑起来。

雪子捧着花束走出花店，薰目送着她有些落寞的背影，心想是不是应该对她更热情一些。

"真是一个温柔可人的人呢。"白木说，"不过我也放心了，你把盛开的蔷薇强卖给我三十日元一枝，没想到还有这样慷慨的一面。"

"那是自然。她没有父亲，母亲又精神不好，兄长又沉迷女色，弟弟也不正经，我送她一束花又算得了什么？与她相比，你什么都有，而且居然想要娶我。"

"真辛辣啊。"

"没错！来，喝点茶吧。吃蛋糕吗？"

"你不会还要收我蛋糕的钱吧？"

伊香保

薰虽然一直在等待雪子，可雪子并没有回来。"她可能不会自己进来，你如果看见她从门口路过，一定要告诉我哦！"薰虽然这样嘱咐了京子，可还是不放心。

"昨天那位小姐！"京子这样低声对薰说时已经是次日下午一点半了。当时的薰正在为一位要去参加告别式的客人制作花束，正要拿几枝白百合放在花束里，听了京子的话后就把未完成的花束交给京子，走到外面去。

"欢迎光临，昨天我可等你了哦。快进来吧！"

"是。"

薰猜想她或许是为了昨天收到的花束前来表达感谢，没想到雪子在店里转了一圈后停下来问道："那个……五月，她不在这里吗？"

"五月没来。"

雪子听了似有些吃惊，差点瘫倒在地，薰搀扶着她走进了里间。

"找五月有事吗？你以为五月在这里？"

"不是，那个……"雪子双手端着薰拿来的茶，似乎想要让自己平静下来，小指却颤抖不止。

"发生什么事了？"

"我今天给伊香保去了一通电话，听说哥哥和弟弟来了东京之后……"

"伊香保？"薰听了她的话后一头雾水。

雪子双手紧握茶杯，盯着薰，似乎有话要向她倾诉。

"伊香保和五月有什么关系吗？"

"是的，出大事了。"

"请告诉我！如果可以的话……我和五月是好朋友，她家里的事我也了解，告诉我无妨。"

"事情是这样的。"雪子稍微平静了一些后，讲了起来。

原来，昨天大田夫人把那十万日元还给雪子后，因为是一大笔钱，所以差使女儿开车送雪子回了家。钱虽然回来了，洋二却没有任何音信，于是雪子担心是不是出了什么事。她想来想去，今天试着给伊香保的住所打了一通电话。敏高寄来的要钱信放在舅舅的平装书里，信封是伊香保住所的，上面印刷了电话号码。雪子偷偷看了信封后，独自走出家门，走进车站附近的咖啡馆，借了店里的电话。伊香保住所的人说："今天早上柏木先生二位一起出发了。"

在听到"二位"之后，雪子首先想到了五月的母亲，不禁为之一惊，再向电话那头确认后，她确定是洋二。啊，洋二还活着，平安无事……洋二丢了钱，不知道敏高是否原谅了他。可是，为什么洋二不联系自己呢？他那样憎恨敏高，为什么与敏高在伊香保共处了四五天？雪子不明白洋二的想法，也不理解让洋二留宿并与其一同返京的敏高。真奇怪。他们一定打了什么坏主意。

但是无论如何，洋二还活着，而且今天就要回到东京。雪子为此松了一口气，有些高兴。她走出了咖啡馆，一辆黑色汽车从她眼前驶过。

"啊！"

一个低着头、身穿和服的女子身旁坐着的男子是敏高！雪子大吃一惊，转瞬间就只能看见汽车的背影了。副驾驶席上的年轻人，无论脖子还是肩膀都像极了洋二。就在雪子发出尖叫声之后，汽车很快就在车站前右转，沿着铁道旁的马路奔驰而去。雪子怀疑自己看错了，或是出现了幻觉。

可是，那个女子……雪子耽于沉思，从舅舅家门前经过，急忙向着五月家走去。五月还没有回来，峰婶说她放学后去了同学家里。

"夫人呢？"听了雪子锲而不舍的问题后，峰婶可怜兮兮地答道："刚才夫人和客人一起出去了。"

“是什么样的客人？”

“嗯，很年轻。”

一定是洋二，雪子心想。她慌张了，觉得必须先找到五月。本以为五月放学后来了薰店里，于是径直赶了过来。

“车里的人确定是五月的母亲吗？”薰再三向雪子确认。

雪子摇了摇头：“我不确定，可是……”

“该怎么办呢……”薰一时也想不出什么好主意来。她估摸着或许五月已经回家了，于是打电话确认。谁知五月还没有回家。

“哎呀，哥哥！”薰看见走进来的研一，明朗地招呼他，似乎在说他来得正是时候。

三人行

"怎么了？发生什么事了吗？"研一问，"薰，你怎么这样慌张？太不像你了。"

鉴于雪子就在旁边，研一不好捉弄薰。看着雪子的脸，猜测她一定有什么事。雪子的眼眸深处的悲伤在燃烧，似乎马上就要喷涌而出。研一诧异地问："这位不是……客人吧？"

"这位是雪子，五月的朋友……"

"哦，这样啊。"

"这是我的哥哥。"薰介绍道。

"我叫研一。"研一看到抬头看着自己的雪子夺眶而出的泪水，慌忙补充道。

雪子方才的恐惧和紧张在研一面前突然得到了缓解。

薰站着把雪子担忧的事简明扼要地告诉了研一："我们正在苦恼，不知如何是好呢，没有好主意。"

"这样啊。"研一想了一下说，"别担心。如果车上的人果真是五月的母亲，那么三个人……"

"没错。可是，我弟弟他……"

"虽然我不知道为什么你弟弟和他们在一起，但是他不会做什么坏事吧。"

"是的。可我的哥哥是坏人。"

"虽然如此，可他也不是什么穷凶极恶的大恶人。三个人大白天一起坐在车里不会发生多么可怕的事。"研一对着睁大眼睛看着自己的雪子说，"总之，我们先去五月家吧。我觉得不必过于担心。"

"好的。"

"薰，我去送送雪子，顺便去五月家看看就回。"

"哎呀，那我也要去！稍等一下。"薰急匆匆地制作了两个可爱的花束，分别给五月和雪子。

薰拦下一辆出租车，三个人坐了进去，雪子坐在兄妹俩中间。

"我们现在也是三个人坐在一辆车里，怎么会有事呢？"研一说着，产生了一种想要轻轻揽住雪子的肩膀安慰她的冲动。

在从田园调布车站驶向五月家的车里，薰提议道："你要先回家看看你舅舅吗？或许他正在担心。"

"不用。"随着离五月家越来越近，雪子越来越不安了。

"那回程的时候，我去你家向你舅舅道歉。"研一道。

五月家的门紧闭着。按下门铃后过了一会儿，峰婶走了出来。

薰隐藏着担忧问她："五月回来了吗？"

"回来了。三十分钟前回来的。"

"夫人呢……"

"夫人也在。"

研一和薰瞬间放下心来，对视了一下。雪子突然闭上眼，似要倒下，研一从薰身后走近揽住了雪子，一起走进了玄关。

"哎呀，雪子也来了。"飞奔出来的五月看到失魂的雪子靠着研一，惊讶得不禁倒吸了一口凉气。就连温柔地支撑着雪子身体的研一，心里也七上八下起来。

"五月，你母亲……"

五月听到雪子不同寻常的声音，反问道："嗯？找我母亲有什么事吗？"

"没有，那个……"雪子一时不知该说什么，抬头看了看研一。

就在这时，美也子走了出来，眼神停留在雪子身上，脸色突然一变。

五月不知道发生了什么事，只是来回看着母亲和雪子的脸。

"怎么了，母亲？发生什么事了吗？"

"没事。"美也子很快恢复了平静，温柔地摇了摇头，转而对大家说，"快，大家都进来吧！在客厅里好吗？"

薰趁机向美也子递出了花束："雪子来我的店里，我们聊着聊着就突然很想见见阿姨和五月，于是前来打扰了。"

"非常欢迎！那我给大家做点什么好吃的呢……"

五月听着薰和母亲的对话，觉察到了异样。怎么回事？她向研一递出一个眼神。

研一轻轻点了点头，似乎在说：没事，放心吧。

五月很想相信他的眼睛，却在心里纳闷，为什么研一不拍拍自己的肩膀，大声说"放心吧"之类的话呢？

此时，研一的手仍然支撑着雪子的身体。

司机

美也子听说五月在雪子家里突感身体不适，洋二要过来接她，于是匆忙从玄关飞奔而出。彼时，家门口正好停了一辆出租车。她没有注意到车门从里面打开，正欲坐进去的时候惊觉里面似乎有人，一瞬间还以为是医生。待她认出里面的人是柏木时已经迟了，手腕被他拽着，整个人被拉进了车里。都怪她大意了。

"你可真过分！"美也子颤抖着的低沉的声音甚至传到了启动车子的司机耳中。

"你既不给我回信，也不接我的电话……我也是没办法了，才出此下策。"

"……"

过了一会儿，柏木叫停了出租车，从后座推了推坐在副驾驶席上的洋二的肩膀，对他说："你已经没用了，就在这儿下车吧。"

洋二回过头来，耸着肩膀看了看脸色苍白的美也子，耷拉着脑袋，无精打采地下了车。夏天的阳光明亮刺眼，晃得洋二闭上了眼。他摇了摇头，站在路边。

出租车绕过转盘，向着第二京滨国道驶去。

"要去哪儿？"美也子开口问道。

柏木没有回答她的问题，而是说："我好想你。"

"……"

"那个疯女人！"柏木恶狠狠地说，"都怪那个疯女人，妨碍咱俩的好事！美也子，你害怕那个疯女人吗？"

"她要是疯女人的话，那把她逼疯的人难道不是你吗？"

"开什么玩笑？！如果一个女子因为一个男子就能疯癫的话，那么世间的大部分女子都是疯子咯！疯癫是天生的，她的女儿不也是个疯子吗？”

　　“雪子是五月的朋友。”

　　“最好不要靠近那种人，趁还没被伤害，就像我这样……”柏木捂着右肩膀说道。

　　“你的伤已经完全好了吗？我想问你的只有这个。”

　　“没有。梅雨的湿气、夏天的暑气都会加重疼痛，我的心更痛。”

　　“……”

　　“受了这样的伤，我怕是不能再弹钢琴了。这伤痕可是我和你相爱的印记！我一辈子都会带着这深深的伤痕活下去。无论是在医院，还是在温泉，我脑子里只有这件事。我的手已经不能再抚弄钢琴了，只能抚摸你温柔的手。我只剩下你了。”

　　“对不起，都是我不好。”

　　“不，你无须自责。我不是在指责你。”

　　“别折磨我。”

　　“我没有折磨你，我只想给你幸福。爱你是我唯一的幸福。你还记得吗，那年冬天，我们也是行驶在这条路上，那时的我们多幸福啊！”

　　“不，那简直就是地狱！是地狱！我做错了。这件事让我女儿也很痛苦。我差点就像雪子母亲那样疯掉。或许下次我就会刺伤你的左肩膀。”

　　“那个疯女人是因嫉妒而癫狂的，如果你肯为我嫉妒而发狂，那我宁愿被你刺伤左肩膀！你说你错了，其实我和那个疯女人才是真正的错误。人都会犯错，我失去了钢琴或许就是因那个错误受到的惩罚。不过，也正因为如此，我才深切地体会到自己有多爱你！除此之外，我也明白了男女之间的结合顺序——结婚、恋爱、生子——并不是判断爱情的标准。你的婚姻是个错误，与我的恋爱则是正确的事。否则，已经结婚生子的你怎么会深深地爱上我呢？”

"我的女儿已经长大了。"美也子说。

"但你仍年轻。"

"不年轻了。那时,我一下就老了三十岁。"

"那时?"

"我去与你分手的时候,看到了你的血。"

"那时的血是因你而流,因为你在我身边。"

"从那之后,我一闭上眼就会看见血色。我害怕,更觉得肮脏。觉得自己肮脏极了……"

"那不是你的责任。无论是我的手臂流血流到差点废掉,还是那个疯女人被送去医院……"

"原谅我吧,我已经变成另一个人了。"

"你对我变心了吗?"

"是的。"

"你真的变心了吗?"

"变了。"

"不能再弹钢琴之后,我已经放弃了钢琴家的梦想。我是不会让你重新回到那个家,对我露出冷漠表情的!"

"我没有对你冷漠,我也在燃烧自己。"

"可能是因为夏天太热了吧。"柏木突然开始捉弄美也子,用手臂环着她的肩膀说,"这就是那只受伤的手臂哦,现在正抱着你。"

美也子缩起身子,想要逃开。

"我恐怕不能再和其他女子交往了。在我有下个女人之前,你至少应该陪在我身边守护我吧?"

"什么?"

"我不能没有女人。你就暂且陪在我身边吧……"

就在这时,出租车突然停了下来。后面有两三辆汽车追了上来,又向前驶去。司机大大地转了一个弯。

　　"喂！你怎么回事？"柏木震惊地问道。

　　"我送夫人回家。"司机说着，就沿着来时的路飞驰而归。

　　薰、研一和雪子三个人来到五月家时，美也子已经回到了家，都是托了这位司机的福。

轻井泽

夜晚的浓雾从松树林向窗外扩散而来，一只橘红色的蝴蝶似乎在浓雾中迷了路，深深地映在了五月的眼底。

"今天也看不见浅间山，又要下雨了吗？"五月似在自言自语。坐在餐厅椅子上正在看报纸的俊助回应道："晨雾一会儿就会消散了吧。"

五月走到父亲的身边。俊助没有戴眼镜，眯着眼看报纸似乎看不清楚。于是五月从二楼父亲的床边拿来了老花镜。

"父亲，给你眼镜。"

"嗯。"俊助开朗地笑道，"怎么都离不开这眼镜了。老了啊！"

"是啊，是老爷爷了。"五月虽然嘴上这样说，可在心里仍觉得父亲年轻，最近更是如此。

暑假前的六月初，五月班里的一个女生嫁给了一个比俊助小两岁的四十五岁男子，这件事并没有在学生中间引发什么讨论。看来，人们对结婚对象的年纪抱着相当开放的态度。五月若是和一个与俊助同岁的人结婚，应该也不是什么怪事。

近来，五月觉得自己和父亲的年纪突然接近了，她有时候会感到困惑。大概美也子的事让她变成了一个大人。

"父亲，明天和后天都下雨，我想回东京了。到了九月整天下雨。"

"嗯，下雨也很好啊。"

"父亲不想回东京吗？"

"为什么……"

"你肯定不想。"

"你为什么这样想？"

"因为……"

"母亲吗？"

五月惊了一下，她并没有说到这样具体的原因。但是被父亲这样一问，她还是僵着脸点了点头。

"嗯，也有这个原因。"

"你在担心吧？"

"嗯，是啊，很……"

"嗯。"俊助放下报纸，摘下眼镜看着五月，眼神十分温柔，"你不用担心。"

"可是……"

这件事终于要在父女二人之间说起了吗？或者，这件事非说不可吗？

"就算担心，这件事也跟你没有关系，所以你不用因此而苦恼。"

"可是，如果父母过得不幸福……"

"嗯……"俊助停顿了。

山间小屋前的坡道上，美也子的雨伞在浓雾中显现，看来她买东西回来了。

"你放心好了。"

"那我就放心了。"五月回答。与父亲的这番对话让五月轻松了不少。

"你要是想回东京也可以，只不过好不容易出来了……"

俊助所在研究室的年轻讲师去美国留学前，把这间位于轻井泽的山间小屋整个夏天都借给俊助了。

"不回去也行。"五月开朗地说道。

"薰会不会来呢？要不要叫她来？"

"她很忙的，又是经营花店，又是结婚……"

"是吗，薰也要结婚了啊……"俊助一边说，一边走上了通往二楼的台阶。他似乎不想在说完那番话之后，与美也子在女儿面前碰面。

"回来了。"五月用娇柔的声音迎接母亲。

"嗯。"美也子一边脱下雨衣,一边对着五月眨眨眼,"我见到雅夫了,刚才在那儿……他在下面晃晃悠悠的,看见我还想逃走来着,真是个怪人!他来轻井泽了?"

"他好像偶尔就会来这里的酒店。"

"你和他在这里也有来往吗?"

"没有。"

"可是,他看上去像是在等你哦。他是想见你才来轻井泽的吧?"

"他就在坡道下面等我出去,不知道等了几小时。我讨厌他这样……我都不能出门了!"

"真可怜啊。"

"谁可怜?"

"当然是雅夫咯。明明要是想见你,来家里也可以嘛。你去叫他来!在那种地方等上几小时,多奇怪啊!不管怎么说,心安理得地让雅夫那样,就是你的错哦。"

五月红了脸。"也是,不能这样。像我在故意使坏一样。"她说着就迅速地走出庭院。

浓雾冷冷地拍在脸上,松鸦在对面的松树林里叫个不停。

此刻

"白木。"

"嗯?"在有乐座购票处排队的白木听见薰唤他的声音,循声回头看去。

"别买了,我不想看电影了。"薰嘟囔道。

"这部电影无聊吗?"

"倒也没有……"

"那我们去看点其他的吧。"白木说罢,就爽快地离开了队伍。

"其他的也不想看。"不知从何时起,薰的声音里充满了暧昧和骄纵,"突然不想看了。"

"怎么了?"

"像我们这样的年轻人约会,除了看电影就没有别的事可做了吗?"

"嗯……你突然这样说,我也不知道该如何回答。说想看电影的人不是你吗?"

"虽然是这样,但我只是想着或许你是打算看电影的。"

"没有,我没有这样打算……"

"没有吗?"

"你到底怎么了?"

"我们现在是订婚了吧?"

"是的。"

"那么,这样相处的时间岂不是很珍贵?这恐怕是一生中最美好的时光,浪费了时间就不会重来,多可惜啊!"

"你说得没错。"白木点了点头,"不过看电影是在浪费时间吗?"

"虽说看电影不算浪费时间……但是像我们一样的年轻男女见

面基本上都是在看电影，看完电影就去咖啡馆休息，之后由男方送女方回家，这好像变成了一种程序。"

"你说得没错。"

"当我发现我们也在走这种程序时，就感到了厌倦。"

二人并肩向日活会馆走去。

"有没有什么非程序化的有趣的事可以做呢？我现在没有车，不能去兜风……"白木思索着说。

"想兜风的话，出租车也行……"薰诚实地说，"白木，你觉得无聊吗？"

"没有，一点都没……比起在黑暗的电影院，我还是更喜欢像这样，这样可以看清你的脸。"白木难得地戏谑道。

薰红了脸。"自然是电影比我的脸好看多了，不过日本的年轻人总是一起看电影，难道不是因为人和人之间没有情趣吗？没有电影就缺少情趣，这难道不是一种匮乏吗？"

"确实如此，这些事我也深刻地感受到了。薰，你果然有能让氛围变得美丽的能力啊！"

"因为我是花店老板嘛！"薰笑着说。说罢她又想，如果花的香气能吸附在身上，从而结成了婚该有多好。

"白木，你感受到的不是我的气息，而是花店的气息吧？"

"不是，是花中之花的香气。"

"你可真会说话……"

对薰来说，平凡的婚姻一旦成了定局，白木刚才的一番话倒也能让她雀跃起来了。

"我们在往日比谷公园的方向走。这也是程序化的活动。而且一直走个不停的话，腿脚会累吧？"

"没有，一点都不……从樱田门到半藏门，绕皇居一圈也未尝不可。东京的护城河很美。"

"绕一圈吗？不过，有这样的回忆也不错。走路的时候有点热，又有点凉，刚刚好。大概是因为已经秋天了吧。"

护城河的水色和对岸皇居里树木的颜色有一种与夏天不同的宁静。

"我家里呢，"白木正儿八经地说道，"希望尽量早点举办仪式。如果再不决定，年内就预约不上举办场地了。"

薰的心中突然骚乱起来。她说："不急，举办场地等有空了就好……明年也无妨的。"

"总之，得先定下日子，请一位证婚人。"

"证婚人？啊，没错！说到证婚人，我有一个不二人选。"薰突然以一股男子的气势说道。

"我父亲似乎也有人选了。"

"不行！证婚人必须是我选的那位。"

"哪位？"

"五月的父母。"

"哦，大学教授，可以啊。我不管证婚人是谁，只要你能来到我身边就好……证婚人的事，我父亲也没有特别坚持。不过，你为什么说是必须呢？"

"那是因为……"薰停顿了一下，继续说，"我没有亲戚。"

"嗯？"

"将来如果我们夫妇吵架，支持我的人就只有哥哥。而你有父母、兄弟姐妹，还有许多亲戚在东京。如果连证婚人都是支持你的，那我就太没底气了。"

"哦，原来如此……不过我没打算孤立你啊。"

"打算什么的都靠不住。不过我刚才说的都是玩笑话，其实我有一点私心。"薰一脸认真地说，"如果我嫁给了你，哥哥就成了孤家寡人，多可怜……"

"……"

"如果五月的父母做我们的证婚人，那么我结婚后，哥哥就有理由去五月家里拜访了。这样一来，五月和哥哥就能继续来往了。"

"哦，原来是这样啊。"

"我想让哥哥和五月结婚！"

雨

暑假结束后，五月还没有见过雪子。上下学时，她总是关注雪子家里的情况，却一次都没有见过她。

薰寄到轻井泽的信里提起雪子常到店里玩耍、帮忙束花等，而且已经相当熟稔了。五月看到这里的时候，心里揪了一下，然后又被自己的这一反应吓了一跳。雪子经常光顾薰的花店，那么也会经常见到研一咯。可那又如何呢？五月摇了摇脑袋，似乎在甩去这样的想法。

然而，就在从轻井泽回来后的那个傍晚，五月给薰打电话询问雪子时，雪子不在，薰反过来问五月怎么了。

今天，放学后的五月和往常一样关注雪子家的动静，结果看到一位年长的医生带着一位护士走了出来。

五月心想，莫非是她的舅舅身体抱恙？五月打算与母亲商量前去探望的事，急忙走进玄关，立刻听见了母亲明朗的笑声。

"你回来了！研一来了哦！"美也子打开客厅门，"快去换完衣服过来。是件大好事，薰要结婚了！"

"啊！真的吗？"五月飞奔进卧室，匆忙换完衣服后走到客厅，"薰好过分啊，都没告诉我……"

"她什么事都是自己做主。"

"她也没有跟研一哥商量吗？"

"没有，不过这原本就是我提议的婚事。反倒是薰，和平常一样的做法，让我还以为她不愿意……"研一说道。

"研一让我们当证婚人呢。"

"哎呀，真好！父亲和母亲……"

"这也是薰的决定。她非要让我来拜托二位，还逼着白木也同意了。"

研一这样说着，想起了薰向白木强烈主张一定要请中田俊助夫妇当证婚人的那天晚上的话："我出嫁了之后，你就会和五月疏离，所以我才要请五月的父母来当我的证婚人。这样一来，他们就成了我们的亲戚。我如果不这样做的话，哥哥你就会把五月弄丢的。"他看了看五月的脸，五月也在看他，她的眼神清澈无邪。

然而，自从在薰的店里第一次见到雪子之后，这一个半月以来又不时地见过几次，她那一双总是深藏着不安和悲伤的大眼睛似乎离研一越来越近。相比之下，健康美丽的五月反倒让研一无法平静。这是为什么呢？

五月红了脸，垂下了眼。

忽然间，一阵骤雨噼里啪啦地下了起来。

"哎呀，下雨啦！下雨对亲事来说可是好兆头呀！"美也子对研一说道。

"借您吉言！不过我没有准备雨具，真是头疼啊。"

"没事，别担心。"美也子和五月同时说道。

"留下来一起吃晚饭吧！这是阵雨，一会儿就会停了。"美也子挽留道。

可是研一说研究室里还有工作要做，于是五月去送他。

研一走在看得到车站的坡道上，对五月说："谢谢你。雨下得不算大。"说着，就把伞递给了五月。

"那也是会淋湿的。"五月接过研一手中的伞，撑起来为研一遮上。

二人并肩顺坡而下。在经过雪子家门前时，五月停了下来。似乎正要出门办事的雪子刚从玄关里踏出一只脚来，怔怔地看着五月和研一。

"哎呀，雪子！"五月喊着，向她走近。雪子见状却噌地关上门，躲了起来。五月一头雾水，目瞪口呆，看着雪子消失的那扇门，向研一问道："雪子这是怎么了？"

"不清楚。她怎么了？"

然而，研一并非不知道雪子看到自己和五月走在一起时想要逃避的心情。

与车站之间的坡道只有一小段，在研一看来却漫长极了。

薄日

"雪子，雪子。"

周作又在呼唤雪子了，他衰弱地看着应声而来的雪子，视线却似乎没有焦点。周作脸颊上的肉眼看着日渐瘦了下去。

"舅舅，有什么吩咐？"

"没什么，只是……你就在这儿待着。"

"是。"雪子一坐下，眼泪差点夺眶而出。近来，周作总是这样呼唤雪子。

"雨停了吗？"

"是的，打开回廊的门吗？"雪子起身走到廊下，打开玻璃门，西边的天空渐渐明亮了起来，洒下了一层薄薄的余晖，"好像天晴了。"

"是吗？初秋的雨让人心绪不宁，真是讨厌。睡着了更是如此。"

"……"

"十月、十一月的秋天倒是很好。不过，不知道我还能不能见到。"

雪子回到周作身边的地板上坐下。

"你知道我的病吧？"

雪子一时间不知该如何作答。周作患了胃癌，听舅母说不知道还能不能挺过两个月。

"是癌吧。大家都想隐瞒，可是没有人不知道。大概还剩一个月。"

"不是的，舅舅，不是那样的。"

"没事，雪子。这些都无所谓，我放心不下的是你，还有你的舅母。要是能为你们做些什么就好了……可是我这副样子，大概已经不能再为你们做什么了。"

"舅舅，我们……"雪子为了不放声大哭出来拼命抑制着自己的情绪。

"洋二都不来看看我，他还好吗？"

雪子听了洋二的名字后吃了一惊。

"你偶尔会见他吗？"

"没有。"

"不知道他的工作是否顺利。"

"……"

"算了，你告诉他，让他来一趟。"

"是，我这就去把他带过来。"雪子说着就要起身。

周作见状说道："不，不必现在。坐下来吧。"

自从把钱送到在新宿的酒吧里工作的洋二那里之后，雪子就再也没见过他。

"我就说不用给那家伙钱，姐姐要是想给就自己去吧！"当时，洋二躲躲闪闪地净说些奇怪的话，着实让雪子吃了一惊。雪子问他为什么要坐上敏高与美也子的车，他没有老实回答，而是把姐姐一个人留在酒吧里，赌气似的独自消失在了小巷尽头。雪子无奈之下只好把钱带回去，还给了舅舅。周作不知道发生了什么事，把钱直接寄给了敏高，敏高发来一封简单的告知信。

无论如何，洋二在收下舅舅的那笔钱并且从伊香保回来之后，就再也没来向舅舅问候过。雪子不禁想，舅舅让她把洋二叫来，或许是让他来道歉的。

"洋二在酒吧倒也无妨。雪子啊，如果我不在了，就把这房子卖掉，和舅母一起开家店……"周作低沉地说，"不过你舅母是反对的。"

雪子也听舅母说起过，舅舅不在了之后，她打算把这房子租出去一部分房间，靠收租生活。

"话又说回来，开店什么的雪子你也不在行，你舅母又是那种态度，我希望至少要活到你出嫁。"

"舅舅……"

"雪子，"周作无力地看着雪子，"我看你最近经常出门，是有心上人了吗？"

"欸？"

"是不是交往了结婚对象？"

雪子一时不知该如何回答，满脸涨得通红。

周作见了她这副模样，反倒是吃了一惊。于是，接着问道："他人怎么样？"

雪子略显狼狈地答道："挺好的。"

"你喜欢他？"

"……"

"原来如此。你想跟他结婚吗？他有意吗？"

"舅舅……"

雪子似乎完全不明白自己在说什么，也不知道舅舅在问什么，似乎只是为了回答问题才失魂落魄地开了口。雪子在回答的时候，心里还寻思着舅舅所说的"心上人"是谁，思来想去，最后发现那人或许就是研一……就在大脑一片混乱的时候，她突然意识到自己对舅舅的回答是关于研一的。她为此感到震惊，脑海里浮现出了前天在玄关外目睹到的雨中的研一和五月。

"不可！"雪子脸色大变，惊呼一声。

这一声惊呼反倒是吓到了周作："怎么了，雪子？什么不可？"

"不是的，不是的。"

"不是什么？"

"啊！"雪子再也无法忍耐了，从舅舅的房间里飞奔而出。

岔路

"舅舅的身体很糟糕，我不知道该怎么办……"雪子在打给研一的电话里紧张地说到这里就住了口。

雪子漫步于新宿寻找洋二，拥挤的人潮让雪子成了孤身一人。洋二没有去酒吧上班，雪子逃也似的走出酒吧，一看见街角的电话亭，就莫名其妙地拨通了研一的电话。

她是抱着怎样的心情在电话号码盘上转下研一的号码的呢？电话接通后，她感到研一就在她的身边。这个念头支撑着快要崩溃的雪子，她一听到研一的声音，就哭了出来。

"没事，没什么。"雪子不等研一开口，就挂断了电话。玻璃外的街景在她的眼底膨胀开来，她怀念起了研一温柔的臂弯。

"不可！"她自言自语似的嘟囔着，强撑着站不稳的身体，摸了摸脸颊，走到电话亭外。秋天的阳光压在她的身上。

今天医生在临走之前告知："他身体越来越衰弱了，虽然不是突然变成这样的……"

雪子觉得该做心理准备了。医生的脸看上去就像敏高。敏高从舅舅手中拿走十万日元之后杳无音信，洋二也因此疏离了雪子。一想到不得不坚强起来的自己，她不禁悲从中来。她站在路边，正要拦下一辆出租车。

就在这时，一个明朗的声音唤着她的名字，她不禁回头循声看去。只见手里拎着购物袋的薰和满脸笑容的五月站在那里。

"你还好吗？没有一点音信，我担心死了。我哥哥也担心你是不是生病了。"

从薰的口中听到研一的名字，令雪子感到痛苦。

"我们正在说要去看望你。正好，我们一起走吧。"

"我舅舅的身体很糟糕。我去酒吧找我弟弟，可他今天没去上班。"

"你脸色不太好，要注意身体啊！"

雪子有些惧怕五月清澈的目光，再加上给研一打电话一事，她感到了双倍的痛苦。待回过神来，她问道："薰，你要结婚了吗？"

"欸？"或许是被幸福笼罩着，薰的脸颊红通通的，"雪子，你别那样看我。我可什么都没变哦！"薰身穿的毛衣外套的大领襟像一片花瓣，连她的微笑似乎都在散发着花的香气。"别看我了，我们去喝点东西吧！"薰害羞了，用男子般的语气说道。然而，这样反倒衬托出了她作为新婚少妇的娇羞的一面。

"我要回家了。"

"对不起，说了事不关己的话。"

"没关系。"

"我也想和你们一起。薰，我还想去你店里帮忙呢……"

"别在意。"雪子回头看去，只见薰已为她拦下了一辆出租车，"雪子，你累了吧？我们送你。"

雪子被五月和薰扶进车里，脑袋深处还在隐隐作痛，或许自己真的累了。西斜的阳光洒在尘土飞扬的路上。

"薰，日子定了吗？"

"我生日那天。"

"二十五日。"五月补充道。

舅舅还能活到二十五日吗？薰即将迎来一位亲人，而雪子会失去一位亲人。

"雪子，我给你也发了喜帖，你可一定要来哦！"

"我想去。可是，不知道舅舅……"

"他的身体已经到那种地步了吗？"

雪子默默地点了点头。车内顿时一阵沉默降临，让人呼吸困难。雪子的眼眶里蓄着泪水。

　　五月把手臂环绕在雪子的肩上，揽着她。雪子感受到了一股母亲般的气息，温柔的五月让雪子不禁自责了起来——自己给研一打电话难道不是对五月的背叛吗？自己真是个坏女人！

　　"我闻到了银桂的花香！"

　　"车里似乎洒了香。雪子家的院子里也有一棵银桂树。我第一次见你的时候，你就站在那棵树下。"

　　"对了，我还记得五月曾对我说过雪子是银桂少女呢！还说什么奇怪的人……"

　　坐在雪子两侧的两个人似乎在为她转换心情，热络地交谈着，她们的这番心意让雪子震颤不已。

　　出租车驶到了田园调布站，雪子下车后激动地说着"原谅我！我是个坏女人！都是我不好！原谅我吧！"就跑走了。

　　"雪子！"

　　她的身后传来了五月惊慌失措的声音。

旅人

"能像这样和你聊天的日子已经屈指可数了。再过一周，你就要去白木家了。"

"你会感到寂寞吗？"

"会啊，我可是被你养大的。"

"哥哥，我要把一个人托付给你，来代替我。"

研一一听，就知道薰说的人是五月。

"五月娴静温柔，比我更适合和哥哥在一起哦。"

"薰也是个温柔善解人意的好女孩。"

"二十年的相处就总结出这样一句话，而且已经竭尽了全力。"

"二十年啊……这样说来，你已经二十一岁了。"

"我觉得五月也差不多该结婚了。哥哥，你要不要下定决心去求婚？"

"求婚？"

"嗯，就像白木那样，积极一些。像我这样的人都想结婚，如果哥哥主动提亲，五月也一定会答应的。哥哥，你就求婚一次试试嘛！"

"嗯，待日后。"

研一的回答有些轻描淡写，薰难以置信地睁大了眼睛看着研一。

"哥哥，你是爱五月的，是吧？"

"不讨厌，可以说是喜欢。只是，我的情感可能更谨慎些。"

"是吗？我还以为你迫不及待呢……不过算了，你们日后一定会结婚的！我确信！"

"你是分析大师吗？"

"炒股赚钱，经营花店，找结婚对象，我总会在关键的时候灵光一闪哦！在哥哥和五月的事上也是，哥哥一定会跟五月结婚的。"

薰的房间里净是些新玩意儿，决定结婚之后更是如此，让研一目不暇接。

"对了，今天我在新宿遇见了雪子。她脸色苍白，看上去可怜极了。听说她的舅舅病得很重，拖得雪子也快要倒下了。"

雪子往研究室打的那通电话像一撮不会熄灭的火苗，在研一的脑海中挥之不去。在他还没有说出安慰之词的工夫，雪子就挂断了电话。雪子的心情研一可以理解，他甚至还叹了一口气。

"后来呢？你们去她家里探望了吗？"

薰把刚才三人相遇的事简明扼要地告诉了研一。薰把雪子临回家时的奇怪行为归因于她舅舅的疾病和她本人的身心疲惫，似乎没有看出雪子对研一的暗恋。她本该察觉到的，却粗心大意了，大概是她才二十出头的缘故吧，满脑子充斥着自己的事，没能注意到也是理所当然。男子似乎比少女更能理解少女的情感。研一望着雪子那一双克制着悲伤的眼睛，总有种冲动去温柔地揽住她的肩膀。研一放在少女肩头的手掌不正能感受到少女赤裸裸的内心吗？

"待我出嫁之后，哥哥的身边事我都交代给店里的京子来打理了。不过，打扫卫生什么的你可要自己做哦。"

"我一个人也不要紧。"

"才不是呢，哥哥你就是那种不把你放上轨道就一动不动的人。"

"你说的话一如既往地辛辣啊！就算改了姓氏，成了白木薰，你也绝对不输啊！"

"真讨厌，哥哥！对了，你要吃水果吗？我这里有非常美味的柿子哦！"

薰在长廊尽头的厨房里熟练地操着菜刀，她的背影美得惹人心醉。

"周日和我一起去五月家哦！"

女人的命

五月早上总是很早起床，不过今天是周日，就算睡懒觉也不要紧。今天她也是早早地醒来，看了看时钟后，觉得没必要起床。当她听到峰婶起来做家务的声响后，在床上越发躺不下去，便麻利地起来换好衣服，去了厨房。

"早上好！"

"哎呀，今天是周日，小姐这是怎么了？"

"没什么，院子就由我来打扫吧！"

"好啊！什么事都不做反而更无聊吧。"

五月想着今天研一会来，心里七上八下的。

清晨凛冽的空气中飘荡着银桂的花香，惹得五月快要眩晕了。她不禁担心起雪子来，不知道雪子现在怎么样了。五月走出家门，向着雪子家走去。

自从上次一别，五月似乎觉得雪子采用那样的道别方式自己也有责任。一闻到雪子家庭院里飘来的银桂花香，青春的气息仿佛立刻向她扑来，和研一并肩走在雨中时看到的躲避在门后的雪子倏地在脑海中浮现出来。

"啊，五月！"

五月听见那突如其来的喊声，环顾四周，发现银杏树下站着雪子。雪子的目光不像是看着一个路过的行人，而像是在深切地对她诉说着什么。

"你看上去很累，没有休息好吗？"

"我睡不着。舅舅的病还是老样子……"

二人沉默着，并肩走在一起。

雪子那双大睁着的眼睛一眨不眨，似乎在极力掩饰身体的憔悴。

"上次……"

"没事，别在意。"

"不是。"

"那是……"

"是关于研一的事。"

五月因这句出乎意料的话停下了脚步，伴随着一声轻微的惊呼。

雪子回过头来说："我那天去找我弟弟，突然想听听别人的声音。我只知道研一的电话，于是打给了他。不过，我什么也没有说，我害怕极了。"

"……"

"我是个罪孽深重的女人，背叛了你。我有预感，我会和敏高一样给你带来不幸。"雪子咬着嘴唇，从牙缝中挤出了这些话。

母亲被柏木敏高夺走的悲伤再次袭来。五月在心里想，雪子也被敏高夺走了母亲，但她不是敏高，不会变成恶魔的。

雪子看着驻足的五月，突然噤了声。银杏树笼罩在一片霞光之中。

"研一是个好人。"

"你爱他吗？"

雪子没有回答，只是摇了摇头，然后默默地背过身去。突然，她快步走了起来，似乎不想让五月看见自己的眼泪。

"雪子，今天薰和研一要来我家，你也来吧！"

雪子以为研一或许不知道自己的心意，又或许对自己没有那么深的感情，只好把爱情藏在心里。这样反倒使得爱意越来越浓了。

雪子家庭院里的银桂树似乎生长在生死之间，其散发出的馥郁花香追在五月身后。

"快，薰，快进来！在客厅好吗？研一也快请进！"薰明朗的气质感染了美也子，让她也明朗了不少，柏木带给她的伤痕似乎自动痊愈了。

五月看到母亲的笑容后放下心来，高兴地拉着薰的手往客厅走去。

"大家都来了，欢迎你们！"父亲俊助身穿和服，喜气洋洋地说，"薰，变得更漂亮了！"

"哇，叔叔也会说这种话啊！"

"白木真是个幸福的人啊！"

"哎呀，父亲！"

"这次要给你们二位添麻烦了！"

在证婚人面前，就连薰这种性格的人也变得端庄起来。

"我做点好吃的东西吧！"美也子说着，就从座位上起身。

"接下来，就该五月结婚了。到时候就让白木的父母做证婚人吧。"

五月听了这番话，不禁双颊绯红。

"薰结婚之后，我可以去花店帮忙吗？我也想像薰那样，生活在花丛中。"

"真的吗？我好高兴，你一定要来哦！"薰从椅子上站起身，走到五月身边，"学校不忙的时候去就行，我也抽空过去帮忙。"

"你说什么帮忙？那不就是你的店吗？不过话说回来，我能做好吗？我想让母亲也一起去束花。"

"没问题！我原本也是想成为专业的花店老板呢！"

研一看着眼前两个孕育出情感香气的美丽少女，高兴地笑了。

"对了，证婚人要说些什么呢？"

"刚才叔叔夸我的话不就是为了婚礼而准备的吗？"薰像女儿一样体己的俏皮话温柔地包围了整间客厅。

"母亲也和我一起在花店工作吧！"

刚端来盘子的美也子听了，吃惊地抬起脸来看着五月。

"阿姨和五月要是站在花丛中，花反而卖不出去了！"

俊助看着五月，轻轻地点了点头，他明白女儿的心思。

吃过午饭后，薰留在五月家里。五月出门去送说要回研究室的研一。

"雪子喜欢你，可她又觉得背叛了我。"

五月无论如何都想让研一明白雪子的感情。她的想法是，自己对研一的爱情比雪子来得浅。她早上看到转过身去的雪子摇了摇头，肩膀却颤抖着，于是说起想要帮薰打理花店的话来。

五月目视前方，步伐丝毫不乱，她的身影严肃地映在研一的眼里——那是恋爱中美丽少女的身影。

阳光下的银杏树把颜色映在了五月的身上，似乎也映在了雪子和薰的身上。

河 流 流 经 的 小 城 故 事

下部
河流流经的小城故事

Part Two

落水的男孩

和其他街区一样，这片战前位于郊外的宁静街区在空袭中被焚毁，战争结束后不久即出现了黑市和一般市场，在小小的车站南北形成了一条热闹而狭窄的街道。

那些市场又三三两两地被陆续改造成住房模样，在大约一年内便成了依旧狭窄的闹市。

在两座电影院和游戏中心的建筑附近有十几家弹子房，一条条小巷里林立着酒吧、居酒屋、荞麦面店和寿司店之类的店铺。

N站被改装成了灰白色，燕子在天桥下筑起了窝。在深夜明亮的灯光下，燕子的父母带来了饵食。

十几家弹子房里传出流行歌曲和弹子碰撞的声音，电车通过时地面发出轰隆的声响，还有川流不息的行人的脚步声……在养育着雏燕的窝巢上方有盂兰盆节时的太鼓声，小剧院招徕顾客的广播声……燕子们能睡好吗？

在夏天的夜里，如今罕见的流浪艺人从电车上走下来。有敲着竹板、贩卖竹编的老人，还有弹奏乐器、表演驱鸟[1]的男女……一位背着全身裹着绷带的幼儿、提着购物篮子的母亲走到店前停下来，突然高歌起来——原来她是乞讨者。喊着肚子饿、卧倒在地上的少女让人们买她那自称是唯一财产的西洋剃刀，为少女当托儿的青年看上去老实巴交，他们都和车站的燕子是老相识了。

"看那燕子！虽然日本战败，又被占领[2]，可这燕子仍然从南国

---

1 古时日本逢年过节常见的一种流浪艺人的曲艺表演活动。

2 日本宣布投降后，美国政府于一九四五年至一九五二年在东京建立了盟军最高司令官总司令部，对日本实行间接统治，史称"占领期间"。

飞到它怀念的日本来繁衍后代了。那些从外国来的家伙里头，只有这燕子态度没变。"

做托儿的青年慷慨陈词，有人则望着燕窝点头称是。

"燕子的老窝被烧毁，所以才在这天桥下建了新窝。和这女孩一样！"青年一本正经地说道。

天气晴朗的午后，狭窄的道路两旁会搭起临时地摊儿。橡胶弹球、小家鼠、碎布头、童装、合欢树苗……推车上的商品一律五十日元，从松紧带到杯子、烟灰缸等，应有尽有。有的地摊儿还有支持月付的缝纫机和寿司制作工具，还有治疗小孩夜里哭闹等异常行为的孙太郎虫[1]。

"太太，您有小孩吧？这孙太郎虫可太稀罕了……我以为它们在战后消失了，一直在找。没想到在这儿给找着了，可真叫人高兴。日本果然还是没亡啊！"一个蹲在店前跟往来的行人搭话的貌似托儿的女子说道。她脖子上擦了白粉，头发高高盘起，身穿洋式衬衫和半身裙，脚上穿着红带木屐。

一个路过的男子说："孙太郎虫没消失，所以就说日本没亡吗？"

在过去的和平年代，这种景象在浅草随处可见，是浅草这片土地上的固有景象，如今却像毒蘑菇一样在各个街区萌生。

这一带地势较低，四周都是河川。

河岸上坐落着一家家有"温泉"字样的旅馆，还有令人生悲的排排民居、小工厂，以及 S 医科大学的附属医院。

河川暗暗流淌着。平日里，似乎散发着毒气的河流量小得很，水面只能没过在河底捡拾铁屑的男子们的腰。

在八月二十日之后有那么两三天凉爽的日子，接着便迎来了酷暑。报纸上、广播里都发出了有着美国女人名字的台风即将到来的

---

1 日本民间传统把孩子的异常行为称为"疳虫"，通过祈祷等方式"驱虫"，据说使用爬沙虫的幼虫（孙太郎虫）的汉方药治疗有效。

预警。九州地区已经是一片荒芜，关东地区似乎也受其影响。在东京，大雨倾盆的夜晚过后，天亮了。

直到早上八点，大雨还下个不停，雨声大得没过了人的说话声。周边的河川水量猛涨，发出了像山谷中的河流那样轰隆的声响。

雨停了之后，太阳出来了，温热的风从西南、东南方向吹来，暑热难耐。凝望天空，可见各种形状的云匆匆流逝，天色暗了下来，不久后又降下了一场大雨。

雨就这样下下停停，一直持续到了午后。

河边的医院小儿科门诊平日里总被患者挤得水泄不通，今天却因为天气不好而门庭冷落。

今年春天，栗田义三刚从 S 医科大学毕业，准备参加国家考试期间，在这家医院的小儿科里实习。在这个没有门诊病人的下午，在去给主治的病人查房之前，他有了一段闲暇。

义三从医务室的窗户里凝望外面从天而降的倾盆大雨。河水涨得厉害，再涨一两寸就要溢到路面上了。

河堤上的樱花树在战争期间被那些缺少柴火的人连根拔走，河岸边的居民又往河里扔了很多东西，导致河床变浅，一阵大雨就能让河面升高许多。

河堤上的樱花树也曾绚烂地绽放过——想到这里，仿佛这是一场难以置信的远古的梦。

平日里阴暗污浊的河川在汹汹的雨势中越发疯狂，张牙舞爪地啃噬着桥墩，似乎在发泄积怨。这让义三胸中痛快了不少。

"上！上！"

似乎是孩子们打架喧哗的声音。

义三眼看着河水涌到了道路上，淹到了岸边民居的门口，河面大幅度变宽。不过，河水并没有引发进一步的灾难。随着雨势渐渐变弱，河水迅速地退了回去。

大人和孩子们从一条条巷子里走出来，望着那似乎从未见过的河水。义三受其影响，也想出去看看。他脱下白大褂，挂在墙边的衣架上，换上放在门诊前石板角落的木屐，向河边走去。孩子们跑着、追赶着那迅速退回的河水。就在义三点烟时，一声叫喊传来："啊！有孩子落水了！快来人！救命啊……"

义三向河川的方向望去，只见一个身穿白衬衫的幼小背影浮在水面上，不一会儿便被卷入河水冲到桥下去了。义三沿着河边冲了出去。他边跑边脱下衬衫，打算在确定孩子的位置后，再跳入河里。

可义三跑着跑着才惊觉，河水的流速出乎意料地快。孩子在河水里上下浮沉，已经被冲到了第二座桥下。义三奋力奔跑着，接着看准时机跳到水中，抱起孩子上了岸。

实习医生义三把孩子轻轻地放在地上，做起人工呼吸来，还抬起孩子的脚，使之头朝下，按压着他鼓胀的腹部，催他吐出水来。

看着幼小的男孩，"三四岁？"义三喃喃自语着。

孩子或许是落水时撞到了桥墩，太阳穴处渗出了血，不过是轻伤。他苏醒后，大哭起来。

"孩子，太好了！"义三摇了摇孩子，笑着看向他。

这时，一声尖叫从头顶传来："孩子！你怎么这么笨！"

义三听了，慌忙抽身，只见孩子被一个年轻女子抱起来，紧搂在怀里。

葫芦花铁门

不知从什么时候起，人们在义三的周围形成了一道墙。在他们用脚尖围成的圆圈之中，浑身湿透了的义三有些害羞地说："衬衣倒无所谓，该脱了裤子的。"

有人回应道："哪能一边跑一边脱下裤子来呢？"

义三对着怀抱孩子的肩头纤弱的年轻女子小声催促道："走吧，我是医院的，你跟我来。我给他打针。他的伤……也没什么大碍。"

义三拖着淌水的裤子，朝医院走去。

在去医院的路上，有护士赶来接过他脱下的衬衫，还见到了巡警。

医院的入口处站着同为实习医生的义三的女同事们和后勤同事。义三害羞极了，面对着热闹的人群手足无措。

义三被请进了浴室，当他洗完澡出来后，发现更衣室里摆放着护士们为他找来的内衣裤，还有一条不知道是谁的深蓝色学生裤，对义三来说有些短。

医务室里，和义三同校毕业的实习医生井上民子正闪烁着乌黑的小眼睛等他。

"栗田，我朝你大喊了，我刚才一直从窗户里看着河边来着。"

"是吗？原来是你啊。"义三看着民子，"那对母子来了吗？"

"人家不是母子，是姐弟。"

"哦？是姐弟……"

"我给他的伤口消了毒，涂了红汞……还打了一针强心剂。"

"你处置得很妥当……"

"是吗？"民子开玩笑似的低下头，继续道，"听说刚才那姐弟俩是靠国家补助接济的……栗田，你看到那女孩的眼睛了吗？太漂亮了，漂亮得让人惊讶……她还在诊察室里。"

义三穿上白大褂走了出去。推开诊察室的门，只见年轻女子坐在那里，还把湿透的孩子抱在腿上。

"得赶快给他把衣服换了。"义三只说了这一句，脸却像发烧了一样。

女子美丽的双眸击中了义三的心。她的视线从义三刚洗过的头发、年轻红润的面庞、白色的大褂、借来的稍短的裤子，移到他穿着拖鞋的脚上——义三突然感受到了她的目光，动弹不得地呆立着。他从未感受过这样的目光。

这双眼睛没有接受自己，义三心想。然而，当他与女子对视时，才发现她严肃的表情是那么幼稚。他不禁奇怪自己刚才为什么会把她认成孩子的母亲。

女子认真的脸上浮现出了欣喜的微笑："太感谢了！谢谢您！"听那语气就像在大人的催促下才开口的少女，义三被她的天真无邪打动了。

义三也拘束地说："没……没什么。快回去给孩子换衣服吧。"语气听上去似乎在赶他们走。

"承蒙您的帮助，可否告知姓名和年龄……我好向署里汇报……"

一个男声响起，义三这才发现一个与自己年龄相仿的青年巡警也站在那里。

"客气了，不必……"义三说着，摆了摆手。

巡警离开后，明亮的夕阳突然照亮了诊察室。

"丧母，吉本富美子，私生子，和男，四岁……"

义三拿起的最新的病历上这样写着。是刚才那孩子的吗？

"私生子，四岁……"义三边看，边在嘴里嘟囔着。

这时，不知道谁在哪里突然大叫起来：

"彩虹！好大的彩虹……"

"大彩虹下面还有一个小彩虹。"

"栗田医生，该查房了。"一位护士在门口探出燥热难耐的脸来。

此时是下午四点。义三拿起听诊器的黑胶管，向自己主治的二楼病区走去。小患者们恢复得都很顺利，没有什么异常，于是查房很快就结束了。

只要主治病人没出现异常，在这次查房后，实习医生就可以下班了。有时遇上急诊、重症或者有手术安排，晚上也要待在医院里。不过，今天这么早结束，年轻的义三生出一种自由的解放感。

"我想看电影，你呢？"义三向井上民子发出邀请。

或许是刚刚经历了大雨的缘故，或许是救了孩子的缘故，义三有些莫名兴奋，他不喜欢这样，不想把这种莫名的东西带回自己独居的公寓房间。看看电影，喝喝咖啡，吃吃点心，这对义三来讲是有点奢侈，但他愿意借此来获得疲劳感，以至于回到房间就能马上入睡。

民子点了点头："好啊，现在有什么好电影？"

"今天早上我在车站看到的广告是《天鹅之死》和《好人萨姆》……还有《花开蝶满枝》。"

"《天鹅之死》我看过一次，不过再看一次也无妨。"

身着鲨鱼皮套装的民子露出纤细光洁的腿，再配上一双高跟鞋，和义三并肩走着。民子的样貌里有中国人的影子，因此被起了一个绰号叫"唢呐医生"。不过，民子那知性的气质和善良倒很适合女医生这个职业。

"栗田，我记得你以前说过，你来这家医院当实习医生之后碰上过医治无效的人。"

"嗯，是个得了急性肺炎的小孩，这件事让我很难受。"

"是啊，我也碰到过。治好了理所应当，可一旦死了就会难受。当时我还想，要是不当医生就好了。比起当医生，像你刚才那样救人多痛快和直接！你会被表彰的！"

"那也是我该做的嘛。"义三回避着这个话题，"井上，你考试合格后打算怎么办？"

"得到明年七月呢，还没决定。如果家里允许，我想留在大学里研究细菌学。"

"哦，细菌学……能留在研究室里可真不错。我得赚钱，不能由着自己的性子来。"

二人边说边走。走了百米左右的时候，民子突然抓住了义三的手臂，说："你看，那个孩子。已经在玩耍了，可真结实！"

义三听了，也停下了脚步。

确实是那个孩子。额头上贴着白色创可贴，瞪着一双圆眼抬头看了看他们，害羞地爬上一旁的石级，钻进灌木丛，躲藏在了与他身高差不多的杂草中。那里似乎曾是一大户人家的旧址，庭院里树木繁盛。

一扇生锈的铁门似乎曾是那家的大门，绿叶巧妙地爬在上面，葫芦花点缀其中。

义三猛地眨了一下眼睛。"那白色的是什么花？"

"葫芦花。那儿的房子被烧毁了，不过里面还有月见草。"

从广阔的房屋旧址看不出一点有人居住的迹象。

美男子大赛

义三所住的公寓离医院仅有一站，因此他平时都是走路通勤。

虽说是公寓，其实是同乡会为来东京上学的学生建造的宿舍，对义三来说不过是学校的延长线。这座木造两层小楼共十六间屋子，每间都住着同乡的学生。

义三的左邻右舍分别是 W 大学和 N 大学的学生。前面的三间屋子里分别住着两个女大学生和一对兄妹高中生，这对兄妹有时会冷不丁地吵起架来。

义三进屋打开了灯，这时，住在前面的女大学生身穿一件大花图案的浴衣出现了。"栗田，这是你的信、报纸，还有邮包……给！"她说着便把东西递给了义三。

信和邮包是 N 县的表妹寄来的，邮包是挂号件，摸上去似乎是书。

报纸是故乡的地方报，可是家里从来没有寄过这种报纸，究竟是怎么回事？义三诧异着剪断了封带。

"什么?！"

广告栏里用红笔圈着的竟是自己的照片！义三吓得差点丢了魂。

原来，一家名叫"天鹅商会"的牙膏公司举办了一场"美齿男"的摄影大赛，义三的露齿笑照片获得了一等奖。

义三本人根本不知道有这么回事，一定是有人在搞鬼。义三咂了咂舌，想到了有可能做出这种事的故乡老友。

报纸上面写着奖金一万日元，另赠天鹅牌牙刷、男用梳妆镜一个，等等。

"看来是为了这奖金啊！干这件事的人……是谁呢？"

义三把报纸扔到一旁，读起表妹的信来。

恭喜荣获一等奖！

我偶尔想要知道你在东京的情况，可你完全不来信，所以我就干了这种事。那张照片是你去年夏天回来的时候我用徕卡相机拍的。拍得不错吧！我允许你表扬我哦。

奖金分了你母亲一半——她大吃一惊，不过还是高兴地收下了。关于这件事，没人责怪我，所以你也不要生气哦！我留下了奖金的十分之一，购买了仁木家刚出生的两只山羊崽，它们成了我的好朋友。剩下的钱夹在了给你寄去的书里。

这本书是我父亲从 M 市买来的，据说对实习生和研修生有帮助。

近来净发生些让人高兴的事（照片的事也挺让人高兴的）。我父亲又要去东京了，听说这边的医院要卖掉，有人在东京都我们介绍了一块用来建医院的地皮。据说那里离你现在工作的医院很近。父亲说，想请你介绍一下那一带的情况，而且他很有可能为这件事上东京去。要是学校放假，我就跟着他去，我很高兴……要是年内能开始施工，那我明年就能在东京上学了！

"是桃子啊……"义三这才反应过来。

桃子是个梦想家，不过她一旦想到什么就会去做。给天鹅商会寄去义三照片这种事也像是桃子能干出的。这个表妹虽然已经上了高中二年级，在义三眼里却仍是一个爱搞鬼的弟弟，没有一点女人味。桃子算不上美人，但长了一张可爱的脸，性格天真活泼，又是独生女，不管在谁看来，都是一个人见人爱的少女。

义三笑着打开邮包，原来是自己一直想要的《内科临床实践》。实习医生没有工资，而且义三无论走到哪里都是最穷的那个，夹在书里的一千日元纸钞对义三来说是值得感恩的，又怎么会生气呢？义三家在信越线的车站前经营着一家日用品杂货店。"二战"前，父亲常常买月票去东京进货，那时还是孩子的义三无忧无虑，毫无贫穷的记忆。然而在战争期间，家里仅存的货全都卖光了，又无法进货，待杂货店堆满了尘土后，父亲去世了。义三的二哥在战争中丧了命，大哥虽然平安回到了故乡，但是靠他小学教员的工资养活妻子和母亲，生活并不轻松。

义三从吴市的军校回家后，在当医生的桃子父亲，也就是大舅的推荐下进入了医科大学。生活上虽然得到了舅舅的资助，却仍是困苦不堪。不过，义三的英俊掩盖了他的贫穷，人们都传言他是名门少爷。义三的自尊心让他努力保守着秘密。义三清秀的容貌和与之匹配的自尊心常常引来女孩们的目光，虽说他本人毫无此意。

舅舅曾在东京的下町经营一家医院，战争愈演愈烈之后，桃子和母亲就被疏散到了舅舅位于N县的老家。在医院被战火焚毁之后，舅舅也回到了故乡。由于之前已将一部分医疗器材运回了老家，舅舅便在故乡重操旧业。舅舅的千叶医院拥有众多患者，大概是因为他是来自东京的博士吧。

然而，桃子母亲在婚前曾在舞台上演唱过，至今仍未丧失音乐梦想。她厌倦了乡村生活，这次也一定强烈主张举家迁居东京。

舅舅要是在东京开医院，那么毫无疑问会让义三做一阵他的助手。然而，这种被决定好的未来让义三感到无趣。他渴望更自由的人生。

义三用脚尖将故乡的报纸、内科书踢到了角落，仿佛踢开了束缚，然后从壁橱里取出了卷起来的枕头和被褥。桃子若是看了，一定会感到伤心。

窗口美少女

　　落水孩子的姐姐富佐子唯独这天晚上没有在弹子房"Clean Hit"的销售窗口坐班。

　　富佐子每天晚上从七点起接替白天上班的女孩。宽敞的游戏厅里有三个销售窗口，为了从外面可以看到富佐子的上半身，销售窗口围了一圈玻璃。富佐子就坐在里面，从不同人的手里接过钱，并放上等值的弹子。既不用开口说话，也无须看顾客的脸，只是偶尔会说："这里没有零钱了，请到那边的销售窗口……"

　　然而，或许是透过玻璃能多角度地看到富佐子美丽的脸庞，富佐子的销售窗口总是挤满了顾客。Clean Hit 一到晚上七点，客人就会明显增多。

　　弟弟和男这天晚上也和平常一样吃过了晚饭，上床睡着了。富佐子不放心把弟弟托付给邻居照顾，担心他因害怕而痛哭流涕。

　　富佐子家周围都是被烧毁的小房子，大家都一样一贫如洗。邻居家是失去了父母的四兄妹，分别是二十三岁、二十岁、十七岁和十四岁。最上面的哥哥本该工作养家，却因为得了肺病，常常去国立疗养所治疗。下面三个都是女孩，两个在公司上班，附近的人都爱去她们家玩，因此总是熬到深夜。

　　十四岁的妹妹是中学生，总是来富佐子家里一边帮忙看家一边学习。富佐子从弹子房下班回来后，有时会发现她竟躺在和男的床上睡着了。富佐子通常会微笑着留她到早上。

　　富佐子是通过照片认识父亲的。父亲不是死于战争，而是在那之前就不在了。房屋在空袭中被烧毁时，因为母亲没有亲戚，所以母女二人只得在原来的地方继续生活。她们在烧毁的废墟上建起小屋，努力生存着。她们通过民生委员的申请，获得了国家补助金。同时，母亲还在别人家里洗衣服、看门、帮忙做活……只要是女人能干的活，她什么都做，以贴补家用。

获得补助的人想要工作都必须偷着来，否则工作的收入就会被从补助金中扣除。

上小学六年级时，学校组织去箱根旅游，富佐子想穿毛衣去，便央求母亲。母亲买来一磅毛线，为她织了一件半袖毛衣和一件开襟毛衣，还给她买了一条深蓝色背带裙。然而，富佐子想要的是挂在商店橱窗里的那种彩色的、有图案的毛衣。

富佐子上了新制中学后，补助金已经变成了最高的两千几百日元。这时的富佐子内心涌现出了少女的欲望，稀罕美丽的、崭新的东西，有时就连她自己也控制不了。尤其是央求母亲也无法满足时，就会越发想要得到。然而，鞋子、书包、钢笔……她的愿望大抵都能得到满足，这令她十分惊讶。

那年春天，富佐子的母亲生下了一个婴儿。

这对富佐子来说就像梦一样。富佐子尚且年幼，还无心追究孩子的父亲是谁，她的心单单被弟弟的可爱虏获了。当她看到弟弟吸吮母亲的乳房时，给他修剪薄膜似的指甲时，给他穿上小衣服时……富佐子越发疼爱他。这或许就是少女爱人的开始、爱的初体验吧。放学跑回家后，总是先问"孩子在哪儿"，然后去逗弟弟玩耍。母亲转过身含着泪说"真是个怪孩子"之后，就把弟弟留给富佐子照顾，转而离去。

母亲必须去工作。因此，暑假期间的和男就全由富佐子照顾了。母亲有时去卖中元礼物的店里帮忙，有时四处散发夏季用品大减价的广告单。

和男出生第八个月时，辛勤工作的母亲患了急性腹膜炎，在痛苦中挣扎了两三天后撒手人寰。周围的人都劝富佐子把和男送人领养，可富佐子觉得离开了和男，自己就会变成孤身一人。

"会很辛苦的！还是孩子的富佐子竟要养一个小孩子……"

无论周围人如何说，富佐子都不知道养孩子的辛苦程度。她只想着，和男也吃不了多少东西，只要像母亲那样就可以了吧……

和男有五百日元的生活补助，然而富佐子中学毕业后就成了可以工作的人，因此就失去了这部分补助。春天来了之后，富佐子就在弹子房的玻璃橱窗里开始工作了，月薪本应七千日元，不过富佐子只上夜班，因此只有三千日元。

今天如果和男溺水而死，富佐子就会变成孤家寡人，她后怕得不得了。和男的命似乎就是富佐子活着的全部意义。"如果不是那位医生的相助……"富佐子为和男驱赶着飞来脸上和手上的蚊子，想着还是小孩子幸福，没有做溺水的梦，呼哈呼哈睡得香甜。富佐子想象着如果有人来照顾自己，哪怕只有一两天，能像婴儿一样生活多好！或许这就是无依无靠的人才会期望的吧。

"今天晚上不去了？"这时，隔壁的少女走了进来。

"我请假了。"

"弟弟发烧了？"

"他倒是睡得很香……"富佐子说着，把手贴在弟弟的额头上。

"今天下雨，听说地势低的人家都进了水……还好这里高，但如果有人买下这块地，我们就不得不搬走了……"

"什么？"富佐子抬起头来看着她，"这话是什么意思？"

"我也不清楚，听说进水的人家很讨厌我们……我听姐姐们说的。"

"真是的。"富佐子听了这些对当下生活产生威胁的话，感到痛苦极了。

街上不绝的流行歌曲唱片声透过薄壁传到了这座小小的房子里。

节日过后

一想到要在给桃子的回信里写"那一带的情况"，栗田义三就觉得麻烦，便拖延了一天。接着又正值 N 町的八幡祭，于是拖到了九月十五日、十六日……

过去的节日风俗在遭受了战火的街区复活，年轻人和孩子们穿着整齐的浴衣，抬着轿子、山车在大街小巷里巡游。风吹着浴衣下的皮肤，有些凉了。

富佐子所在的 Clean Hit 的门口被轿子堵着，人们在狭窄的街巷里摩肩接踵。

在一家打出"御酒所"招牌、装饰着青竹栏杆的空店里，头戴花笠、身穿长袖和服的女孩们和头裹着新头巾、身穿深蓝短衣的男孩们无所事事地站着。那些抬轿子的年轻人则疯狂喧哗着，不知是和着喜庆的气氛，还是疲劳过度。人群熙熙攘攘，还充斥着争吵声，整片街区处于骚乱之中。

在街区一角的角楼上，有位老人在表演神乐，可是没有人抬头看他。神乐的声音被街道上的喧哗声淹没了。

八幡祭的傍晚，一个男人抱着一摞传单，迫不及待地撕掉了其他节日的宣传单——"投影会主办 / 方块舞会 / 周日 / 两点开始 / 在 N 小学 / 欢迎随时参加""美国中古服装直销会 / 妇女会主办 /N 教堂"，边走边贴起自家的传单来。

车站天桥下的燕窝已经空空如也了。

节日过后，利用周六、周日再加上秋分日的三天连休，桃子携父母来了东京。桃子打电话到医院时，义三正在做手术。义三主治的一个小患者病因不明，因而决定检查肠道。手术从下午开始。打开腹腔一看，发现是小肠梗阻，便顺手为他摘除了阑尾。就这样，手术进行了十五分钟就结束了。然而，由于小孩体温下降和脉搏紊乱，义三又在病房里观察了一阵。

四点左右，义三回到医务室，发现桌上有张字条，上面写着："请到麻布江之村来。千叶和桃子。"

"千叶和桃子"的"和"字不是多余吗……义三脱下白大褂，一边穿上衣一边端详铅笔字条，发现"和"字突显了桃子的智慧。也就是说，桃子是同父母一起来的。麻布的江之村有一家桃子家人经常下榻的旅馆。他们每次上京都会住在那里，义三也曾去过三四次。

义三走出医院，私铁转乘国铁，再换都营电车，才抵达了位于麻布的旅馆。

旅馆老板原先在日本桥一带经营一家棉布商店，战后把在战火中幸存下来的房子改成了旅馆。房子不像旅馆，宽敞的房子周围是朴素的庭院。

附近一带在战火中幸存下来，走到大街上，却是另一番截然不同的战后景象。洗衣店一带免遭战火焚毁，在美军占领之后，附近多为外国人所居住。

义三被带到屋里后才发现只有舅母一人在。

"来了。"舅母笑道，仿佛昨天刚刚分别，看上去不像是投宿的客人。

"您什么时候来的？"

"昨天晚上。"

舅母身上没有一丝乡村生活的影子，依旧那么美丽、灵动、丰满，义三不禁在心里暗自赞叹。

舅母身材高大、皮肤白皙，非常适合穿洋装。或许是唱西洋歌曲的缘故，她生活中的一部分已经完全脱离了日本风格。比方说，她对日本四季的节日活动、日本孩子的庆典毫不关心，甚至不知道邦乐和歌舞伎。舅母在嫁给舅舅之前，曾经作为声乐家在舞台上演唱过西洋歌曲，她向来十分珍惜那时的影集。无论是影集中的舅母，还是现在的舅母，都是那样年轻美丽。

义三想起了母亲。母亲和舅母年纪相仿，可是风吹日晒在母亲的脸上刻下了皱纹，母亲还总佝偻着身子。每次见到舅母，义三都会对她和母亲的差异惊叹不已。

舅舅是母亲的哥哥，在男人中可称得上矮小，是个地地道道的"生活派"。看上去不甚协调的舅舅和舅母总是相处和睦。这令年轻的义三充满了疑惑。

"义三，你身上的药味好浓啊。"舅母慢慢地别开脸，望着义三。

"怎么可能，我在医院也不穿这件衣服。"义三揪起胸前的学生制服闻了闻。

"有的，气味已渗进去了。桃子父亲也是。当医生有意思吗？"

"桃子呢？"

"他们一直等你来着，等不及就出去了。我也是去看了朋友刚回来。"舅母用圆润的粉红色手指抽出一支烟，让了让义三，然后点火吸了一口，又吐了出去，"我去看了朋友，真是觉得非得在东京生活不可啊。我的朋友又教歌又唱歌的，丈夫是个画家，听说没有收入……先不说人家幸不幸福，光是充实的生活我就羡慕得不得了。"

"我觉得人家还在羡慕您呢。"

"为什么……"

"舅舅有收入啊……"

"可我既没工作，也没收入。我就光给桃子讲故事了。桃子呀，和我小时候一模一样，好动，还娇气……她也喜欢音乐，可就是声音细，那可不行的。"

义三默默地听着。

"我只想把她托付给某个人，比如说……"舅母突然别有深意地盯着义三的眼睛。

这时，走廊传来一阵小跑声。

"我回来了……"桃子先进了房间。

"哎呀，你来了。"舅舅也回来了。

桃子那似乎还散发着乳香的嘴唇，高挺的鼻子，乌黑的瞳孔中透着笑意。"你真慢，我们等不及就去了一趟 N 町。"桃子说着，来到义三的身边坐下。

"之前那件事，谢谢你。虽然不知道该谁谢谁，反正我先谢谢你。我是看了报纸后真吓了一大跳。"

"义三，你真有那么英俊吗……"桃子故意睁大了眼，看着义三，"一下就被选中了，我也吓了一大跳呢。"

"美男也有很多类型，还没听过有美齿男的……"

"美齿男……也不错嘛！母亲，义三说他是美齿男。"

"义三，桃子可喜欢那张照片。一会儿从书桌抽屉里拿出来看看，一会儿又放回去……我要是去她的房间，她就会藏在书的下面。我还以为她要自己偷偷藏起来呢，没想到她却拿出去参加报纸广告的比赛……"

桃子听了，涨红了脸，吞吞吐吐地说："我……照得那么好，当然高兴了。"

"宿舍的人都叫我美齿男取笑我，有点烦。"

义三给桃子设了台阶救了她，桃子则顺从地说："我还以为你一定会非常生气，担心得不得了。你也不回信，今天也是，不接电话……"

"回信晚是因为你让我调查一下附近一带的情况，像作业似的，写了一点就写不下去了。今天是因为我主治的孩子做手术……我看到你的留言后马上就过来了。我也没为那件事生气。我可是用那笔钱买了一双鞋呢。"

"鞋？刷牙的变成了刷鞋的？"

"下次你给我拍一张擦鞋的照片，然后我再去买顶帽子什么的。"

"帽子？母亲，你给义三买顶帽子吧！权当见面礼了……"

　　"跟你开玩笑的。"义三感觉桃子父母正在竖着耳朵倾听他们二人的对话，顿时害羞起来。他转向舅舅问道："N 町乱七八糟的，倒是挺热闹，您一定很吃惊吧？"

　　"是挺热闹。"舅舅点了点头，又说，"那个节日捐款，出手大方的人可真不少！看贴出来的名单，排在前面的大都是捐五千、两千的。"

　　"还有这种事？对了，医院的地皮您去看了吗？在哪里？"

　　"在河边，就在你上班的医院附近。虽然有点近，不过从街区布局来看，我觉得那边有家私立医院也不错……"

　　"就是那个有铁门、杂草丛生的地方。"桃子从旁插话。

　　"要是在那里建上一栋小房子，再把那庭院修理得整齐干净些，就可以叫我的朋友们去玩了……要是全都建成医院就没意思了。"

　　"不过那处旧房址现在有人住着。"

　　"父亲，就是那个漂亮的人。不过，她挺可怕的，老盯着我。"

　　"……还有个小男孩？"义三忐忑地问道。

　　"是的。"

　　"铁门上有葫芦花？"

　　"葫芦花？我还以为净是些杂草，那就是葫芦花？"

　　义三心想自己的猜测是正确的同时，惊觉自己一直在默默地惦念着那个少女，转而向舅舅问道："医院什么时候建？"

　　"这个嘛，打算就在近期。可是要想施工的话……就得把那里的住户都赶走，很棘手。"

　　"这种事也得你去办？"舅母皱着眉头，也加入了三个人的对话。

　　"倒不是由我直接去办，可还是发愁啊。"

守护公主

义三观察着皱着眉头的舅母和坦言"发愁"的舅舅的神色。

"不过……"舅母轻轻地摇了摇头，"这也是没办法的事嘛。"舅母说着，就把一本洋服面料的样书递到义三面前，"这些深蓝色哪个好……"

在义三看来，它们是同一种深蓝色。"您准备做什么呢？"

"给我和桃子各做条裤子。我想让常去的那家西装店去做，就是拿不准哪种好看……"

义三选择了一种较为明亮的深蓝色。

"不愧是义三，这块面料挺贵的，是英国料子……桃子穿这颜色的裤子，搭上珊瑚色毛衣。我穿这颜色过于明快了，还是选灰色华达呢吧，上搭浅紫色……怎么样？"

"我不太懂。"

"你就当打扮自己喜欢的女孩嘛，想一想，也算是练习了……"

一谈到此类话题，义三就总觉得自己像生活在不合适的水中的鱼，疲惫不堪。外面的天已经完全黑了，宽敞的旅馆里传来了敲门声。晚餐来了。

"义三，今晚住下吧。"桃子用一副已经决定好的语气说道。

义三简短地回应了一声："回去。"

"你真奇怪。明天是周日，后天又是过节，医院不放假吗？"

"我们实习医生倒是休息……"

"那就住下吧。"

"你就陪陪桃子吧。"舅母也说，"明天我们出了门，就剩下桃子自己……我们这个梦想家的东京梦该破灭了。"

"对啊，对啊。要是剩我一个人，我会恨你的。"

"梦不应该是自己做吗？"

"要分场合、分时候的……"桃子的巧妙回答让义三不禁刮目相看。

义三原来打算去看看今天做手术的那个孩子，不过既然舅母和桃子这么挽留自己，也没必要硬回去。最后，义三顺着她们之意住了下来。

第二天清晨，隔壁的房间传来了桃子母女的交谈声。义三点上了一支烟，脑子仍然没有清醒。母女二人的声音听起来很是相似，有时就像一个人在练习说台词。

"……不行吗？桃子呢？"

"当然不行……"

"可我最近不是所有事都帮忙了吗？！我能做的都做了，就连您的房间我都认真打扫过了。"

"这件事啊，桃子，你真是一年到头光想些没用的玩意儿，所以才什么也做不好，心都飞到天上去了[1]！"

"天上？母亲，那是什么天？"

"我可没见过。对了，就是你发呆时看着鸟在天上飞的那种天。"

"就算没有鸟飞，我也喜欢看天。"

"是吗？天上没有鸟飞，你就一边看着天一边想象有鸟飞，结果就真的看到天上有鸟飞了，对不对？"

"那不是魔术吗？"

"魔术？那也挺好。人生多少有点像魔术。桃子也施些魔法，让鸟飞起来吧！"

"桃子可以变成鸟，飞起来。"

"那可不行……我也许就是没有用好人生的魔法。"

---

1 日本谚语，有"心不在焉"之意。

义三完全清醒了。旅馆的棉被睡着可真舒服！

"少女的魔术和医生的手术……"义三喃喃自语道，"哪种可以让人生变得幸福？"

义三还有其他表妹，可是桃子对他来说是个特别的存在。在东京的表妹只有桃子一个，而且得到了桃子父亲的资助。

义三初次见到的桃子还是个戴着防空帽、刚被疏散到故乡的小学生。桃子那双露在防空帽外亮晶晶的眼睛让人还以为她是个男孩，身穿深蓝色萝卜裤让她看上去更像个男孩了。桃子是个可爱的美少年——义三如今依然对桃子抱有这样的印象。

近两三年来，桃子长大了，她纯真的亲情中萌生出了爱情。义三能感觉到桃子对自己萌生出了爱情之芽，自己正是桃子的初恋。初恋将来也许会越发强烈地表露出来，也许会逐渐减弱直到销声匿迹，也许会燃烧，也许会熄灭，总之义三不会粗暴地对待一个把自己视作初恋的少女。

即使他们是表兄妹，自然而然地结合在一起也不会变得不幸，义三知道周围的人都这样想。可今天让他去陪桃子这件事并没有给他带来内心的躁动和心灵的震颤。他有余裕去思考怎么让桃子这样的女孩高兴，可又找不到办法，这对他来说似乎是个小小的负担。首先，他没有钱，如果一切都让桃子付费，那势必会挫伤他的自尊心。这也是他闷闷不乐的根源。

义三换上西装后打开拉门，明亮的阳光照进了房间。舅母正舒适地坐在廊沿的椅子里，让桃子给她拔白发。

"没了吧？"

"有，还有一两百根呢……要是心飞上了天，那就数也数不清了。"桃子故意说着气话，在母亲乌黑发亮的头发中揪起一两根迅速拔掉。

"秋天的天空多漂亮呀！东京也……"舅母抬头望了望天。

"哎呀，桃子这样认真，您可不要心飞上天哦！"

母女二人都穿着短袖运动衫。

桃子看到义三，便对他说："又睡懒觉了。"说罢微微一笑，"我做点秘密兼职……父亲出去散步了，我们都饿得肚子瘪瘪了，一直在等你呢，快去洗脸吧。"

早饭本就迟了，吃到一半，舅舅来了客人。舅母今天有其他安排，饭后也没跟正在其他房间会客的舅舅和客人打招呼便离开了旅馆。舅舅和客人也不知道什么时候一同走了。

明亮的房间里只剩下了两个年轻人。桃子用她那纤细悦耳的声音唱着四四拍的轻快的歌曲："……中秋月夜美，月宫迎来使，弓矢皆保卫，誓守护公主，英勇的武士，力拔山兮气盖世，哎哟哟，哎哟哟，公主趁乱登云去。"

义三开口问："桃子，今天打算做什么？"

"这种事都是男人决定的。"桃子停止唱歌，乌黑发亮的眸子闪烁着愉悦的光芒。

"随便出去走走吧。"

"掉葫芦[1]？葫芦里有什么？"

"那就用魔术变出一只小鸟来？"

"哎呀，被你听到了！"

"这个……"义三说着，从口袋里取出一盒和平牌香烟。

桃子接过来仔细看了看，说："蔚蓝的天上飞着金鸟，鸟的嘴里衔着月桂枝……"说罢，把烟凑在高挺的鼻子边闻了闻。

"桃子，鸟飞方似鸟——你听说过吗？"

"听过，人走……不对，就跟'人生方似人'一个道理嘛！"

"欸？"

"吃了一惊？"

---

1 与上句谐音，也有"孤独一身"之意。

　　桃子站起来，把双手放在头上，似乎在整理自己的短发，胸前的隆起越发明显了。桃子看上去没有化妆，可站在她身边能闻到淡淡的香。

　　桃子看起来长得小巧，可站在义三身边时已经超过义三的肩头了。二人离开旅馆，在去国铁车站的路上像恋人一样引人注目。或许是因为今天是秋高气爽的周日。

　　义三在车站买了去上野的车票。到了上野，那里有博物馆，还有美术馆，很适合打发时间。

　　电车开动后，一个身穿白衣的伤残军人胸前挂着募捐箱，用他那金属制的前端弯曲的手扶着吊环，走到乘客的面前。

　　他的伤残似乎刺痛了车内的每一个人，这是日本的伤口，可只有桃子一个人慌忙从红色的手提包里掏出一百日元纸钞投入了募捐箱。真是个善良的孩子，义三心想。

　　走出上野站的公园方向出口后，路旁站着许多卖气球的小贩，带孩子游玩的人们闲适地从路上拥过。

　　"天上有个白月亮。"

　　听桃子这么一说，义三也看了看天。

　　"在哪儿？"

　　"……誓守护公主，英勇的武士……"桃子唱歌似的欢快地说道。

　　"真是败给你了。还有鸟在飞哦。"义三看着桃子说，"去看画展吗？"

　　"去动物园。"桃子大声说着笑着，"你是不是想说我是小孩？是吧？你要说去动物园，我就说去看画展。"

　　"那就去看画展。"

　　"你要说去看画展，我就说去动物园……"

　　"捣乱分子。"

　　"好，那去动物园。我已经十年没去了，让我想起了小时候。"

　　"小时候？"

"就是战前的小时候……"

"是吗？战争让你长大了？"

"就算没有战争，我也不再是小孩子了。"

两个人面面相觑，不禁笑了起来。桃子垂下眼，正儿八经地说："你能不能带我再去一次 N 町？"

"你对那儿有兴趣了？"

"稀罕嘛！街道又窄又乱，人还多。在人群中反倒会觉得孤零零。"

"在东京，也不光是东京，战后的都市像这样的有的是。"义三说罢停下了脚步，转过身，用手指着那些低矮的屋顶说，"那边叫饴屋横町，比 N 町更特殊、更不可思议。"

"那儿和我没有一点联系……"桃子说着，突然用央求的目光望着义三，"带我去 N 町，回来的时候让我看看你住的地方……"

"看我房间干什么呢……"

桃子欢快地缩了缩肩头说："肯定乱得很。"

"你是想参观完动物园后顺便去看看我那儿？"

"我给你好好打扫一下你的窝。"

"要是打扫时心在天上可不行哦。"

"哎呀，打扫母亲的房间和打扫你的房间不是一回事啦。"

义三不知如何是好，便说道："可以啊。我东西还没多到脏乱的地步，只有榻榻米和门窗，无比朴素。"

"那也行，我就想看看。"她的话中毫无羞赧，充满了天真无邪的爱的语言。

动物园里，有长着一张似拎着粉红色手袋的嘴的鹈鹕、尚未开屏的孔雀、被锁在铁栏中的印度象、一动不动如工艺品的爬行动物、还有似乎因说不出人类语言而焦急怒吼的海狮、占据猴岛的猴子、长颈鹿夫妻……义三也甚觉有趣，内心平静了下来，身体逐渐向桃子靠近。

　　"听说我小时候的家夜晚能听到动物园里野兽的叫声，我已经不记得具体位置了……或许已经被烧毁了，或许之后有人在那里盖了房子，住了下来……"桃子说着，她的脑袋几乎靠在了义三的肩上。

夜晚的小城

义三和桃子在 N 站下车后，景物的形状和远近突然变得模糊起来，电灯的灯光似乎也变成了令人不安的傍晚时分的样子。

车站挤满了人，似乎是与上站交接时发生了事故。他们下了车后，电车依然停在那里。听周围的议论声，似乎是一个女人跳轨自杀了。

义三拥着桃子，催促她"快走"。出了车站，义三带桃子去了熟悉的中国餐馆。店里客人不多，气氛却非同寻常。老板娘正在和一位客人说话。

"看来那些自杀的人都不考虑时间的，傍晚人这么多，怎么就选这种时候跳呢！"

"刚才那位难道不是突然发作的吗？傍晚时候死神才会来呢。"

"他俩进来的时候还好好的，可说着说着就不投机了。女的站起来就走，差点把碗碰倒，男的结了账就追，下行车一发，瞬间就发生了。"

"两个人是闹分手吗？脑子一热就放狠话，没想到竟成了真。"

"那女的我很熟，是榻榻米店老板的女儿，战后为家里可挣了不少钱。那男的是谁呢，看起来像个小混混，据说两个人是在舞厅认识的。最近他变得相当认真，也在别处开始工作了，两个人看上去都不错。也不知他们说了些什么、为了什么，总之一个人就在自己的眼前死了，就算是个男人也会留下阴影的。"老板娘的脸庞下方有颗大黑痣。

"有人死了啊。"桃子战战兢兢地说，"那人刚才还在这里的吧……"

桃子该不会就坐在那个突然自杀的女子刚才坐过的位置吧！义三这样一想，就觉得有些瘆人，他看了看周围说："自杀是现代病的一种，想死的人越来越多了，这大概就是一个让人伤心的时代。用桃子的话说，这叫人走方似人，是吧？"

可桃子笑不出来，饭上了桌也不见她拿起筷子来。"我们去你房间吃饭吧，我来做。"她小声说道。

"我房间里什么也没有，没有米，也没有锅……"

"我们买面包，有黄油就行。"

刚才与老板娘聊天的那个客人出门时，老板娘用开朗的声音欢送他，似乎在努力营造气氛："你要是去 Clean Hit，今天二十七号的乐町不错。我呀，白天弹出了不少。"

工人、知识分子、这位老板娘、酒馆老板娘、大家闺秀、出门购物顺便去玩的中年妇女，有时就连盲人按摩师都爱玩弹子游戏，义三从未玩过这种具有神奇魅力的、花点小钱就能玩的赌博游戏。

"桃子，你知道弹子房吗？"

"M 市也有。不过，来了东京后才发现有这么多，简直不敢相信。就连银座也有不少。"

"想去吗？"

"好啊！义三，你玩得好吗？"

"没有，我从没玩过。不过要是真玩起来，我还是有自信的。而且有助于安抚心情。"

桃子点了点头，拿起筷子吃了一些炒饭。

Clean Hit 与另外两家弹子房"传助""礼物"比邻而立，但比它们宽敞深长、引人注目。店面的霓虹装饰也很有特色。当弹子弹出后，无数只小光球就会开始闪烁。店里一百多台弹子机，每台机子都标有号码和国铁车站名。店的中央有一个小庭院，那里设置的喷泉可源源不断地供人们洗手。

"本店所用弹子均为金色，恕不与别店弹子替换。"义三在销售窗口看着这样的金色大字，从小窗口递进了一张一百日元纸钞。弹子十个二十元，他想买四十个，可他不知该如何对玻璃窗里的人说。玻璃窗里的少女问他"买五十个吗"的时候，四周高亢的唱片声和弹子碰撞的声音使那声音无法传递到义三的耳中。义三对着玻璃窗伸出了四根手指，当他抬起脸来看向里面时，不禁屏住了呼吸。

"你在这儿？"

少女明亮的双眸先注意到了义三，脸上浮现出了笑容。"上次谢谢您。"

少女用清透的声音说罢，将四十个弹子放在了义三的手掌中。义三本想说些什么，却被身后的客人推搡到了一旁。

义三分了一半弹子给桃子，在空闲的弹子机前站定。"万世桥"和"御茶水"这两台机子都是十五子，弹簧格外硬，转瞬间义三就输掉了，而桃子十次只输了两次。

"啊呀，看来我比你厉害。这些还给你。"

桃子说罢，义三的弹子盘就变得满满当当了。义三心想恐怕要被桃子说"心不能飞上天哦"了，他再次增加了弹子数，依然转瞬间就输掉了。桃子娴熟地得到了两盒和平牌香烟和一块巧克力，玩起剩下的弹子来。

走出 Clean Hit 时，义三回头望了望富佐子的侧脸，对桃子轻声道："对了，那个就是昨天在医院地皮上见到的女孩吧？"

"哎呀，果然，没错。"桃子说着，不知为何紧紧握住了义三的手。

桃子在街上买了玫瑰花。虽是夜晚，街道却喧闹依旧，似乎不知夜深。到处都在举行着开店仪式、纪念会、谢恩会，甚至还有锣鼓喧天的大卖场。

"看样子，父亲的意愿也得举办盛大的开张仪式了，否则可过不了这一关。"

义三默默地走着，突然开口说："我有一事相求……"

"什么事？"

"我呢，虽然不了解玻璃窗里的女孩，但好歹救过她弟弟一次，他们姐弟俩相依为命，可怜极了。桃子，你能不能和舅舅商量商量，让他们有个安身之所？我想麻烦你拜托舅舅……"

"好啊，当然可以。交给我吧。他们叫什么？"

"姓吉本……名字我不知道……"义三说着，自己似乎也惊了一下，前些天的病历清晰地浮现在了眼前。

大衣领子

两个月过去了。

栗田义三从医院上下班的时候都会经过舅舅医院的建筑工地，空旷的地皮上已经建成了基本框架，到完工为止大概还需要一些时日。

建筑本身并不大，病房似乎只设在二楼。不过，这座采光充足、坐北朝南的现代风格建筑哪怕只看一道阶梯和一个门洞，都可以想象到会是一家相当大规模的医院。舅舅不仅为此投入了多年的积蓄，还从银行和熟人那里进行了融资，为了建设成这家内科、妇科、外科兼具的综合性医院耗尽了全部心血。

就连义三所在的医院也经常议论附近这座正在建设的私立医院，还有人因听说义三会去那里工作而艳羡不已。另有传言称院长的女儿曾到过义三所住的公寓，这让义三大跌眼镜。还有人就连打招呼都有些找工作的意思，说什么"到时候还要承蒙您多关照啊"。

而义三对这一切只觉得心烦。

他对舅舅和舅母非常尊敬，对桃子也有手足之情。因此，他反而不愿意走上轻而易举的人生之路，不希望自己的人生被决定，他对这一切都不满足。俊美中隐藏着反叛，强有力的男低音中蕴藏着野性。年轻的义三正是追求自由和冒险的年纪。对桃子虽然也喜欢，可只要离开感情就会变淡。桃子每周都会给他寄来一封信。

上回你拜托我的弹子房女孩的那件事，爸爸已经答应我了。他已经和负责医院事务的人说过了。不过，听说她愿意领取搬迁费，搬到别的地方去住。

除了她之外，还有一家也要搬迁费，只是那家要求的金额过高,还没解决。父亲的意见是,搬迁费三万日元左右。父亲还说,之后如果她在住房和工作上有困难,可以住在医院里,并为她安排适合的工作。你要不去见见她,同她商量一下?顺便请你转告她,如果将来到了父亲的医院里来,请她不要怨恨我……

天气渐寒,请保重身体,不要感冒。我感冒了一阵,到了晚上不觉得什么,只有白天难受。过年你一定要来。一想到你要在那种(失礼了……)房间里过年,我就伤心。这是我在乡下过的最后一个新年,有很多打算。

父亲说你是个勤奋家。

"勤奋家?"义三喃喃自语着。这是什么意思?

总之,得把桃子的好意转告给那个少女。

不过,由于近来那片旧址的杂草都被除掉了,铁皮小屋光秃秃地露了出来。义三犹豫了,见了该说什么呢?

每个人都有自己的生存方式,每个人都有自己的想法,他甚至觉得自己是多此一举。每当想起那个少女明亮的双眸,义三就像被击中了似的胆怯。

看过桃子来信的第二天早上,义三将大衣领子竖起来,盖上了冰冷的耳垂,看都没看少女家一眼就径直去医院了。他是故意视而不见的。

自从实习医生制度施行之后,义三是第二批。医院既不提供餐食,也不给报酬,类似现场实习[1]。但义三对此从不觉得有什么不妥。

这家医院的医学生们都很认真,齿科有个姓原的学生是个例外。他是个投机者,还参与赌博,打扮得花里胡哨,靠油滑的口舌来引人注意。然而,医院里最受欢迎的还是英俊的义三。

---

1 指边学习边工作的学徒制度。

义三穿上白大褂，走进检验室去继续做前一天做到一半的标本和检验。

一个少女模样的实习护士正在里面忙碌着什么，见到义三便招呼道："早上好！"说罢也不离开，而是走到义三身边洗起烧瓶和试管来，俨然一副助手的模样。

检验室位于医院洗衣房的灭菌室后面，暖和明亮。义三在这里待着舒服，便在角落里放着小型打字机的计算台上吃了午饭。

下午食堂里举办谈话会，主要是面向实习医生的，也可以称作研究会。这天请了一位讲师来讲 X 光的识别。

谈话会结束后，人群解散了。义三在傍晚整理完东西准备回去时，总是感到寂寞。傍晚的气氛感染着这个年轻的单身男子。

"在发什么呆？"义三的身旁传来了民子悦耳的声音，"今日还没有看见过你呢。躲哪儿去了？"

"我在检验室里来着，做了一下血沉试验和范登伯格氏反应试验，测测黄疸，又在洗衣房玩了一会儿。"

"不会是和洗衣机玩吧？你可真行，和谁都能轻易地玩到一起……整个医院仿佛都是你的熟人。"

"什么意思？"

"没什么意思。你人见人爱嘛。"民子不耐烦似的说道。民子一边穿着她那件暖和的白色大衣，一边邀请义三："天这么冷，去喝一杯？"

"喝酒倒是没问题，可是我囊中羞涩啊。"

"没事，我请客。"

"被女人邀请喝酒还要让女人请客，我可太悲惨了。"这是义三的真心话。

"你可别那么想。"民子愉悦地说道。

酒馆的女友

民子从学生时代就开始抽烟、喝酒了。

但她从不喝醉，一旦目光开始闪烁、说话喋喋不休，任别人再怎么劝她都不再喝了。

对男子来说的好酒大概对女子也是同样的。

民子无论打扮还是性格都非常清爽和利落，还有一种善解人意的明朗，因此义三与她相交甚好。民子是有钱人家的小女儿，哥哥们也颇为富有。她不仅喜爱话剧，还精通歌舞伎，她从不像义三那样不知该如何安排工作以外的闲暇。

"栗田，跟我一起去新宿吧。"

民子笑着说罢，义三也笑道："那我送你去。"

街上随处可见圣诞节和岁末的销售战，家家充斥着晃眼的装饰和震耳欲聋的噪声。新年的门松甚至都变成了行人的路障。

"对我们这些既不欠钱也不收钱的穷人来说，年末也没什么事要做……"义三在人群中跟跄着边走边说，"以前新年装饰这么早就开始了吗？"

"没有，我记得是临近年关，年货市场之后吧。这一阵的妇女杂志新年号也是嘛。"

"嘈杂得要命，真烦。"

巷子里有一家小酒馆，民子似乎很熟，和店里的人轻松地聊着天。

一个年轻女子端了白色的酒壶和酒盅，民子向义三介绍道："这位是老板娘，是我哥哥的朋友。"

年轻女子身着得体的黑色毛衣，画着细眉，涂着花唇。义三略显拘束地跟这位美人打了招呼。

民子为义三斟满酒盅，问他："栗田，二月之后你打算怎么办？"

为了准备五月的国家考试，从二月起，实习医生的工作就结束了。

"还没决定。要是没有其他事，我还想留在这家医院里，甚至想天天待在值班室里。既能好好学习，不懂的还能问，参考书也充实，还能临床……"

"确实。一个人待在家里也学不进去。"

义三赞同道："我住的地方离医院近，咱们一块儿学吧！不过，我要是国家考试不合格的话，就要再做一年实习医生，那可就惨了。"

民子机敏地转动了一下眼珠，说："你不会不合格的，就算落榜，也别灰心嘛。你舅舅不是正在建造厉害的医院吗，那么漂亮的医院，就连我也想去工作呢。"

"你真这么想？"义三颇感意外，"我有自己的生活，我想自己去创造……"

民子摆了摆她那涂成珊瑚色指甲的美丽的手说："你太不满足了，要不然就是胆小。你到底想要什么样的生活呢？"

"才不是不满足。不过，话说回来，我可不想成为开诊所的地方医生。我想在大医院里上班，拥有很多知己，见闻广博，还想出门远游……一开始就是舅舅建议我当医生的，可能不适合自己吧。"义三说这番话似乎是在审视自己的内心，"我很羡慕你，国家考试结束后就回归大学研究室。"

"真的吗……不过，我可没想过要成为大学教授。我只想开一家小医院。你说要出门远游，我自己也是在学术的世界里彷徨不定。如果有人喜欢我，我就打算结婚。我说真的。"民子垂下了眼帘，慢慢地将酒盅送到唇边。

"你要是走进了平凡无聊的婚姻，我可是会失望的。"

"为什么？"

"如果你欣赏的女孩成了某个平凡男人的所有物，你不会失望吗？我也一样。我很欣赏你，我觉得你是一个很好的朋友。"义三酒后吐真言似的看着民子。

民子一脸无所谓地拿起第三壶酒在耳边晃了晃，又点了两份海苔茶泡饭。

"好朋友……是好朋友。"民子以一副姐姐的架势为义三斟了最后一杯酒。

义三想喝得醉一些，民子知道义三酒量大，却利落地画上了休止符。

走到店外，冷风袭来。

"刚才那位老板娘是个美人吧？"民子突然抬头望着星空，"她以前更美。"

"确实是个美人，可不是我喜欢的类型。"

"作为装饰性的情人不是挺好的吗？"

"原来是这样啊……"

"她是我哥哥的一个已故朋友的妻子，是个未亡人，哥哥很早以前就喜欢她，等她结婚后，才娶了现在的嫂子。她丈夫死了以后，哥哥又动摇了，为她生活中遇到的问题出主意。她开了这家店后发生了很大变化，哥哥又为她痛心。我看着她，丝毫不觉得她可怜。可怜的是嫂子，人妻简直就是被判了终身徒刑。"

"可你不也说要结婚吗？"

"常言道，两个人的心要在一起，可是每个人的心里都装着很多事。太麻烦了，我只要两个人的身体在一起生活就好。"在新宿站长长的地下通道里，民子在拥挤的人流中走到义三的身边，"你知道我为什么带你去那家店吗？她总说我像个男孩，所以我想让她看看我女孩的一面。"

民子轻轻笑着。"我到了。"她说着，停下了脚步。

"再见。"

民子把义三留在人群中，径自登上台阶，朝着八王子和立川方向的站台走去。

一颗小牙

昨天，民子因在医院里一整天没见到义三而为他担心。今天，义三同样因民子没来医院而感到挂念。

做事一丝不苟的民子从来没有迟到过，因此义三担心民子可能是前一天晚上感冒了。

这天，义三担任小儿科主任的助手。这是民子喜欢的差使，今天由义三代替了。

临近中午，富佐子抱着襁褓中的孩子走进诊察室。

"啊！"义三惊得出了声。

富佐子把孩子放在床上后，医生和护士为他做了一些基础检查。体温四十摄氏度，意识模糊，看上去病情较重。经过胸部听诊，诊断为肺炎。

富佐子目不转睛地看着孩子。义三则什么也没说。

主任看着病历，又听了听，突然斥责似的说道："送来得太迟了！青霉素也不是万能的！从什么时候变成这样的？"这话在义三耳中听起来异常冰冷。

"从昨天，开始发烧，还咳嗽。"富佐子声音颤抖着，断断续续地说着。

"昨天？之前就开始感冒了吧……"

打了一针青霉素，主任又清楚地交代了每隔四小时服用一次柳氮磺胺吡啶。

富佐子轻而易举地抱起孩子，用惊恐的、可怜的、求救似的眼神炙热地看了义三一眼，然后走出诊察室。

"有救吗？"义三不由得问主任。

"要是放在以前，这样就没救了。不过，现在青霉素和柳氮磺胺吡啶双管齐下，慢慢是可以好转的。"主任一边为下一个患者诊疗，一边说，"你认识？"

"那是栗田医生夏天从河里救上来的孩子。"一个护士还记着。

"是吗？不过将那么小的孩子二度置于死地可不行啊……话说回来，跟你挺有缘嘛。"

在小患者的号哭声中，主任看着义三的脸笑了笑。

然而，义三笑不出来，他十分清楚那孩子的病情不容乐观。当天晚上，义三离开医院之前请药局的人给了他一些青霉素和强心剂。

要是民子在就好了，义三心想。

义三决定在回家的路上去看看富佐子的弟弟，可他又犹豫了。他希望民子能帮他打消这种念头。

要是民子在，她一定会对自己提出恰当的忠告。

义三走出医院后，又返回药局问护士："肺炎用芥末湿敷治有效吗？"

"我们这儿的医生说有效。"

"怎么敷？请你告诉我。"

"取一茶匙芥末，加两倍小麦粉，用热水搅拌后放在和纸上铺开，贴于患处。待皮肤发红，就取下。一分钟左右就会出现反应。"

"多谢。"

外面冷极了，像昨天一样清冷的天上刮起了风。脚下暗淡的河面上星星点点地映着许多灯光，随风摇曳着。工厂排出的淡黄色液体从下水道的排水孔中流到河中，冒着热气。一只大纸袋被扫地风吹了起来，倏地贴在了义三的裤子上，接着又唰的一下掉在了地上。

舅舅医院的工地周围一片漆黑。义三摸黑登上石级，内心悸动不已。他从堆放木材和石料的地方走过，走近了漏出灯光的小屋。

"晚上好……"

"谁？"富佐子问道，却不见她来开门。义三用手推了推门后，富佐子打开一条缝。

"啊，医生！"富佐子抱着孩子。

义三为了不让夜风吹进屋子，快速走了进去。

"医生，这孩子怎么办啊？"

小屋比想象中暖和，可以听到孩子痛苦的喘息声。

"从医院回来后恶化了吗？"

"是的，他好像越来越难受了。我想这么抱着他或许会舒服些。"

"还是让他躺下吧。"

"医生，您进来看看吧。"富佐子跪坐着，望着义三。

"好，我就是为此而来的。不过我还不是医生，只是个学生。我姓栗田。"义三脱了鞋，坐在红褐色的榻榻米上。

孩子似乎睡着了，盖着脏兮兮的暖桌棉被。

富佐子轻轻地放下孩子后，目不转睛地等待着义三的治疗。

看上去，孩子的情况比白天还要糟糕。鼻子下面至嘴唇周围微微发白，还出现了发绀症状，呼吸时鼻翼扇动造成了面颊鼓胀，脉搏数超过了一百。

这是义三从医生涯中第一次为一个在自己手中的生命感到极度紧张。他从口袋里取出一个小型注射器。"放在锅中煮沸消毒一下，如果有勺子，也一起消毒……"说着，便递给了富佐子。

富佐子把锅架在围炉上面。炉子烧得很旺。不一会儿，锅中就响起了器物碰撞的声音。

"药粉按时吃了吗？"

"他不太会吃。"富佐子无奈地说道。

义三用酒精棉擦拭了手指，拿起注射器注射了一针强心剂和一支青霉素。然后又用勺子撬开嘴巴，只见他的舌苔又厚又白，这样怎么能吃下东西呢？义三又用勺子前端取出一个异物——一颗小牙。

"牙掉了。"

"牙？真可怜，他一定很痛苦，我知道他在磨牙，没想到掉了下来……"

"大概是换的牙。"义三安慰富佐子道，并把小牙递给了富佐子。

富佐子泪眼婆娑地把那颗牙放在掌心里，摆弄了一下。

二人都沉默着，整个房间都是孩子痛苦的喘息声。

"那个，能不能请您再帮我观察一阵？我们领着民生委员补助，很难请来医生。哪怕之后补办手续，也只能在医院里看。"

"好，我也是因为这个而来的，我会看着他的。如果情况恶化，我来请值班医生。"

二人低声交谈着。

"他平时呼吸器官就衰弱吗？"

"是的，他有小儿哮喘，一感冒就会像这样喘粗气。"

"有芥末吗？"

"芥末？没有。"

孩子的情况很糟，因此不能支使富佐子出门办事。

义三口渴了，对富佐子说："能给我一杯水吗……"

围炉上的锅里热气升腾了起来。

病儿的濒死痛苦还在持续着，脉搏开始紊乱，呼吸也更急促了。当义三注射完第三针强心剂后，失去弹力的皮肤似乎紧紧地吸着针头。随之而来的是落鸟一般迅速的死亡。病儿的脑袋大幅动弹了两三下，嘴边的灰白迅速在整张脸上扩散开来，呼吸也渐渐消失。脉搏停止时，义三瞥了一眼时钟。

差五分八点。

踏霜而归

不请医院的值班医生来，就无法认定死亡和出具死亡证明。义三想到这里，就把富佐子留在家里，说了句"我马上回来"就走了出去。

义三感到寒冷，全身上下都在颤抖。刚才身旁富佐子的叹息声让他备感压力。

医院值班室的年轻医生爽快地和义三一起来到了富佐子家。

"医疗救助每天二十五日元封顶，甚至连地方医生都不愿意出诊，所以很容易耽搁。再好的新药，错过了时机也就没用了。"医生说。

医生走进小屋后，没有问富佐子任何事，看了看死去的孩子的瞳孔反应，用听诊器听了听心脏，接着就默默低下头离开了。

"谢谢您。"富佐子向义三表示感谢后，接着问，"这孩子变凉了，我该怎么办？"富佐子一动不动地盯着转瞬间就变得像白蜡人偶似的孩子。

义三从富佐子手里接过脱脂棉，为孩子的面部消毒，接着把棉球轻轻地塞到鼻孔和口中。富佐子把锅里热气腾腾的水倒进脸盆，用毛巾为孩子擦拭身体。在那蜡色中泛着青的两腿之间有着郁金香花苞似的器官。富佐子不时抽泣着，从包裹里取出小小的内衣裤为他换上。

"母亲去世的时候就躺在榻榻米上。孩子还这么小，天又这么冷，非得这样做吗？"

"就这样裹在棉被里就行。"

富佐子把孩子调整到头朝北方，又把围炉往义三身边推了推。

"您如果不嫌弃，就烤烤火吧。"

"多谢。"

义三明白富佐子依赖自己，而且把她一个人留下守夜也未免太残忍了。爱好抽烟的义三点燃了好几小时未染指的烟，又看了一眼时钟，夜已经很深了。

"母亲会来迎接吧。"富佐子把睡衣下摆整理好，就像对待生者那样，"太伤心了，我以后该怎么活？"她突然大叫一声，逃也似的去了外面。

义三听着富佐子小跑着远去的脚步声，怔怔地回想着孩子死前自己的处理方法是否有误，是否该早点请值班医生过来……之前也曾有一个小患者因急性肺炎而去世，那时责任不在义三身上，而今晚他有责任。

眼前更重要的是，富佐子今后如何是好。义三这样想，说明他离富佐子越来越近了。她今后该怎么办——义三的心中无法平静。

富佐子从远处踏霜而归，度过了漫长的时间。她被冻得脸颊通红，眼睛明亮而湿润。她在孩子的枕前摆好香，拜了几拜。

"您好，久等了……"

门外传来一个健康活泼的年轻人的声音，那人在玄关处放下了两人份的荞麦面。这让房间里的空气稍稍缓和了些。

"趁热……"

富佐子悲伤的同时还能兼顾其他事，这让义三不禁生出爱怜。

富佐子来到义三身边坐下，拿起一次性筷子，说："为什么给您添了这么多麻烦……"

"我也没帮上什么忙。"

"您为我们做得已经够多了。夏天救了他一命，刚才又为他送终。他是个幸福的孩子。"

义三听了，心中松了一口气，于是说起了舅舅新建医院一事。

"你愿意到舅舅医院工作吗？"

"我什么也不会，而且我和邻居一直以来都是相互搀扶度日的，如果我自己去了好地方……"富佐子说着，突然惊慌起来，"啊！我还没有通知邻居和男去世的消息！"

"邻居是谁？"

"三姐妹，还有个得了肺病经常去疗养所的哥哥，大家都在苦恼去处。"

义三对此不知该如何回应，于是问道："你们想要多少搬迁费？"

"我们也不好说，因为我们是在别人家的旧址上擅自建的小屋住下的。不过，邻居们要我坚持下去，如果我被医院收留，他们会恨我的。"

义三感觉膝盖和后背冷得彻骨。

"你休息一会儿吧。我在这儿看着……"

"好。您刚才过来的时候和男情况那么糟糕，我竟然很困，现在却不困了。"

"就算不困，也一定很累了吧。稍微休息一下吧！我经常在医院里值班，不睡觉也没事。"

"母亲去世的时候，不知道为什么我就很困。"富佐子低下头，"那时我很害怕，想了很多，害怕极了……"说罢就默默地低下了头。

义三无事可做，继续吸烟。过了一会儿，富佐子终于安静下来，睡着了。义三想为她盖上点东西，可是除了孩子身上的被子没有别的。义三脱下大衣外套，盖住她那白皙纤细的后颈。然后，他把围炉靠近自己，然而这终究无法抵挡夜里的寒气。

外面传来了挨冻的狗的吠声。

富佐子大幅动了一下身体，睡颜朝着义三。看到富佐子那疲惫的脸，义三担心地把左手放到了她的唇边。待接触到呼气后，义三便像触火一样缩回了手。

如果富佐子醒来，义三一定会毫不犹豫地对她说："我爱你。"不过，也许正是因为她睡着了，义三才会这样想。

次日清晨

义三离开富佐子家时，明亮的晨曦已经笼罩大地了。

昨夜义三也不知什么时候就迷迷糊糊地睡着了。他平日里总是在黎明时分睡得很沉，所以一觉睡到了现在。邻居姐妹们忙得进进出出，富佐子在往义三的脸盆里倒热水，义三有些羞赧。原想等富佐子醒后对她说"我爱你"，自己却睡着了，什么也没做成。不过，作为医生的自己对刚刚痛失弟弟的单身女孩说"我爱你"反而很不像话，还是睡着了好一些。

义三洗脸时竭力不把水溅到外面去。手碰到左边的太阳穴时，他感到一阵挨打过后的疼痛。踩在坚硬的鱼齿状霜柱上，脚下发出吱吱的声响。

"您就这样去医院吗？"

"是的。"

富佐子送义三到门外，她的语气因依恋而显得寂寞。然而，义三不知该如何安慰她。

"一会儿来医院拿死亡证明。"他本是以体贴的心说出这番话的，可听上去像是冷冰冰的公事公办。

"知道了。"

"如果有我能帮得上忙的，尽管告诉我。傍晚我就会回到大和宿舍——你知道的吧，就是河边的新公寓。"

"知道的。谢谢您……"富佐子想感谢他昨晚的行为，却开不了口。

围炉上的米饭终于冒出了热气，本打算让义三吃过再走，但看到义三待不下去了，富佐子心里七上八下的。如果义三再待一会儿，富佐子就会很有安全感。

弟弟的亲生父亲不知道是谁，一直以来弟弟都是由富佐子养育长大的。如今弟弟死了，富佐子只剩下了空虚、孤独和寂寞，在这之前更多的是恐惧。她好想有人支撑着她。

义三离开之后，富佐子脑子里也全都是他。她的心里没有其他支柱了。

义三走下台阶之后，回头向她告别："那我就告辞了……"

"饭呢……"富佐子欲言又止。没让义三吃早饭就回去，富佐子因这件小事而担心他会离开自己。

二人在不经意间对视的一刹那，感受到了耀眼又令人惶恐的永恒。

啊！又是这双眼睛……义三的内心被击中了，他在那闪烁的光芒中感受到了清晨的湿润和温暖。他垂下眼帘，脚下的菊花叶已经凋零，胭脂色的花朵依旧绽放着。

"这是残菊吧。"

以前每到农历十月初五，义三记得都会举行赏残菊的宴会。现在是十二月，农历十月初五是几号呢？"残菊"这个词，富佐子是不会懂的。

义三沿着河边走去，走了一会儿，他感到一阵偏头痛，肩膀也剧烈地胀痛起来。看样子，今天在医院会是沉重的一天。

对岸有一排低矮的民房，房前有公共水龙头，女人们都聚集在那里洗漱，其中还有做家务活的女工。看不见男人的身影，就从这一幕情景之中也能感受到岁末的气氛。

把孑然一身的富佐子留在家中是多么残酷啊！义三不禁想道。然而，清晨理性的自己又很难去思考是否该把富佐子的人生带进自己的命运。

拒绝了去医院工作的富佐子的美丽双眸和期待医院建成后来东京生活的桃子的美妙歌声，在义三的心底里浮现之后又消失不见了。

义三所在的医院在舅舅看来就像一个免费就诊的医疗机构，但其实并非如此，只是持健康保险或生活补助诊疗券的患者比其他地方略多而已。因为穷人多进出，所以虽然是 S 医科大学的附属医院，偌大的建筑物看上去却有明显的脏污。

朝阳照射在三楼的小儿科，那里晾晒着许多东西。

义三走进病房时，清晨的扫除刚刚结束，一切都是那样清洁、安宁。

小儿科挂号处的少女是一名实习护士，义三请她为自己寻找和男的病历。他想去拜托昨夜为和男诊断的年轻医生开具死亡证明。

待义三准备离去时，护士突然喊住他，不留情面地说："这个人还没有办民生委员补助的手续。让他们尽早办理，如果大家都这样的话，整理文件时就会很麻烦。总有人嘴上说着之后来交，可一旦病好了就不来了。"

"知道了。不过他已经死了。"义三不悦地回应道。

流行性感冒

医务室里，两三个实习医生聚在一起闲聊。

"早啊。"

"栗田，你脸色很差。"两三个实习医生几乎同时说道。

"是吗？有些偏头痛。"

"小心流感哦。一定是患者传染的吧。井上大概也被传染了。"

义三听大家这么说，也担心起民子来。

义三披上白大褂，独自去了食堂，喝了一杯热牛奶。走出食堂后，医院的每条走廊上瞬间都聚满了陌生的患者。

这天，小儿科也分外忙。患者基本上是同种感冒，还有两三个人得了春秋季流行的麻疹。正午过后，小患者络绎不绝。

义三和昨天一样，为主任担任助手，诊疗忙起来后，义三充斥着一种类似充实的情绪，暂且忘记了偏头痛。就连护士来通知他去拿和男的死亡证明，他也没有时间去挂号处一趟。

浓眉长脸的科长一边听诊，一边说道："那孩子没挺过去啊，真可怜……送来迟了，而且还有哮喘等既往病症。"说罢，回头看了义三一眼就住了嘴。

下午两点，义三终于有时间去食堂就餐了，早上的疲惫和更深的倦怠席卷全身，腿脚沉重，腰部无力，后背还阵阵剧痛，光是拿着报纸，肩头都如负重担。

昨夜在富佐子家里吃了一碗荞麦面，今天早上在医院里喝了一瓶牛奶，只吃了这么一点，但他一点食欲都没有。

义三打算早早下班回家去床上躺着，结果一直在医院里工作到了四点查房结束。

哪怕自己的身体再不舒服，义三也总是对稚嫩而任性的小患者们和颜悦色，今天更是从心底里产生了对人的怜爱和对生命的珍惜。

井上民子今天也没有来医院。

义三走在傍晚的街道上不由得佝偻着后背、缩着肩膀，似乎全身都在发冷。从富佐子家门前经过时，他的膝盖甚至要支撑不住了。

"真没骨气，这点身体上的痛苦比起她内心的痛苦，根本算不了什么。"他告诫自己，打起精神来好好睡一晚，明天就去看望富佐子。接着，他看了一眼富佐子家窗户中透出的一缕笔尖大小的光束，快步走过了。

昨天没有回来，房间里阴森森的，他开了灯，拿出被褥来，心无外骛地脱下外衣外裤，换上弁庆格纹单衣后就躺下了。他命令自己入睡，给自己催眠，但是就在焦虑之间，牙齿咯咯打战，浑身发冷。他在被褥里就像一只挥动翅膀的鸟，翻来覆去。

过了一会儿，终于不再发冷，可又开始因高烧而意识模糊起来，昏昏欲睡。当他从昏睡中醒来，又不安起来。

"栗田，下将棋吗？什么嘛，已经睡了啊。"

义三听到隔壁大学生的声音时，因内心不安而想叫住他，然而那个青年很快就离开了他的房前。

义三在浅睡中感觉房间里的榻榻米、墙壁和屋顶都迅速膨胀，且马上就要压到自己身上。他挣扎着想从这种压抑中挣脱，猛地惊醒之后，有些喘不过气，随即又沉沉地睡死了过去。

第二天，风和日丽。大和宿舍的学生们都放了寒假，相约着回乡去了。

义三前面房间的女大学生从门口探进头来。"栗田，哎呀，在休息？我走了哦。"她轻快地说罢，就拎着崭新的波士顿手包下楼去了。

临近正午，宿舍管理人的妻子走进栗田的房间。"哎呀！你睡得可真香，还打着呼噜……"说完，微微皱眉地关上一直开着的电灯出去了。

如果她有一点医学知识，仔细辨听，就会发现那不是呼噜声，而是肺部在被病菌攻击时发出的悲鸣。

一直在等你

医院里，身穿深灰色毛衣外套、外披白大褂的井上民子正在熟练地为主任担任助手，她的鼻子下面发红了，大概是流鼻涕了吧。

"栗田好像也感冒了。昨天他的脸色挺差的……"主任对民子说。

"是吗？"

"昨天他替你给我当助手来着。"

"是吗？"民子故意毫无情感波动地回应着，但在心中暗自决定下班后要去看望义三。

主任用指尖蹭了蹭眉毛，好像是在挠痒痒。

"新药比医生的技术更有效，死亡人数下降了，病情恶化也控制住了，而且对老人的肺炎也很有帮助。可是呢，在日本这弹丸之地，人数一个劲地增长、老人寿命大幅延长反而会增加国家的负担。幼儿和老人死亡率高对日本来说不是好事吗？不过真是矛盾啊。我有时候会想，医学如果完全不发展，人类全靠自生自灭的话会如何？"

"自生自灭是什么？那可不是医学的考虑范畴。"

"嗯，不过医学也不是长生不老哦。消灭人类世界一切疾病大概是医学的终极理想，可在原始社会，或者再往上回溯一些，会有这样的时期吗？医生在为理想而战斗，疾病数量依然在增加。"

"就算没有了疾病，还有战争。"

"两种都根除不了啊。从'预防医学'这个词而来的'预防战争'，在我们眼中简直就是无稽之谈嘛。"

"被新药救活的人和被原子弹炸死的人相比，哪个更多呢？"

"推测原子弹爆炸能杀死多少人算什么学？天文学？哲学？你算算，再写篇学位论文……"主任苦笑着说，"人类的疾病用哲学怎么来解释呢？昨天也是，栗田今年夏天救人一命，现在那孩子却死了，送来迟了，上了青霉素也没用了。栗田亲自去诊疗了，因此多少感觉自己有责任。在还来得及的时候，如果栗田路过顺便去他们家里看看，那孩子就能轻易得救。从这个意义上来说，或许他有某种非责任的责任，是一种因为不是神而不能知晓万事的责任。医生不是在回家路上能感知到房子里有病人的神。他没有偶然看到房子里的病人，也就没能第二次救人。话说回来，那个贫穷无知的姐姐送弟弟到医院迟了而导致弟弟不可救药，不能说这就是她一个人的责任。"

"啊？那孩子死了？"民子摘下了口罩，边洗手边惊讶地说。只休息了两天而已，没想到出了这种事。

"与流感结伴而来的是麻疹，昨天和今天就有六七个。天气越来越冷，居然流行起了麻疹，真是罕见。只要怀疑得了麻疹，立刻打一针青霉素就能见效。金霉素对肺炎有奇效。"

"金霉素……"

"药局有货，成本高，价格贵。"

"多少钱？"

"市场价大约一片二百五十日元。四小时一次，每次两片，一天六次对肺炎才有效果。我用它治过严重的咽喉炎症，效果不错。"

"您能给我十片吗？"

"谁得肺炎了？"

"没有人，就是随身带着。您刚才不是说过，随处都可能会碰到那种非神不知的责任嘛。"

"那倒是。不过你也喜欢新药啊，之前是不是也买过什么来着……"主任走到民子身边，搓洗着手。

小儿科里小患者的床头柜上都有一个小小的圣诞树盆栽装饰，还有雪白的小熊玩偶和笔触生动的玩具小车等小玩意儿。每个人都有，似乎在暗中竞争，昨天和今天查房时非常明显。而且，医院今天好像也准备了什么圣诞节大餐。

"我小时候，圣诞节只有天主教信徒在家里才会过，战后就开始四处流行了。近来的孩子们过圣诞节比过年更高兴似的，简直就是基督教的节日嘛！"主任笑道。

下午来了急诊患者，忙忙碌碌就到了傍晚。主任也疲惫极了。

"这一阵流感要是持续下去，私家诊所的医生出诊可真够呛啊。我回家之后还得跑两三家邻居。"

民子从尼龙化妆包中拿出雪花膏和小梳子来，整理了一下短发造型，又往手上擦了些，然后就走出了医院。她并未沿着没有商店的寂静的河边走，而是去了车站前的商店街上。民子没觉得请假休息的义三会有多么严重，只想着买些小东西给贫穷的义三在圣诞节前夜找点乐子。

街上的商店不仅卖年货，还有击打幸运球的活动。白球为一等，绿球二等，粉球三等，红球四等，时而有人击中，便会响起叮当叮当的钟声。狭窄的街道上一旦驶入一辆三轮车，人群就会涌动起来。

民子在面包店买了一斤白花花的面包和半磅黄油，又在肉店买了火腿肠、鸡蛋和蛋黄酱，又绕道蔬菜店买了些生菜和菜花。民子住在哥嫂家里，平时从来没有张罗过做饭。今天买了这些食品后，好像有些女人味了，她不由得有些兴奋。

离义三的公寓只有一站，可民子还是决定坐车去。在站台上可以听到那些专赶圣诞节开业的小舞厅里传出的爵士乐声。在每天傍晚的噪声中，似乎只有这乐声不是来自唱片。

附近的房屋被战火烧毁，如今只剩下一大片空地。民子站在大和宿舍前，发现每扇窗户里都没有光，静悄悄的，仿若无人。民子按下门铃后，一个中年妇女从漆黑的走廊中匆匆走了出来。

"栗田在吗？"

"在，二楼左手边第二间。他好像生病了。"她似乎正在煮东西，说罢转身急忙折返，甚至没好好看清民子的脸。

义三的房间也没有开灯，民子敲门敲了两下，无人应声。"栗田，是我。"民子说着便推开了门。

"啊，我一直在等你……"黑暗中传来了义三用力又清晰的呼唤。

女人的爱情

民子感觉事态不简单，于是脱下高跟鞋，走到屋里，打开电灯开关。眼前出现了面容憔悴、双眼紧闭的义三。

"栗田，你怎么了？"民子把脸凑近栗田，一眼就看出义三病得不轻。她摘下右手的手套，把手贴在义三的额上。"哎呀，真烫！糟糕，栗田，你肯定硬撑来着。真傻，亏你还是医生……"

义三似乎仍在昏睡，也许他刚才的那句"我一直在等你"是无意识的呓语。不过，现在不是琢磨这些的时候。民子把买来的东西和手提包放在房间的角落里，起身开始忙碌起来。

在她一只脚刚穿进高跟鞋的时候，楼下的主妇拿着火星四溅的火引走了过来。

"哎呀，太好了！谢谢。要是有那种能产生蒸汽的东西，请借我用。附近如果有医生，请赶紧请来！"

"知道了。"主妇说罢，不慌不忙地把火种放进火盆，"昨天傍晚他一回来就躺下了，我不知道他怎么了，听他打着呼噜睡着了，还以为他吃了安眠药。他是个医生，虽然还只是实习……"

"那不是呼噜声，是肺部呼吸困难的声音。这是重感冒，有肺炎症状。赶快请医生来吧。"

"是。"主妇被民子的气势吓得匆忙离开了。

楼下的电话铃响起，医生似乎已经在来的路上。民子想请自己医院的值班医生来帮忙，可一想到主妇正在打电话催促，便觉得可以再等一会儿她请来的町医[1]。

---

1 私人开业医师。——编者注

民子小心翼翼地把窗帘拉上，又从楼下打来水，手里拿出白色的金霉素药片，手指碰了碰义三的脸颊。真没想到从医院药局里拿来的药这么早就派上了用场。这是超越医学的命运奇迹，是神的安排。

假如自己再休息一两天，假如没有从主任那里听说义三感冒了，假如自己没想和他过一个愉快的圣诞节前夜，他说不定就会……上帝的安排难道不是爱的回响……在圣诞节前夜……可以去更热闹的地方的自己却总是放心不下他。

"栗田，栗田。"

义三像醉汉一样，视线涣散地看着民子："啊，井上……"

"能认出我太好了，把这药吃了。你生病了。"民子像母亲或姐姐一样，将白色药片放到义三干裂的唇边。

义三像山羊一样动了动嘴唇，吞下了民子手中的药片。

看义三这么听话，民子也回应以女性的温柔。她把手放在义三的头上，把他的脖子侧了一下。

"没有吸管，能喝下去吧? 来……"她说着，把杯里的水喂进义三的嘴巴。

义三用力喝了水，又闭上了眼，喘着粗气睡着了，这让民子很担心。

义三的脸上沾了点水，民子拿出清香的麻手绢为他拭去。

房间里暖和起来了。民子脱掉浅褐色大衣，轻手轻脚地收拾起来。要是医生来了，就太丢人了，她想。

请来的医生胖胖的，像个矮小的相扑运动员。

"战前这样可就麻烦了。一九三七年、一九三八年的时候，我记得有个来东京上学的地方青年在大学毕业前夕得肺炎死了。那人结实得像块石头，乡里的亲人都没来得及见他最后一面。现在有这个就没问题了……"

医生说着，把白色蜡状的青霉素抽到注射器里。民子盯着他熟练的手势。

"名字和年龄？"

"栗田义三。桃栗三年的栗，田地的田，源义经的义，一二三的三。二十三岁。"

"好回答……"医生看着民子的脸说，"我还要出诊两三家，一小时后过来取药吧。"

"我想把手里的这些金霉素先让他吃了……"

"原来如此，好，那就不用开药了。"医生用脸盆里的热水边洗手边说，"早上的空气冷，对病情影响大，要注意别让室内的气温变化太大。"

"好。"

"最近一天我要出诊三十二家。工厂那边每天都有新患者在等着。真叫人难以置信。"

民子听着医生离开时的摩托声响，决定今晚就留在这里。这是她第一次在男子的房间里留宿，可自己是作为医生或者说是看护人这样做的——她在心里为自己辩解，结果反而脸上布满了红云。

民子从学生时代起就爱着栗田。可她总被周围的人当作理性、聪慧、性格豪爽的没有性别的人，于是她决定不表露自己的爱情。同时，清秀英俊的栗田很招女孩喜欢，民子面对他时总是抑制着自己的情感。她也曾想过，要结束掉这不为人知的女性的感情。

民子对爱情还有一种恐惧，因为她预感到自己不可能被甜美的爱情眷顾，也难以让爱情永恒。

可是现在看着像婴儿一样熟睡的失去意识的义三，民子的爱情毫不犹豫、没有阻碍地流露了出来，她甚至还感受到了从未有过的自由和幸福。

高跟鞋与木屐

圣诞节这天下雨了。

第二天是周日，东南风扫得天空万里无云，白昼的月亮悬挂在空中。这天，富佐子的邻居突然要搬家，这让她惊得起了鸡皮疙瘩，可她还是搭了把手。

邻居三姐妹的大姐伸子从别人那里听闻，在不正当的权利上过分坚持反而会招来损失；二姐加奈子非常渴望得到那笔钱；小妹雪子则不愿意继续过简陋小屋的生活，期待借此改变生活。因此，一进入十二月，她们就到处找房子。

尤其是加奈子，她厌倦了现在工资微薄的工作，而且正好她有一个朋友在青梅沿线的福生一带当陪酒女，平日里总是一副阔气的模样，让加奈子备受刺激，也有同样身为女子的嫉妒。因此，加奈子一听说福生有空房子就心动了。

和男去世前两天，三姐妹就去福生看了看，房子也确定下来了。姐姐们似乎还打算做陪酒女。只是小妹才十四岁，于是决定送养给位于东京赤羽的亲戚家。

"对不住了，富佐子。你还要忙着守夜和火化，却要你来帮忙……"大姐伸子说。

富佐子听了，摇了摇头，回应道："别在意，反正我心里乱得很……坐立不安，还会乱想。不过，你们这样着急地搬走了，日后我可就孤单了……"

"我懂，我懂。和男刚走，我们就离你而去，我心里也很不是滋味……"

"要不，你也跟我们一起去酒吧上班？"加奈子小心翼翼地边观察富佐子的脸色边说，"那家酒吧叫卡萨布兰卡，从车站出来就是了。一到圣诞节前夜，那里 T 町的妈妈桑和小姐们都会穿上复古圣诞装，就像舞女一样可以心安理得地收下客人给的小费……想不到吧？而且不看重辈分哦。不过，酒吧大受欢迎，大家也都开开心心的。富佐子这样的大美人光在弹子房数弹子，不浪费吗？你这双眸子放在酒吧里，会像钻石一样亮晶晶！"加奈子边说边把仅有的几件衣服塞进了行李。

"我啊，有人问我要不要在新建的医院里上班……"富佐子不再隐瞒了。

"那敢情好！富佐子现在就一个人，不必陪我们一起下海。"这次是伸子，边捆行李边抬头看着富佐子，她看上去是真心实意地为富佐子感到高兴。

千叶医院的事务负责人昨天送来了和邻居一样的搬迁费支票，这是伸子姐妹为自己争取来的。和男的葬礼也承蒙了她们的相助。

加奈子皱着脸说："这脏兮兮的围炉和锅也带走？"

"当然！又不是搬过去马上就得买新的。"

小妹正在把衣服塞进破旧的方书包里，把学习用品和鞋子等用包袱皮包了起来。

"光给你们添麻烦了，这就要分别了啊！"富佐子伤感地说，"守夜那天晚上突然来了和尚，吓了我一跳。当我知道是加奈子去请来的时候，我真的太感激了。"

"我姐姐说没有诵经太可怜了，就让我去请了过来。去了寺里才发现，和尚竟然是我的中学老师！他生了四五个男孩，夫人比我们打扮得还漂亮。"

"布施三百日元不少吗？"

"不少了。他吃饭吃得津津有味呢！"伸子回答道。

到了下午，亲戚来接雪子了，是一个和雪子同龄的少女。看上去，那少女的家里也不是很富裕。负责搬运姐姐们的行李的车子还没来，雪子和她就在医院正在施工的院子里玩耍。

在三个姐妹的脸上都看不到即将分离的伤感，她们似乎已经彻悟并习惯了人世间的生离死别。而且，恐怕还带着即将从这贫穷肮脏的生活中解放的心情吧。

三姐妹离去之后，冬日的天空中布满了鲜艳的晚霞，从硕大的烟囱中吐出的黑烟向远方飘去。

富佐子的心紧绷着，就像是上了箭的弓。弟弟死后不过三日，在这小屋里的生活就像扇子一样合上了。

要是能在义三的身边工作，那么自己该有多幸福啊！富佐子认真洗了脸，在一个小小的梳妆台前略施粉黛，周身的感觉一下就不同了。她擦了涂，涂了擦……又拿起奶油色的毛衣，拍了拍肩膀和前胸，似乎在打灰尘。在小小的白布包着的骨灰盒前双手合十，说了一声"我去去就回"之后，她穿上短外套和红色木屐，就沿着河边走去。

每逢去领民生委员补助的日子，富佐子都会从义三的宿舍前面经过，因此从其还在建设阶段就知道。有时候，她还会捡到学生们扔过来的球还给他们。

来门口接待富佐子的女子将义三的房间号告知她之后，又加了一句"他生病了，一直在家里休息"。

富佐子怔住了。她担心义三是被致死弟弟的感冒传染了，心里七上八下起来。

为了换气，义三的房间门打开了两三寸的缝隙。富佐子平静了一下心情，在门口站定。在小小的拖鞋安放处的水泥地面上，她看见了一双摆放整齐的褐色翻皮高跟鞋。

富佐子知道有女客后沮丧极了。

"有人在吗？"她的声音低得听不见。于是她靠近房门，把脸凑近又喊了一次。这时，她突然看见一个身穿绿色毛衣的年轻女子坐在那里，和躺着的义三的脸庞重合在一起，便离开了那里。

富佐子体内的血流似乎停止了，倏地又紧张起来。她没空去思考，只是一个劲地后悔不该来这里。

瘦削的手指

明亮的阳光照在洗脸盆里热水的水面上。

剃须膏是民子送他的礼物。义三从崭新的膏管中挤出膏体,轻轻地闻了闻。义三从小镜子里看到了自己大病之后的眼睛,胡子也从来没有这么长过。

圆形的濑户瓷火盆上坐着一只小茶壶,散发着咖啡的香气。

"简单收拾一下吧。"民子的声音像极了母亲或者姐姐。

"嗯。"义三绷着嘴,边刮脸边应道。

"你的手倒是有力气了,还以为你会颤颤巍巍的,害得我担心。"

"已经没事了……"义三说着,看向了民子。

民子的眼睛盯着剃须刀的动作,义三倒是毫不在意。

今天是新年的第四天。

要不是民子的呵护,自己恐怕早就没命了,义三心想。不过也不一定,义三身为医生,他相信现代医学,也知道新疗法是有效的。话虽如此,可就连在大医院里,患者动辄死、动辄生的情况也不是没有。真是无法预测。首先,义三不是没能救活富佐子的小弟弟吗?虽然不是义三治死的,可义三也没能救活他。其次,义三身为医生却疏忽大意,差点断送了自己的生命。果然还是民子救活了自己,想到这里,义三对民子充满了感恩之情。

病重时的情景义三都不记得了。不过,这段痛苦的记忆他一生都不会忘记。

经过了除夕、新年[1]、新年第一夜,义三才终于活了过来。不仅

---

1 日本的除夕是每年的十二月三十一日,新年相当于中国的元旦,且称新年第一天为初一,第二天为初二,以此类推。——编者注

如此，他收到了宿舍主妇好意送来的屠苏酒，还吃到了美味的炖菜。

民子在除夕的深夜回了一趟自己家，初一上午又回来了。初二和初三，义三一直在床上休息，慢慢恢复，把自己完全交给了民子。

浆洗得干干净净的床单一角有用墨写的小小的"井上"字样。义三在嘴里喃喃地读着，对民子说："这是你写的？"

"没错。我送去洗衣店的时候……"

义三家里只有一张床单，这是民子从自己家里拿来换洗的。睡衣也是崭新的，枕套、杯子、香豌豆……义三仿佛睡在民子的家里。

"真是一个细心的人……"宿舍的主妇对民子赞不绝口，"当女医生可惜了。"

"当医生才需要细心呢。"义三说。

义三的枕边有三封桃子寄来的信。她不知道义三生病了，每封信里都写着同样的话："快点回来，为什么还不回来呢？"

昨天收到的信里贴着从地方报纸上裁剪下来的天气预报栏，还有雪量曲线图。曲线图似乎是桃子亲手画出来的。根据天气预报，十二月三十一日，北风，晴，傍晚有雾；元月初一，北风，薄雾，下午有雪。

在雪国出生长大的义三看了思念起雪来。从小度过的每一个寒风刺骨的冬夜，他都是抱着对第二天下雪的期待入睡的。今年冬天他原本打算回乡看雪，没想到竟然大病一场。照现在身体的恢复情况，过了初七就能回乡见到雪了。不过，在那之前，必须去看望富佐子，风中残烛似的富佐子……

义三的心飞到了外面，他呆呆地触摸着刚剃过胡子的脸颊。在他的身后，咖啡的香气和面包的香味弥漫开来。

"啊！爽快多了！"义三把棉袍的衣襟整理了一下，坐在餐桌前，民子已经在等待了。

"足袋，不穿足袋会着凉的。"民子说。

"我哪有足袋那种时髦东西。"

"那就穿袜子。"

"你有点啰唆啊。"义三无心地开着玩笑，身体却顺从地站起来，打开衣橱找袜子。

衣橱被整理得整整齐齐。"欸？"义三惊叫出声。袜子都洗干净了，每双都卷成了一个小球。"你都帮我收拾了？"

"是啊。你整整昏睡了两天，我无聊极了。"

"你帮我干了不少活啊。我应该再昏睡上两三个月的，像蛇一样冬眠。这样的话，我这小窝就变成一个干干净净的小家了。"

"你舅舅的大医院不是正在施工吗？"

"我又不是灰姑娘。"义三愉快地说着，看向亲爱的女友。

民子心满意足的眼神突然严肃地射向义三。义三拿起勺子正要去取砂糖的时候，民子把手放在了他的手上。

"你瘦了。真是生了一场大病啊！"民子握住了义三的手腕。

"是瘦了，你看我的大拇指和中指的指甲已经挨上了。你的手指好细长啊……"

民子松开了手。

"如果你没来，我可能就迎接不了新年了。"义三感触颇深地说道。

民子高兴地说："我是圣诞节前夜来的，那时候你的状况糟透了，可是一看到我，就叫了一声'我一直在等你'。"

"对你？我一点都不记得了。"义三用洁白的牙齿咬着面包，又看向民子。

那时候，义三在因高烧而昏昏沉沉之间似乎一直在等着某个人，听了民子的话方才想起，那个人就是富佐子。

清澈见底的河流

"我明天想去外面看看，可以吗？"义三的语气像是在征求民子医生的同意。

"多穿点，晚上不行。你想去哪儿？"

"想活动一下腿脚……"义三想去看富佐子，但他没有说出口，"过了初七，我还想回乡一趟。"

"长野县，很冷吧？"民子皱着眉头。

"现在这时节应该正在下粉雪。家里还寄来了雪量曲线图，足足积了五尺！"

"能滑雪吗？"

"能啊。我可是在雪里长大的孩子，今年也想回去一趟。"

"我也想去。"

"那里可没有像样的旅馆……要是我家能留宿客人，倒是可以邀请你去……"

义三随意的语气让民子心中颇为不悦，她说："算了，你自己回去吧！感冒了，就再受一次苦。"民子被自己这番出其不意的话吓了一跳。

照顾义三的这十天半个月，民子感受到了从未有过的充实和满足。义三像婴儿一样把自己的生命全部托付于民子，民子对义三的爱意越来越浓了。开窗透气、煮沸水……对每一件小事亲力亲为，这一切都是为了义三，可是民子从中得到了巨大的快乐。

在男女共学的学校时，民子就和义三十分亲近，可是她相当反感人们因义三英俊而对他宽容和讨好。她甚至对好友们说过这样的话："栗田性格太冷酷，我更喜欢温柔一些的人。"他们二人的关系既亲近，又疏远。哪怕来到同一家医院实习，这种疏离感也依然存在。

自从义三生病以来，二人的关系陡然变近了。民子甚至想抱着他，喊他"宝宝"。可是，义三病好之后又像以前那样在自己的面前正襟危坐了。民子感到不可思议，仿佛他又走远了。

而且，义三似乎有了心上人。

千叶桃子的三封信就放在床头，义三毫无遮掩之意，而且因为生病也没有藏起来，所以在民子的直观感觉中，桃子不是他的心上人。

民子是个不会吐露爱意、不会撒娇的女人。她在隐藏爱意的时候，因过于克制而近乎抑制了自己的爱情。在听了义三想回乡看雪的打算之后，民子脸色大变，义三却没有停下的意思。

"我老家的年糕不是全捣，而是在捣到一半的时候放入核桃和泛青的大豆，做成豆糕，很好吃哦，我回来的时候给你带点。"他边说边喝完了咖啡。

民子对他说："你真自私。"

为什么要说义三自私?! 自己原本没打算说这种话的，直到说出口才惊慌失措起来，脸涨得通红。

"自私……为什么……"义三的目光虽然依旧温柔，却蒙上了一层阴影。

"因为那不是奶奶从乡下带来给孙子的东西嘛……我想让你给我带更好的东西。"

义三爽朗地笑了。

民子心里更着急了，可是语气又仿佛回到了平日。

"你已经不需要我了吧?"

"作为医生的你是不需要了……"

"我本来就不打算当医生。"

"作为朋友，我越来越需要你了。"

"我要回去了。去看电影吗?"民子说着，拿出化妆盒来整理妆容。她在心里期待着义三挽留自己，谁知义三却只说了一句："看电影？我的身体还不太行吧。"

他说罢，准备把民子送到屋外。民子见状，用一只手轻轻按了一下他的肩膀，说了一句"不用了，外面的风不利于你的恢复。这可是医嘱哦"后就从外面关上了门，有些不甘心地快步走下楼梯。她在心里踟蹰着，想不到一个好主意。她真想借口忘记拿东西返回义三的房间，找义三问清楚他的真心。

就算义三有心上人也无妨，她只希望义三的心里有自己的位置，哪怕一生只有一次！只要这样，她就可以嫁给任何一个人，可以成为一个好妻子。她后悔没在义三昏睡的时候与他接吻，哪怕他没有意识，只要自己开心，现在就可以心满意足地回家。她越想越觉得一切好似一个虚无的谎言。

"我喜欢你，我好喜欢你……你却不明白。"

这一声喃喃自语才是她的真心啊！民子沿着河边走着，从年末到现在持续的晴天映得河底清晰可见，如今在她的眼里却模糊了起来。

不知去处

民子给义三的单身男子宿舍留下的是他难以忍受的孤寂。

义三的脸庞上有那个名叫"凛"的名妓的影子：泛黑的皮肤，一口昭示着年轻活力的白牙……给人一种强悍之感。可实际上义三不惜对他人的关心，又低调克制，不愿给他人带来不悦。他把民子当作救命恩人，从心底里深深地感谢她。在与她长久的交往中，从未见过她面露不悦，刚才她却不悦地离开了，这让义三内心无比煎熬。

义三把小镜子放倒，失落地躺在床上。他在心里嘟囔着，还以为她是个干脆利落、不会迷失自己的女子……看来，这就是女子的多变情绪啊。她是不是因为照顾我太累了？是不是厌烦了自己温柔体贴的一面？

义三在傍晚之前睡着了，八点左右睁开眼后吃了晚饭，晚上就再也睡不着了。他想起了之前从朋友那里借来的加缪的《鼠疫》，于是翻看了起来。脑袋昏昏沉沉的，似乎夜晚的寒气在啃噬着他的脸颊和手背。

他合上了书，用冰冷的手环抱着胳膊取暖。两只手腕上注射青霉素的地方高高鼓着，还没有全部吸收。他用手指揉着玻璃球大小的鼓包，想起了主任在医院为无数患者打针时利落的手法。他向来钦佩主任的技术，今夜却觉得这种技术正是医生这个职业的枯燥之处。

这支青霉素是民子打的吧，义三揉着手腕上的鼓包，在心里想道。民子在注射完后没有仔细地揉揉，或许是想触碰男友的手腕却缩回了手。义三想象着这样的民子，心中充满了感慨。"女子真是太可怜了。"他不由得说出了声。义三所说的"可怜"，既有令人怜惜之意，也有可贵之意，还包含了细心、体贴和温柔。在这样生病的寒夜里，义三希望这些"可怜"陪在自己身边。

义三在桃子、富佐子和民子身上都能看到这种品质。比起在街道上游走，桃子更想看看义三的房间，为其打扫；比起在外面吃饭，更想在义三家里吃哪怕只是面包和黄油，莫非她……义三从没认真考虑过。富佐子也是，想让义三吃过热乎乎的早饭再走，为此而挂心、担心，莫非她也……义三也从来没认真想过。真可怜啊，就算不做这些事又能怎么样呢？女子为什么愿意做这些事呢？义三把这一切都看得清清楚楚，却尽量假装看不见。他光是看着，就感到心痛。他不想利用女子对他的好意，他知道在她们为一个男子做这些事的时候，哪怕被拥入怀中也可能不会逃跑。

也许是义三经常得到女子青睐的缘故，他养成了观察她们的习惯。同时，他又害怕这种习惯一旦打破，就会堕入无底洞。民子说他不踏入女性情感是自私，有人认为他仗着长相英俊而高高在上……这些不光是义三的自尊心和警戒心，更是他对女性情感的善意。

义三也知道，今天民子急匆匆地愤愤离去是出于女子的嫉妒。义三讨厌女性嫉妒的情感，可是一旦他追了出去，安慰民子，那么总有一天民子会被这嫉妒折磨得痛不欲生。如果自己在昏睡中死去，那么富佐子、桃子、民子，还有母亲和哥哥就都不存在了。义三年轻的内心突然为那不知何时会到来的死亡而感到畏惧。在那个并非遥远的未来到来时，如果自己没有从昏睡中醒来，一切就都将成为过去。

如果那时死去，那么在自己短暂的一生中，最亲近、得到最多爱的人就是民子。如果明天死去，那么今天就必须回应民子的爱吗？

义三拼命想睡，却反而睡不着。富佐子年幼的弟弟去世的时候，那颗脱落的小牙齿和用被子把他包裹起来的富佐子，还有她那灼人的目光，一一浮现在了眼前。

因为富佐子，自己才疏离了民子。

明天要出去见富佐子！沉浸在富佐子的爱情里吧！义三把脑海

中种种纷杂的思绪都集中到了富佐子一个人身上后，裹紧了被子。

清晨，义三从深眠中醒来，温暖的阳光正等待着他。

义三吃了早午饭，过了一会儿换好衣服后，走向了城中。

东京近年来的新年温暖如春。和煦的阳光照在安静的河岸上，七八个女孩摇着铃铛，在霜化后的泥泞中跟跄。义三轻轻地抱起一个，把她放在干爽坚硬的地面上，高兴地对她说："小衣服好漂亮啊。"

当他走到舅舅医院的工地时，不由得发出了一声感叹。医院的地皮用铁网和白板围了起来，入口的三级石级也已被拆掉了，水泥路沿着坡道一路铺到了医院的玄关。义三走到玄关前，不禁啊地惊叫一声。

富佐子的家不见了。富佐子邻居的简易小屋也没了踪影。院子里空空如也，仿佛都被风吹走了。土地被压平，干枯的银杏树只剩下了拐杖状的枝丫。与富佐子分别时脚下的胭脂色残菊也不见了。义三的双腿顿时失去了力气。

去 Clean Hit 一定能见到她！义三在心里想道，急忙向商店街走去。

每家店的门上都挂着门松，新年的寂静使得道路似乎变得宽敞了。不过，肉店和药局的拐角仍可见到在路边放着缝纫机、向过往行人叫卖可分期支付的缝纫机的销售商，梳着日式发髻的女店员正忙着在缝纫机的机头上套圈圈、分发小广告。

Clean Hit 里挤满了客人。然而，坐在正面销售窗口里的少女不是富佐子。义三在所有窗口前走走看看，哪里都找不到富佐子。她一会儿会来吗？义三这样想着，买了二十个弹子。窗口里的少女给他加了七个，说是新年优惠。义三走到名叫"池袋"的十五号机前玩了起来。

义三心情愉悦地进入弹子房不过二三十分钟，弹子盘里的弹子就盛不下了。他一边等着富佐子，一边心不在焉地操作，结果竟出来这么多，他感到很诧异，于是又放进一些，但这次没有出来弹子。

他敲了敲玻璃板示意，一个女子从弹子机上方露出脸来说："对不起，机器停了[1]。"

在义三整理弹子的时候，从里面出来了最后十五颗弹子。接着，一块"暂停"字样的木牌便挂在了弹子机前。他走到奖品兑换处，把弹子放进计数器，竟有二百多个！他换了和平牌香烟和发胶后，问交换处的青年："吉本富佐子辞职了吗？"

青年瞥了一眼义三，说："没辞，请假了。"

义三鼓起勇气又问："您知道她的住址吗？"

青年用锐利的眼神再次看着义三，应道："她要搬到这里的二楼。"

义三走出弹子房，抬头看了看二楼。热烫、冷烫、理发——每块玻璃上都写着这样的金色大字，原来是美发店。没看到入口，应该是之前的，现在只剩下金色大字了。

义三呆立着，望着车站吞吐的人流。

明明告诉了富佐子自己的住所，她却没有因弟弟一事来表达感谢，她去哪里了呢？或许弟弟的死让她无暇道谢。

义三好想回到雪中的故乡。他想，或许桃子知道富佐子和邻居的去处，因为付给富佐子搬迁费的人是桃子的父亲。

---

1 以前的弹子机出来一定数量的弹子之后，店方就会中止机器运作。现在的弹子房几乎没有这种限制了。

故乡的雪

义三认为瞒着民子返乡等同于富佐子不打招呼的出走，于是给民子打了电话。民子不在家，于是又打电话到医院，民子也不在。

义三提着一个小型波士顿手包，离开了宿舍。

义三坐在列车靠窗的位置，望着窗外冬天的景色。不一会儿，车厢里的热气就使玻璃窗上蒙了一层雾气。义三没有擦，他一心牵挂着富佐子。这就是失恋的滋味吧。义三在心里嘲笑自己，觉得寂寥极了。

义三对面的老妇人帮着义三擦了擦玻璃窗，这下又能看到雪景了。老妇人出于一种突兀的善意给了义三一个蜜柑，她细致地拔完白丝之后也吃了起来。她向义三搭话道："宁往哪儿去哇？"

"宁"是哥哥还是你？义三听不懂她的方言。

"去 K。"

"K？那得去隧道那头吧……我往 N 走。老么的媳妇身体不好，我去帮忙哪。对了，雪国生活辛苦哇，听说炭比米贵。"

列车在隧道旁的车站停留了一阵。大山、民居、道路一片白雪皑皑，寂静无比。人坐在车厢里感受不到外面的天寒地冻，小站的屋檐下挂着的冰柱像充满了艺术感的装饰品。

列车穿过几条隧道后抵达了 K 站，K 站正在下着暴雪。从车站前唯一的旅馆走来一个卖牛奶的人，只见他装束夸张：毛皮长靴、盖住耳朵的滑雪帽、臃肿不堪的厚大衣。

义三走出站台，鼻子和脸颊顿时感到一阵刺痛，寒气似乎钻进了脑仁，似乎马上又要感冒了。

卖牛奶的男子拍了拍义三的肩膀，说："刚回来？好久没见啊。"原来是小学同学。"千叶家的小姐每天都来接列车……说你要回来。"

雪、卖牛奶的男子，还有每天来严寒的车站迎接自己的桃子——这些对义三来说充满了浓浓的故乡情。

"从早上就下这么大雪？"

"没，中午开始下的，积得挺厚的了。"

"好不容易回来，不积雪可不行。"

"真是说得轻松，站在我们的立场上想想！"

"来玩啊。"

从车站到义三家，即使下着暴雪，竖起大衣领子一跑也就到了。义三冲到家里后不由得一惊，玄关的墙板都换新了，火炉熊熊烧着，一个人也没有。

"哇，日子稍微宽裕些了。"义三想象着家里的生活，脱了鞋，默默地走进房间，拉开老屋的拉门，只见母亲正呆呆地坐在暖桌里。

"我回来了。"

"哎呀，吓我一跳。义三?！"

"还吓一跳，您没听见我开门的声音吗？这样多不安全啊。"

"挺安全的，我还以为是浩一。"

"哥出门了？"

"今天是开业仪式，他去参加了。本来说下雪前就回来，不知道去哪儿了。他可每天都等你回来呢。"母亲用眼神招呼义三坐到暖桌里来，接着说，"倒是你，怎么回事？年末年始也没来信。"

"我感冒了。"义三说着，就坐进了暖桌，"嫂子呢？"

"正哄孩子睡觉呢。"

这时，大门大响一声开了，义三听到了久违的哥哥的声音。

哥哥好像没有看见义三的鞋子，把在外面受的气都撒到了也不知道是母亲还是嫂子身上，骂骂咧咧地走了进来。

哥哥一直都是这样吗？义三不解地坏笑着。

"在那破小学上班我还以为能轻松些，没想到哇……"他边说边打开拉门，看到义三后，突然语气一变，"呀！你回来了！"他的心情似乎好转了。

只见他两颊冻得通红，眼里闪烁着戾气，似乎在生谁的气。

"还是火炉暖和，看到了没？"哥哥走下台阶向义三介绍道，"这个房间可是下了狠心做的，这样家里就能暖和不少。光有地炉可受不了，家里还有孩子呢……你知道今天家里多少摄氏度？"

"不知道，零下十摄氏度左右？"

"十六七摄氏度呢！还以为你年底会回来。你忙吗？"

义三把自己得了感冒卧病在床的事告诉了他，还说了东京流感的严重程度。

"那你这个医生跑出来可不行吧？"

"我就想看看雪……"

"哦。咱家你别管了，得先去千叶舅舅家露个面吧？实习期要结束了吗？定了没？"

"什么？"

"明知故问，桃桃可每天都来呢。"

"听说是这样。"义三瞬间脸红了。

"这件事妈妈和我都没发言权，遗憾……"

"为什么？"

"你上大学不都多亏了舅舅？"

"你这话说的，好像我不是咱家人，是别家人了。真讨厌。"

这时，门轻轻地开了，抱着滑雪板的桃子走了进来。兄弟俩的对话也被打断了。

桃子身穿红色毛衣、深蓝色滑雪裤和红色袜子，戴着红色帽子和红色手套，身上都是粉雪，看上去像个童话里的小孩。

"啊！你终于回来啦！我好开心！"桃子松了口气，说罢，转身向后脱滑雪靴，脱了半天也没脱下来。

义三见状，站起来走过去对她说："我生了一场大病，差点死了……"

"差点死了？"桃子吓了一跳，"别吓我！"

"真的。"

"是吗？为什么没通知我呢？"

"我已经好了，待会儿还能送你回去。"

"是吗？外面可冷了。"桃子走到火炉旁，眼看着肩膀和膝盖上的雪花就融化了，"我不是在做梦吧？我总是会梦见见到你。"桃子说着，前额头发上面的雪水闪烁着，"姑姑和大表哥都同意你来我家，我高兴坏了！我如果跟母亲说你今天回来了，她肯定以为我在骗人。因为我每天都来接你，她就不让我出来了。今天我是偷跑出来的，如果把你领回去，我就赢了，可以耀武扬威了！"

"就这么办吧！"哥哥说，"义三，借你我的滑雪服和滑雪板哦。"

趁天还亮着，暴雪也还不大，二人不一会儿就出发去滑雪了。从车站附近朝田地的方向走去，桃子家就在前面的小镇，约半里路。天地之间宛如一片一望无际的雪海，随处堆着高高的雪堆，从人家里漏出来的灯光美轮美奂。

"啊！真舒服！该早点回来的。"

滑雪服中的声音含混着，没能进入桃子的耳朵。过了一会儿，桃子才回应道："高兴吧？我还想去更多地方，可马上就到了。"

到了桃子家附近，桃子嘴里说着"哎哟、哎哟"，先于义三滑了出去。滑雪板在上坡路上似乎发挥不了什么作用。

义三还清晰地记着房屋前面那棵熟悉的大栗子树，此刻它正盖着雪帽子，一半埋在雪里。站在突出的防雪屋檐下，可以听见里面的狗叫声。玄关大门的上半部分贴着和纸，从中透出了屋内的灯光。

"母亲，母亲！"桃子用悦耳的声音呼喊着。

独角戏

桃子总是一个人睡在仓库旁边的那个六叠大的房间里。里面光是摆放着桌椅、衣柜和床，就显得很拥挤了。墙上挂着一面大镜子，桌上还放着一面小镜子。

十四岁的夏天，桃子第一次独立睡觉。在那之前，她都是和母亲一起睡在榻榻米上的。

"父亲，给桃子买床……"十四岁那年，桃子这突如其来的要求吓坏了父亲。

在东京开医院时，病房里放的都是床。不过桃子的父亲不爱睡床，因为他每天都在给躺在床上的病人诊疗。

"以后去东京建医院的时候，再给你弄一个有床的房间。"

父亲虽然这样承诺桃子，可是桃子依然任性地说："现在就要嘛！"

"这房子大，放什么床好呢？"桃子指着西方少女小说的插画给父亲看，"我要这种。"

"啊？"父亲惊讶地说，"你是看了这本书才想睡床的吗？这种带装饰的大床放在房间里，可就满满当当咯。"

最后，桃子如愿拥有了一张床，虽然不是小说插画里的那种。在桃子独立睡觉之后，母亲有一阵子每晚都来看看她的睡颜，听听她的呼吸。

"桃子睡了吗？"母亲在床边坐下，抚摸着桃子的头发，"好像睡着了呢。"

桃子假装熟睡，心中窃喜。她喜欢母亲这种时候有些疲惫但是温柔的表情。

桃子的母亲年纪增长了，却依然像个孩子一样，有时候很任性。

桃子对这样的母亲渐渐产生了不满，转而无条件地爱着父亲。

相比在陈旧的乡下家中对着钢琴唱西洋歌曲、打扮得光鲜靓丽、性格强势的母亲，常常到远方的村子里出诊、在医院忙碌着给患者诊疗的父亲早早地显出了老态。在父亲面前，桃子总觉得自己还是个孩子，会想尽办法撒娇；可被年轻的母亲当孩子对待时，她又会不由自主地反抗。

桃子虽然和父母一起生活，但也许父亲是医生的缘故，她常常是独自一人。因此，从小她就喜欢自言自语，和幻想出来的人物玩耍，一人饰两角。她喜爱小鸟、小狗等小动物，也是把它们当成了聊天对象。

洋气的桃子在乡下的学校里总是被特别对待。虽然常常能收到大孩子们的信和礼物，可她依然没有交到亲近的朋友，因为她自己想象出来的朋友美丽得多，也亲切得多。

桃子在不知不觉间长大了，她开始追求一个明确的爱的对象，不是"什么"，而是"谁"……

在那段时间里，桃子甚至疏远了父亲，每天都充满了无依无靠的不安全感。就在这时，桃子开始和表哥义三聊天，虽然他人在东京，可桃子能跟他说话，孤独的自己什么都能向他倾诉。

自己身体的变化，对母亲微妙的不满，在学校里不时感到的寂寥，看着小鸟筑的巢，做的关于义三的梦……义三了解自己的一切，桃子产生了这样的错觉。

义三在学校放假回乡后，桃子才能见到他。自从他当了实习医生，见面的次数就更少了，可是她觉得二人间的距离更近了。因此，一整个月，再加上今天，桃子都相信义三会回来，每天都去车站等他。愿望落空的时候，她感到的不是单纯的寂寞，而是不能与义三沟通的寂寞。

然后，第二天继续在心里问义三"今天回来吗"，像听到了回答似的再次到车站迎接他。

桃子在暴雪中同义三一起回家，路上说："我什么都对你说了，可你生了那么重的病为什么不告诉我呢？"桃子认为，哪怕他不给自己回信，只要有意向自己倾诉，自己也能感受到。就这样，桃子终于等来了义三，她想霸占他。

桃子希望自己独角戏的对象滔滔不绝地讲给自己听，而自己只需要安静地待着。

"你看上去很疲惫。"舅舅见了义三说道，"大病初愈就陪这位小姐滑雪。义三，你过来。"说着，就邀请义三去诊察室。

"已经好了，看见雪我就有精神了。"义三说。

"我给你打一针维生素吧。"

诊察室的火炉生得正旺。桃子看着父亲粗糙的指尖捏着义三手腕上的肉，眼睛里闪烁着好奇的光芒，紧紧地盯着。

满头茂密黑发的义三看上去已经是个真正的大人了。他到底在想什么？作为一名男子汉，义三感觉不到桃子那样的寂寞吗？

"注意休息。你能在这儿待上两三天吗？"舅舅边把注射器放进消毒设备边说。

"我一点也不困。"

桃子最喜欢的就是在没有患者的诊察室里热烘烘的火炉前熬夜，于是说："等一会儿再睡……我去热点甜酒来。"

"不用了。"

"我不是跟父亲说的。"

"桃子，你也去睡吧。"父亲轻声劝道。

"我不困。"

桃子看到了义三困惑的眼神。她去接他，二人见面的时候，义三也是这样的目光。桃子觉得这种表情正是义三的魅力所在，也是他神秘的地方，她想让他更加困惑——桃子的心里产生了想要捉弄他的冲动。

义三的房间也在主屋的西侧，离桃子的房间很近。硕大的仓库前有一片类似中庭的空地，对面就是义三的房间。整个冬天没有打开窗户，因此房间里阴冷无比。

桃子因为义三的存在而睡不着觉。"义三，你也睡不着吧？"她自言自语道，"你在想什么呢？"桃子想出去，到义三的身边看看。桃子想看义三面露苦恼的表情。

然而，她不能去。这是为什么呢？通常这种时候，如果是同性友人，就可以一直聊天、一直聊天，直到说累了，就睡着了。义三一个人在想什么呢？

外面的暴雪似乎已经停了，静悄悄的。

胸前

"睡懒觉的家伙，该起床了。"

拉门突然被打开，桃子走了进来。可是义三看不见她。

"马上就起……几点了？"

"已经中午了。"

"中午？"义三故意羞涩地做了个鬼脸，"这可糟了。"

"昨天晚上你睡不着吧？"

"没有，我很快就睡着了。"

桃子的身边是她的爱犬。义三在被子里动了动，狗低吼了一声。

"嘿！露娜，这位重要的客人你不认识吗？"桃子训斥着狗，走到义三的近旁坐下，"你把手伸出来，我给你拿棉衣来了。"

"你能帮我打开灯吗？"

"停电了。"

"我睡得昏天黑地，你要是放我不管，我可能还会继续睡下去的。"义三坐起来说，"我要换衣服，你先出去一下……"

"我可给你拿来棉衣了。"

"我知道，不用了。"

"露娜，都怪你乱叫，被客人讨厌了吧！"桃子说着，打开拉门出去了。

义三希望桃子成熟一些，今天早上的桃子让义三心里七上八下的。

桃子出去以后，一束白色的柔和的光线透进屋内，仿佛傍晚一样。

义三换上了自己的衣服。走出房间后，看到廊下堆积着大大小小的行李箱，让人不禁想到千叶家即将搬去东京了。

这栋房子是外祖父母生活的家，被称为"本家"，从那时起义三就经常来玩，所以对家里的构造非常熟悉。

红褐色泛着光泽的大橡子、木柱子、粗重的门窗……在舅舅一家没有被疏散回来的时候，榻榻米和天花板上都贴着柿漆纸。宽敞的厨房和墙面都被煤烟熏得黑乎乎，火炉旁边堆积着柴火。

舅舅一家回来之后，待战争结束，具有乡土气息的土间[1]和厨房被改造成了明亮的白色调诊察室，起居室里还放了一架钢琴和一把钢琴椅。

不过，义三住的房间还和以前一样。廊下的尽头引来了水管，洗手间就设在那里。桃子拿着圆茶壶和竹牙刷在等着义三。

桃子身穿深蓝与粉红相间的浪漫针织开衫，搭配蓝色裤子。她露出了宽额头，还在精致可爱的小嘴上涂了口红，目光异常炙热。

义三觉得太耀眼了。刚从昏暗的房间里走出来，所有的事物在他的眼中都明亮得几乎泛着绿光。

暴雪过后洁净如洗的蓝天和覆盖着新雪的山峦映在洗手间的镜子里。

桃子往洗脸盆里倒入热水，义三略显羞赧地说："我不用热水……"

"不用热水，肥皂就溶解不了。"

"我也不用肥皂。"

"我的东西都不用？"

义三把牙刷放入口中，从镜子里看着桃子的眼睛。

"这镜子不错吧，还能映出山……"

义三点了点头。

"今天早上更不错。"桃子说罢，就从廊下跑开了。

义三在火炉旁的大餐桌前坐下，他和桃子的食物已经端在桌

---

1 连接室内外的中间地带，既可以在这里生火做饭，也可以整理农作物和工具。——编者注

上了。

"只有你和我？"义三问。

"是的，天晴了，家具商来了，母亲他们一会儿就来。"

"家具商？"

"搬家要处理一些东西。"

"哦，要卖什么？"

"一直以来不是存了很多东西嘛。父亲和母亲的意见总是无法达成一致，最后还是父亲输了，还不如一开始就不说。麻烦死了。"桃子说着，为义三准备好了味噌汤和米饭。

义三看着桃子略显生疏的动作，问道："桃桃，你还没吃早饭？"

"是啊，我等了你好久。让客人一个人用餐，多寂寞啊！"

软糯到近乎成泥的大葱和炖冻豆腐让义三品尝到了故乡的滋味。

"什么时候搬家？"

"说是不能过了节分[1]。叫什么——易？好像是占卜一类的东西。"

"易？真传统啊！这话是谁说的？"

"大家都这么说，姑姑也这么说了。"

"我母亲？"

"没有人教，到处听来的话最后竟变成了神的旨意，你说这多不可思议。我母亲那么随意的人，一听别人说点什么就害怕极了。不过父亲也没反对，所以就按别人说的做了。"

"我还以为你们会等天再暖和些呢。"

"东京学校的插班考试在二月十日左右，还是早点搬过去好。"桃子说着看向义三，"不过这学期我还可以在这里的学校继续上课，

---

1 节分起源于中国的追傩习俗，于节令变换之日举行。一年第一个仪式是立春前的迎春。公元五世纪左右传入日本，保留至今。如今在每年的二月三日，日本各地都会举行传统驱鬼仪式，常见的有撒福豆等。

离开父亲和母亲试着一个人生活也挺有魅力的。"

"什么魅力？"

"日复一日过着同样的生活，太无聊了。吃过早饭就开始烦恼。"

"烦恼？"

"大人不会觉得无聊吗？"

有人呼叫桃子，桃子邀义三同去："去不去那边？我母亲正在和那些老古董家具交涉呢，可有趣了。"

"说人坏话。"

昏暗的房间里，肩披紫色丝巾的桃子母亲坐在各种杂物中间。有栗色的味噌酱大桶、传统的六角纸灯、纺车，还有一套五个的筒形手炉和各式小盘小碟……一个染色的盒子里保留着祖辈们购买这些物品的时间记录。

"怎么样，母亲？"桃子拿母亲寻开心。

"这可是个宝山，妖怪一会儿就会出来。"

"祖祖辈辈的生活？"

母亲看都没看桃子就吩咐道："桃子，仓库门口有女儿节人偶，去帮我拿来。"

义三打算帮忙似的跟着桃子去了仓库。

"这儿阴森森的，感觉怪怪的。"

桃子把装有人偶的箱子递给了义三，个个都是大箱子。每个人偶都有一尺多高，因此装着五个人偶的箱子有一张小桌那么大。搬了几趟之后，二人之间的距离近了不少。

"都搬完了吧。"义三环顾着阴暗的仓库确认道，"我还记得小时候来这儿玩捉迷藏，一进来就觉得害怕。"

"胆小鬼。"桃子悦耳的声音响起，"仓库多好啊。我一到夏天就一个人进来这里，看看书、睡睡觉什么的，我最喜欢这儿了。"

"真的吗？"

"中二层放着客用被褥，打开蒙着厚厚一层土的窗户之后，明亮的阳光透过金丝网格照进来，特别漂亮。"

"哦。"

"东京的家里就没有这样的秘密基地。一个人藏起来想事情很有趣……听说这房子被银行买走了，要住两户人家……拱手让人之后，我就不能再待在这个仓库里了。我快乐的幻想好像都留在这里了，真可惜。我们走了之后，我的那些幻想在这仓库的空中化作蝴蝶飞起来可怎么办呀？"

"哦。"

"你知道我一个人藏在这里的时候都想些什么吗？"

面对桃子的滔滔不绝，义三只是点头敷衍。突然，桃子把头靠在了义三的胸前。

"你什么话都不说吗？"桃子焦急地问道。

桃子很早以前就想尝试着像这样靠在义三的胸前，还希望他摸摸自己的脑袋——作为他了解自己的象征，那样的话自己该多么满足、多么放心啊！

然而，义三一动不动。桃子突然悲伤了起来。

"哎呀，你俩……"

突然出现的母亲发出了一声轻呼，桃子迅速从义三的胸前离开，转过身来。

虽然舅母没有责备二人，但是义三看着她表情复杂的微笑，仿佛吞了苦涩的东西一样。

花纹外套

家具商离开后，整个家里弥漫着一股忧愁。诊察室里也静悄悄的，护士似乎在听广播。

义三无所事事，他既不是这个家的客人，也不是家人，而是一个尴尬的存在。

"听说要在节分前搬家。"义三向舅舅挑起话头。

"是啊，雪季比较容易离开这片土地。等天气稍微暖和一些，身患痼疾的人们就会从很远的地方过来看病，患者家属也会多起来。那时候就很难丢下他们不管，找不到合适的机会搬家了。"

"我是想尽早搬过去的，这里太冷了，有很多束缚。"舅母说着，似乎在看义三乌黑的瞳孔，"你也在关注并等待新医院的建成吧？"

"嗯。"义三觉得那注视太刺眼，于是接着说，"我帮忙整理行李吧！"

"不用了，你照顾好桃子就行。桃子是不是叫你去滑雪了？"

桃子已经准备好滑雪板在等着义三了。

义三跟着她走到院子里，小提琴演奏的音乐声传来，仿佛铺开了一张日本人喜欢的絣织布。

"这是广播的声音？"义三抬起头来问道。

"是我母亲打开了唱片机，这是巴托克的曲子。"桃子说着，就向白雪晶莹的道路上滑去。

城内的道路起伏较少，平缓狭窄，出了城后，山丘与山丘之间形成了缓缓伸延的雪谷，像设计好的滑雪坡道一样。

滑雪板载着桃子滑了出去，看上去似乎没有危险。义三总是跟在她的身后。

"这是幼儿园级别的雪道，没劲！要是早上决定好，去山上滑就好了。"

"我可不行。"

"我就想看你行的样子。"

桃子转身面向阳光，然后倒在了雪道上，半个身子都埋在了雪中。正因为雪松软、清晰，桃子才想这样做的吧。还没等义三走近，桃子就欢快地起来，拍了拍发丝上的雪。

"桃桃，你在这里生活可能会更幸福。"

"为什么？"

"在东京是不会有这种心情的。"

义三眺望着远山。说罢，一个雪球砸到了他的侧脸上。

"喂！"义三追赶着踩在滑雪板上滑走的桃子。

"幸福哪里都有！你来追我呀，抓我呀……"

"不是的，那个 N 町你不是也看到了吗？"

"那个乱七八糟的町我很喜欢哦。"桃子兴奋地说，"你怎么总在我后面滑，到我前面来！"

"嗯，可是再不回去，又会被舅母取笑的。"

"那你自己回去吧。我还想再滑一会儿。"

"真是个捣乱分子啊。"

"又说我捣乱……上次在上野动物园的时候你也这么说我。"

"你不诚实。"

"诚实，我很诚实。倒是你，心都飞到天上去了！"

"飞到天上……那是什么天？桃桃在打扫家里时也飞到天上去了？"

"别糊弄我！我这么认真，不许你心不在焉！你和我一起玩的时候不是在想别的事吗？你有事瞒着我吧？"

二人滑滑停停。桃子央求义三告诉她生了重病、差点死掉的经过。于是，义三把富佐子弟弟的死、富佐子接受了桃子的好意本打算到医院上班却又突然搬走的事，还有他康复之后打算重新思考自己的人生，于是想回乡来看雪，一一讲述给桃子听。

义三面无表情地说着，桃子却盯着他的脸，紧张地说："你说的都是真的吧？不过，那个长了一双漂亮眼睛的人到底去哪儿了呢？"

"我不知道。"

"我去了东京就帮你找。"

"不用了。"

"不，我就要帮你找。"

"我不懂你为什么要这样说。"

"那是因为你不想懂呀。"桃子突然做了一个帅气的姿势，沿着归途倏地滑走了，"不过，不久的以后我会让你明白的。"

走进城中，太阳已经下山了，西方的天空被银色的山峦遮蔽着。

这天的晚饭比以往都迟。

桃子的母亲一旦投入到某项工作当中，就任凭别人怎么呼唤都不出来了。她在某个角落里找到了一个蓝色古董瓶，说是要送给东京的朋友，接着便沉浸在了包装作业中。她从来不穿和服，于是想起了那个喜欢和服的朋友。就这样，似乎忘记了晚饭的事。

桃子一边等着母亲，一边央求义三帮忙。

"你去叫我母亲下来！她不听我的话。"

"可我的家人还等着我呢。"

"不行！不行！"桃子说罢，就拽着义三的袖子把他带到了母亲身边，"母亲，义三要空着肚子回去，你快来嘛！"

"欸？这可是件大事。"母亲终于肯放下手里的工作了。

义三失去了回家的机会。不仅如此，在桃子的劝说下还泡了澡。

"你已经回不去了。刚洗了澡，感冒会复发的哟。"

义三无法拒绝桃子这黏腻的可怜的爱情，也因此感受到了故乡的闲适。当他回到西侧的房间钻进被窝时，有了一种如释重负的感觉。他在冰冷的被窝里舒展着身体，想起了小时候生活在这里的人们即使在冬闲时节也总是忙忙碌碌的。老人不断地找活做，女人转纺车，老人编粗绳……义三的眼前浮现出了那些看上去疲惫不堪、安心劳作的老人的面庞。

富佐子和他们一样在拼命工作。在那片房子不见了的医院地皮上，义三真想见她。

义三起身，打算关掉吊在天花板上的电灯。

就在这时，拉门被打开了大约五寸的缝隙，身穿红色条纹法兰绒睡衣、外披一件花纹外套和毛线披肩的桃子侧身走进来，她的脸庞犹如一个小女孩。

"我睡不着。我平时都睡得很晚，看看书、织织东西什么的。自从你来了之后，我什么都做不了了。"桃子站在那里说道，"我能跟你聊聊天吗？就聊一小会儿，困了就走……"

"不是已经说了很多了吗？"

"哪有？！"

"明天再说吧，我困了。"义三没有收回关灯的手，继续说，"你也睡吧。"

义三关了灯，噌的一下钻进被窝里，似乎在阻止更多撒娇的话从桃子口中说出。

桃子轻手轻脚地关上拉门，像孩子一样在可爱的脚步声中走远了。义三听着，心里乱糟糟的。他用力咬着自己的手背，几乎要咬出印来，以此来克制想要紧紧抱住桃子的心。

屋顶上，老鼠在窜来窜去。

手套里

义三在舅母的钢琴声和歌声中睁开了眼。他沉醉其中，不想马上起床。

舅母今天是厌烦了整理行李，还是因天气不好而推迟了行程呢？

灰色的天空似乎又要下雪了。

舅母的歌声停了。义三洗了一把脸，走进茶室，只见舅舅和舅母已经坐在那里了。

"桃子呢？"舅母问。

"不知道，我刚起床……"义三无心地说着，从舅舅身边拿起一张报纸来。

"桃子今天一大早就起来了，喝了牛奶、吃了面包，又给山羊棚里铺上了干蒿草……"舅母看着义三说，"昨天她说要和你一起吃早饭，还等你了？"

"嗯，还嘲笑我睡懒觉来着。"

于是，三个人吃起了早饭。

桃子的坐垫上，蜷缩成一团的露娜睡着了。

桃子不在，家里冷冷清清的。

义三打算见了桃子之后与她告别，然后回到站前的哥哥家，明天要回东京。他不能瞒着桃子。

"怎么回事？她也不在房间里。"舅母说着，又出去找桃子，过了一会儿回来，担心地说，"滑雪板不见了。桃子好像出门了，会去哪儿呢？"

下午一点多，桃子还不见踪影，家里乱作一团。

给她的朋友家里打电话，得知她不在。义三的哥哥也说桃子没去过。

舅母打量着义三，问道："义三，你是不是对桃子说了什么？"

义三大吃一惊，忙回应道："没有。"

"真的吗？"舅母看上去并不相信，"你有没有对她说起过不想跟表妹结婚之类的话……"

"怎么可能?！"义三憋得满脸通红，慌忙否定道，"肯定没说这种话。"

舅母的目光柔和了一些，继续说："桃子该不会跟你说她想结婚吧？"

义三低下了头。

"桃子一定很伤心。"舅母说，"这孩子虽然是个可爱的梦想家，可不管怎么说已经长成一个少女，感觉灵敏得很，一下子就能明白。"

义三惊叹于舅母的觉察能力。

"桃子喜欢你喜欢得不得了。没有兄弟姐妹，孤零零的一个人，满心满怀都是你。我本来还想着早点把这孩子托付给你的……"

"可我……"

"你是不是让桃子看到了这副样子……"

义三一言不发。

"桃子虽然不是大美人，可她性格可爱、品质善良。"

"我明白。"义三斩钉截铁地回应道，"我去找她。如果她是去滑雪了，那就问一问城里的人，一定有人见过她。"

外面粉雪还在下着。

义三一边穿滑雪鞋，一边想象着桃子从后门出来啊地吓唬他。他套上滑雪服，从口袋里掏出深蓝色毛线手套，把手指伸进去后，摸到了纸一样的东西。他一甩，一张叠成长条的信纸掉了出来。

义三：

  我去东京了。我要是说出来，父母亲一定会阻止我的，所以我悄悄走了。我知道不该让你们担心，可我想做一件好事。

不过，我先不说具体是什么。

等你到了东京，我大概就已经回去了。零钱我稍带了些。或许会住在麻布那家旅馆，或许会住在你不在的房间（虽然我想这样做），反正不管怎样，我都会规规矩矩的，别担心……

为了让我回去后不被父母亲训斥而为难，请你好好跟他们解释，尤其是我母亲。

我是你的朋友，以后也打算永远是你的朋友。你可别嫌我烦啊！

桃子

义三震惊了，而且也切身感受到了桃子的悲伤。他不能不给站在自己身后脸色阴暗的舅母看这封信，可是，该如何解释呢？

桃子一定是为了寻找富佐子才想到要去东京的。她以为这是她能为义三做的最大的一件好事——这就是桃子的梦想，青春期少女的冒险。

"我不懂。她想做的好事是什么？"舅母一脸迷惑地看着义三。

"总之我马上就去东京，我去见她。"义三只能这样说。

"那就拜托你了！记得要对桃子说她很可爱哦！"

义三心痛不已，径直向门外的雪道滑去，甚至没看从里屋走出来的舅舅一眼。

Clean Hit

富佐子的邻居家——甚至不能称之为"家"——的小屋被拆了。在白昼时间短的冬日里也仅仅用了不到半天时间。

伸子三姐妹搬走后的次日清晨来了两三名工人，小屋在他们的粗暴对待下，于中午时分变成了千叶医院施工现场的一堆柴火。简易房没有像样的地基，因此只留下了一堆垃圾。

富佐子的不安在加剧，她看了一眼外面熊熊燃烧着的柴火，蜷缩在房间的角落里。拆迁费一收到，自己的小屋就变成了障碍，她坐立难安。再加上邻居的小屋被拆，只剩下自己这间小屋孤零零的，看上去又惨又脏。

在和男生病和去世的这段时间里，富佐子有一周左右的时间没有去 Clean Hit 上班了。她在岁末的二十八日去店里看了看，只见入口正门上贴着一则招聘启事——现招聘弹子销售员和事务员各一名，年龄二十五岁以下，女性，待遇优厚。富佐子心中一惊，心想自己不会是被辞退了吧。

店里的生意依旧红火，富佐子一露面，就被叫去干活了。那熟悉的弹子弹出的金属声钻进她的脑子里，使得富佐子越发烦躁了。

她把弟弟去世、自己孑然一身的事告诉了老板娘。"是吗？真可怜……"老板娘看着富佐子说，"你瘦了点。你就住在这儿吧，夜里还能搭把手。再给你五千，管饭，条件相当不错吧？怎么样？二楼的房间给你住。"

在这岁末新年的生意旺季，富佐子可以说是幸运的，于是她赶紧把行李搬了来。她只希望能住在有人的地方。

弹子房的老板娘上来看了看房间。"那是什么？骨灰？"她夸张地皱着眉头，"骨灰带进来可不行，忌讳！尤其是这岁末。你家里没有墓地吗？早点让他入土为安吧！好让他早日升天。"

富佐子慌忙用包袱皮遮上了白色棉布包裹着的骨灰盒。

富佐子记得自己曾去青山高树町的寺院为母亲扫过墓，弟弟死了以后也应该请那儿的和尚来念经超度的。

"你还是先埋了他，再搬来住吧。"老板娘重复了好几遍。

富佐子想回自己的小屋，可又想到或许现在工人们正在拆毁，没准已经用来点火了。

"他是个小孩……"富佐子吞吞吐吐地说道。

"小孩的骨灰也是骨灰啊！这样吧，过了初三你就送走。准备埋葬费和给寺院的供养费不用太多，略表心意就行。"老板娘擅自做了决定，指导富佐子道。

近来，Clean Hit 在两层楼之间搭了一个突出的平台，并安排了一个小乐队在上面。店内面积变大了，弹子机的数量也增加了。

晚上和白天都坐在弹子销售窗口，富佐子有时候会感到厌烦。十一点歇业后，老板的长子洋一就开始维护这一百多台弹子机，连续拨打弹子以检查机器是否正常。富佐子和老板娘她们一起，用油布擦拭成堆的弹子。工作结束后富佐子回到自己的房间时，已经是夜里一点了。富佐子困得只想睡觉。

工作繁忙，出勤时间长，这些她还可以忍受。她忌惮的是坐在奖品兑换处的洋一的纠缠，他一副自来熟的样子，还把富佐子当成自己的人。听说他是大学毕业，富佐子却不相信。

富佐子搬来三四天后就后悔了，她甚至想在埋葬了骨灰之后就离开这里。

正月初四那天，富佐子只对老板娘一个人私下里说道："去完寺院，我可能要去一趟亲戚家。"

富佐子并没有可以依靠的亲戚，她撒谎了。

她不习惯自己一个人出远门，她只认识这附近一带。不知道该去哪里，她对外面的世界一无所知。

在收到千叶医院的拆迁费后，富佐子想买一件大衣，还想买一双好鞋，可是她更想搬去一个安静放心、可以工作的地方。

如果可以，她想边学边做裁缝活或者打字的活，这是她这个年纪的女孩该有的梦想，可是如今的富佐子似乎没有振翅飞翔的力气了。

义三的身影不分昼夜地驻留在她的心里，可她不能主动去追求。义三照顾弟弟，还陪自己守夜，每当想到他的善良和深情厚谊，富佐子总会感动得热泪盈眶，心被温暖包围。

义三的房间里有其他女子，可自己为什么要逃跑呢？对于自己没有再度拜访表达谢意一事，富佐子仿佛做了坏事似的内疚不已。因此，她觉得和义三的距离越来越远了。

富佐子觉得自己什么都没有，什么也不会，抱着一股强烈的自卑感。破旧小屋里的悲惨生活让富佐子的心变得狭隘了。

奇怪的小城

富佐子独自一人在寺里聆听着诵经，觉得时间漫长极了。当听到和尚念到母亲和弟弟的俗名、戒名时，一股悲伤和孤寂涌上心头，她用手帕阻挡着喷涌而出的眼泪。来寺院之前，富佐子觉得独自来安置骨灰是件很丢人的事，然而寺院的和尚们脸上都没有露出诧异之色。

走出寺院后，富佐子来到新宿站搭上了开往立川的中央线，她打算去邻居姐妹俩搬去的福生看看。加奈子曾给她画了一张地图，在这时候派上了用场。她到了立川站又买了一张票，在青梅线的站台上等电车的间隙，富佐子感觉自己仿佛在出远门。

面前的大牌子上面是奥多摩山地一带的旅游向导图。从上面看，福生站距离立川站有六站地。

三节车厢的电车上坐着四五个美国人。一个头顶贵宾狗短发、身穿华丽洋装的女孩看上去和自己差不多年纪，吸引了富佐子的注意，富佐子知道贵宾狗是一种狗的名字。

在福生站下车时，冬天的夕阳看上去暗淡冰冷。秩父和奥多摩一带的山峦都覆着一层雪，仿佛包围了这座小城。

富佐子展开地图，出了车站后向右走，在十字路口处向左转，当看到地标建筑清水医院时，富佐子就认识了。可她还是不敢确定，忍不住想问问来往的行人。

天寒地冻的田野里有正在施工的房屋，伸子和加奈子姐妹俩租住的园艺房子就在其中。

伸子打开拉门欢迎她，富佐子突然惊呼一声"啊"，瞬间脸红了。

十天不见，伸子和加奈子完全变了样。二人都穿着蓝色裤子和橙色毛衣，脖子白皙光滑，泛着光泽，眉毛的形状变了，看上去眼窝也深邃了不少，衬托着加奈子的长鼻子越发好看了，嘴唇上涂着鲜艳的大红色口红，露出洁白的牙齿，指甲还染成了胭脂色。她们耀眼的装扮震惊了富佐子。

加奈子站在伸子身后，亲切地说道："哎呀，真是稀客！快点进屋来，远道而来，没想到呀！外面冷吧？"她和以前一样，说话豪爽得像个男孩。她和伸子一样，宽额头上盖着利落的刘海，脸上丰富的表情让富佐子都认不出来了。

"可以吗？"富佐子迟疑地说。她进门一看，姐妹俩似乎都刚出浴，榻榻米上放着红色的铝制浴槽，上面搭着一条粉红色浴巾，东西都放在那里没有收拾。朱漆梳妆台前摆着大大小小、各式各样的化妆瓶。富佐子见过的就只有那条暖桌棉被了。

"新年好，承蒙你们诸多关照。趁今天请假，就想来看看你们。"

富佐子刚说罢，伸子就爽朗地说："新年好，关照是互相的嘛！刚才我还对加奈子说，你成一个人了呢。不管什么时候遇见你，都是那么美。尤其是眼睛，太漂亮了。你现在还是一个人吗？那个好心的实习医生怎么样了？"

富佐子面红耳赤地微笑道："我从那儿搬走了，现在住在 Clean Hit 二楼。听说要给我涨月薪了，不过晚上下班迟，店里也吵吵闹闹的，我想找找其他地方。生活过得没什么意思，和男在的时候我要是有这么多钱就好了。"

"你呀，这点钱如今可算不了什么。那家医院还没建成吗？人家不是让你过去上班吗？"

"在医院上班不能没有护士的技能吧。我什么也不会。"

加奈子给富佐子倒了杯热腾腾的可可，又切了块奶酪放在白面包上。

"今晚住下吧。我们准备去舞厅上班了。十二点就回来。你拿出被褥，就在榻榻米上睡觉吧，我们回来以后叫醒你，咱们聊上一宿。早上不起床也没关系，等我给你带好吃的回来，汉堡包、三明治什么的。"

就在富佐子不知如何应答的时候，伸子开口了。

"你可以和我们一起去舞厅，过去看看。我们也还不太熟，就晕乎乎地跟着别人做。不过，那舞厅很厉害哦。一起去街上逛逛看看吧，这个小城特别奇怪，我估计全日本也只在这儿有。加奈子说我们这是逃离了日本。生活在东京的N町根本想象不到，不过无所谓，这里没有熟人，生活习惯也完全不同，就像在自由的天上飞，轻松极了！你也来看看吧，要是喜欢的话……"

伸子和加奈子出门前，各自在裤装上面罩了一件配套的骆驼色大衣。听她们说，舞裙放在舞厅里了。从头到脚，从毛衣到裤子都是配套的，看来这姐妹俩的感情好得很。这是新生活的开始，然而这时的富佐子还一无所知。

富佐子受好奇心驱使，和姐妹俩一同去了街上。

"Welcome Fussa!¹"入口的拱形柱子上挂着一块写着英语字母的牌子，寒冷的北风吹打着那牌子，发出干冷的声响。右手边有两三家纪念品商店，店里陈列着有龙或樱刺绣的朱子织睡袍和仿制项链首饰。左手边矗立着许多家舞厅，分别涂成了黄色、蓝色、橘红色……所有的商店都是木造建筑，像一个个箱子。舞厅和舞厅之间是空地，背面则是一望无际的田野，田野的远方是与天空一色的峻峭山脊。田野上有骑着自行车穿行其中的年轻女子。伸子家的背面时而会有高级小轿车驶来，顺着坡路向上驶去。

坡上能看见红色的塔，上面有樱花形状的霓虹灯。那里就是伸子和加奈子跳舞的樱桃舞厅。富佐子感觉到了一阵心悸。

"来跳舞的是些什么样的人呢？"

"嗯，都是将校吧。"

---

1 福生欢迎你！——编者注

"没有发生让人讨厌的事吗？"

"没有。樱桃是最高级的舞厅，其他地方或许有让人讨厌的事，不过我们就只是陪别人跳舞而已。一到九点，东京的舞者们都会赶过来，表演特技或脱衣舞……"

伸子刚说到一半，加奈子就补充道："光靠提成，虽说过不上什么大富大贵的日子，不过生活是没有问题的。怎么样，富佐子，你也来福生吧？而且，福生不叫 Fusa，而是在原有读音的基础上，叫作 Miss Fussa，因为汉字'福生'意思很吉利嘛。"

像他的男子

櫻桃舞厅看上去非常气派，像大酒店一样，门前还有一个宽敞的停车台[1]。玄关的正面就是衣帽间，与大厅之间以厚重的玫瑰色天鹅绒窗帘相隔。现在还没到客人入场的时间，因此看上去干净整洁。

穿过大厅，向舞女的化妆间走去。大厅的墙上到处都是燃烧着的壁炉，大厅里许多充满活力的侍者在忙碌地工作，有人擦地板，有人往桌上摆花。在这样的环境里，富佐子只感到局促。

"像去到了外国。"

"没错，和N町那种乱七八糟的氛围不同吧？这儿就像一座外国的小岛。"

"我回去了。回去在房间里等你们。"

"别啊，来我们的房间里看看吧！"加奈子抓着富佐子的手腕说。

"还有时间，你要是想回去，我可以送你到半路。"伸子也发话了。

"平时我们都是从后门的工作人员出入口进出，今天为了带你看看……我们第一次来的时候，也是朋友带着从这儿走的。"

加奈子在一扇标有"女士房间"的门前，跟一个侍者打了声招呼。那侍者突然直勾勾地盯着富佐子。富佐子抬起那双熠熠生辉的眸子，内心顿时波涛汹涌。

侍者的英俊脸庞和义三简直是同一个模子里刻出来的！

富佐子无法从青年那大胆贪婪的目光中移开视线，死死地盯着他。

侍者油嘴滑舌地说："她是新来的？"

---

1 非停车场。是指高级酒店门口有屋檐的停车的地方，侍者可在那里迎接客人。

"不是，是我们的客人。"伸子回答。

"哦？"侍者从鼻腔中发出声音，啪啪地按着手指关节向对面走去了。

富佐子抓着加奈子的手腕，像孩子一样地说道："我要回去了。"

"什么？你怎么了？怎么突然……算了，那我带你从那边出去。今天晚上必须住下哦！"

从舞者专用出入口走出舞厅，富佐子才发现它位于小城的高地上。脚下的黑色大地刮起了刺骨的寒风，从灯光闪烁的小城驶来的汽车似乎越来越多了。纸醉金迷的夜晚这才开幕。

加奈子把富佐子送到半途，嘱咐道："上面的开关是电灯。暖桌里添了煤球，你再加点炭进去。睡着了等我们吧！"

富佐子连加奈子这番话都没听进心里去，甚至没有注意到她走在自己的身旁。富佐子回到姐妹俩的房间后，坐在暖桌旁，为光是看见一个像他的人就激动不已的自己而感到悲伤和震惊。

富佐子觉得不能离开那座小城，那里虽然流淌着肮脏的河水，到处都是破旧的房屋和拥挤的街道，但是义三住在那里，自己还能在那里见到他——光是这样想象，富佐子就感到一阵心悸。思念搅得她心绪不宁。

伸子姐妹俩十一点多回到了家，她们比去的时候更加美丽妖艳了。她们带来了牛排夹在圆面包片里的汉堡包和酸酸甜甜的饮料，摆在了富佐子的面前。

伸子吞吐着外国香烟，问富佐子："富佐子，有意来吗？听说新开的舞厅要招募五十名舞女，或者在我们这儿也好。"

富佐子默默地微笑着。

"刚才那个盯着富佐子的侍者，走的时候让我把你介绍给他。他夸你的眼睛太美了……不过他也很英俊，称得上美男子吧。听说好几个舞女都看上他了……"

富佐子听了，不由得红了脸颊。

姐妹俩铺了两床褥子，让富佐子睡在中间。躺下之后，又滔滔不绝地聊了起来，从不熟悉的舞厅、客人、其他舞女，到这座小城。

第二天将近中午的时候，姐妹俩把富佐子送到了街上。

附近正在兴建的小平房的屋檐下，晾晒着华丽闪耀的女人衣服，惹人侧目。白天的酒吧门窗紧闭，紧密地矗立在街道两边，看上去似乎是外国的郊外。

富佐子站在福生站里，心里盘算着等回了 N 町之后，要去买一件大衣。

"再来玩啊！保重啊！有什么困难，随时过来。我们过得挺好，你别客气。"加奈子对她说。

坐了很久的电车，终于到了 N 站。下车后，各种各样嘈杂的声音一齐涌进了富佐子的耳朵，她松了一口气，风似乎都是温热的。

回到 Clean Hit 之后，洋一从奖品兑换处走了过来，质问她："你去哪儿了？"

"我去扫墓，然后又绕道去了朋友家。因为时候不早了，就住下了。"

"你是个女人，无故外宿让我可担心死了。店里也忙得焦头烂额的。"

"对不起。"

富佐子想先回一趟房间，正当她准备上楼时，手腕被人紧紧地抓住了。

"让我看看你的脸，才能知道你有没有撒谎……"洋一说着，就用手捏着富佐子的下巴往上抬。

富佐子甩开他的手，跑上了二楼。脱掉了裙子，换上了裤子，在毛衣的肩部披了一条毛线围巾，坐到了弹子销售窗口里面。

东京的雪

这天，天空从一大早开始就阴沉沉的，东京似乎要迎来今年的初雪了。

环形的玻璃窗口里虽然只有一个小火盆，却一点都不冷。销售窗口清楚地标示着"弹子概不赊售"，却仍有熟客要求赊借二十颗弹子。

富佐子望着那些背着孩子的主妇在购物回家的路上来弹子房里玩弹子的模样时，盲女按摩师走了过来。富佐子接过她递过来的钱时，手指轻轻碰了一下之后，盲女就惊叫了起来："哎呀！富佐子回来了？太好了。你不在，我根本打不出来。"

富佐子惊叹于盲女的敏锐。她就是凭借着手指的敏锐，才成了这附近的打弹子名人。

下午四点左右是客流高峰。富佐子的工作被人接替，她走出窗口打算去吃晚饭的时候，客人骤然减少了。

下雪了。

富佐子吃完饭，又替下了销售窗口的另一个少女。那个少女下班之前说着"今天晚上闲得很"，给富佐子留下了一本电影杂志的新年第一期。

店里像退潮了似的冷清了不少。富佐子百无聊赖地翻看着杂志上的照片。这时，她突然感觉面前有人，抬头一看，一个身穿红色滑雪服的少女站在那里。富佐子看着她那可爱的模样，眼前一亮。她身上鲜艳的红色和纯白的雪形成了鲜明的对比，宛如一个雪中精灵。

她是要去滑雪吗？还是在这里约人见面？富佐子等着她伸手兑换弹子，可是她单单目不转睛地盯着富佐子，那灼热的目光让富佐子不由得紧张起来。

少女从手提包里拿出一个笔记本来，在上面写了起来。然后，连同小巧的金色自动铅笔一起从小窗中递了进来。她不会说话吗？富佐子心中一惊。

> 我是千叶医院的桃子。我想跟你聊聊栗田，一会儿你能出来吗？我想约你一起。

富佐子脸红了，再次看向她。富佐子把笔记本从小窗还回去，简短地回应道："我去。"接着，她关上小窗，锁上小门，拿着保险箱去了奖品兑换处。幸好洋一不在那里，而是一个盘着发髻的主妇在那里。

"麻烦一下，有人找我，我出去一下……"富佐子声音颤抖地说道。

主妇从她手里接过保险箱和钥匙，慢悠悠地说："行，你去吧。"

富佐子用梳子整理了一下头发，穿上外套，向站在门口向外眺望的桃子的背影走去。

桃子没有带雨伞，毛线帽上的积雪已经消融蒸发了。富佐子撑开黑色的棉伞，递给桃子。

"不用了，我这一身防雪装束……反倒是你淋湿了，会着凉的。"

脚上穿着红色木屐的富佐子听了这番体贴的话后害羞了，同时感受到了桃子单纯的善意。

"我只知道那家中国料理，你有认识的店吗？"桃子回头看向她。

富佐子摇了摇头，虽然她一直住在这个热闹的街区，却从来没有去过咖啡馆，也没去过荞麦面馆。

"这家店义三带我来过一次，当时我看到了你，对你印象很深。你应该不知道。"桃子说着就打开了红色暖帘下的玻璃窗。她坐下后，隔着黄色的餐桌看着相向而坐的富佐子，说："我没想到这么快、这么容易就找到你了。我可是做了心理准备，要当大侦探的。义三说你消失了……你知道他来找过你吗？"

"什么时候的事？我不知道。"

"你去哪儿了？"

"我请假出去了两天。"

"可能正是那个时候，义三来找你了……"桃子喃喃自语似的说着，突然停顿了一下，又接着说，"我和义三是表兄妹，真的是表兄妹。义三岁末生病了，前天才回了信州。他说你不见了，伤心得不得了。我被他烦死了……所以来请求你，你哪儿都别去，就在这儿等着义三，好吗？我觉得这是最好的办法。"

桃子反复摆弄着手里的火柴盒，用温暖的目光注视着富佐子。

富佐子的脸上和胸中仿佛有熊熊烈火在燃烧。

"他，现在，在哪儿……"

"差不多已经在回东京的路上了吧。你们很快就会见面的。"

"你打算怎么办？"

"我就是为了找你而来的。这就准备回去了。另外，我们很快就会搬到新医院里来，所以如果你想住在原来的地方也是可以的……你的家被拆掉了，是吧？听说，现在只剩下你自己了……"

富佐子点了点头，凝望着桃子的眼睛。二人的眼睛里都闪烁着光芒，也感受到了彼此灼热的目光。

"你哪儿都别去，乖乖等着义三，好吗？否则，我专程来见你就失去意义了，我会变成个笑话的。"桃子再三嘱咐道。

"肚子饿了，你也吃点吧？"

富佐子回过神来，掌心里汗津津的。她在心里想着该如何向桃子道谢，却找不到合适的语言，她差点就要哇地大声哭出来了。

上野

义三在等候列车期间，在站前的家里待了将近一小时。

母亲听说义三马上要返回东京，惊慌地说道："真是的，突然回来，这会儿突然又要走。光在千叶家住了两宿，在自己家一宿都不住？"

"突然有急事。"

"我真想让你在家里住一宿再走。一回来就被千叶桃子抢走了……"母亲一脸寂寥地看着义三。

"突然有了急事，我也没办法。"

义三没有把桃子的事告诉母亲，虽然没有特意隐瞒的必要，但是他不知道该如何解释。他无法用母亲能理解的方式解释给她听，也不想解释。就连他自己都不一定完全明白桃子的想法。

"是不是东京来电话，说有急救病人？"母亲问道。

"我还不是医生呢。"

"可你不是已经在医院里接诊了吗？"

"我那是帮忙、实习！"义三心烦意乱地答道。

自己近来的所谓的患者不就是富佐子的弟弟和男吗？他已经死了。虽然是由医院的小儿科主任治疗的，死亡证明也是医院的年轻医生开具的，但不管怎么说，自己是为了救和男才去富佐子家里出诊的，因此义三总是被治死了患者的思绪折磨着。或许是出于他对富佐子的爱。

"桃桃不去送你吗？"母亲觉得奇怪。

"嗯，这雪太大了……"

"这算什么，她可是冒着暴雪来接你的人啊！而且每天都来。"

"可是……"

"你俩闹别扭了？"

"没有。"义三含混地应道。

桃子若是在自己的宿舍里就好了，义三在心里祈祷。一想到桃子在外面居无定所，义三的心里就不是个滋味。

"你可别嫌我烦啊！"

今天早上桃子放在手套里的信上是这么写的。昨天晚上，义三并没有打算把嫌她烦的表情写在脸上，不过大概还是被桃子看出来了，这让她的少女心多么受伤啊！

桃子为了义三去东京寻找富佐子，她是想通过这样的举动来治疗内心的创伤吗？然而，义三并不想让她做这种事。

就算这只是出于桃子单纯的善意，如果富佐子被桃子找到了，她反而会从自己身边逃走。

列车行驶在大雪之中。到了傍晚，列车途经高崎站，可是雪还在下着。

"看这样子，东京也下雪了吧。"

义三自言自语地嘟囔着，不禁心疼起桃子来，不知道她在做什么。义三觉得，桃子是为了不让自己看到她伤心，才突然冲到东京去的。

义三抵达上野站时已经是夜里十一点了。他只希望快点见到桃子，好放下心来。他一下车，就立即寻找公用电话。他先给宿舍打了一通电话，听说桃子没有去，接着又拿出手账来，确认了位于麻布江之村的旅馆的电话号码之后拨动了号码盘。电话里的自动应答结束后，义三马上开口道："喂，喂……"

"是义三吗？"电话那头突然响起了桃子的声音。

"欸？"义三的心情一下就晴朗了，"你居然知道是我，吓着了没？"

"你现在在哪儿……上野吗？"

义三没有回答。

"一定是在上野。你刚到吗？"

"嗯……"

义三没有说话。他在心里忖度，明明是旅馆的电话，为什么没有前台转接，而是桃子一下子就接到了呢？难道她吩咐前台，如果有用公用电话打来的电话，就马上转到她的房间吗？或者，桃子一直坐在前台痴痴地等自己的电话？

"我猜得准吧！"

"是啊，准得可怕。"

"那当然，这是我的直觉。"

"不管怎么说，我终于放心了。"

"我刚给家里打了电话。"

"刚才？给长野的家里？"

"是的。"

"被训了吗？"

"差不多吧。我现在和这家的人在一起玩呢。"

"你可真悠闲啊，突然就跑来东京，害得我担心死了。"

"我真高兴。"桃子自言自语道，过了一会儿，她又接着说，"我可不悠闲。只不过，我来东京的目的达到了……我完成了任务……"

义三心中一惊。

"我见到她了。她说自己就住在那家店的二楼……你去的时候，她正好有事出去了。你想太多了。"桃子成熟的措辞让义三红了脸。原来富佐子就在那儿啊！

"我劝她去医院住。因为只要是有关她的事，你就总是心不在焉，过度担心。"桃子继续用成熟的语气说着。这让义三感觉桃子就在自己的身边，心头不禁一热，觉得桃子真是太惹人怜爱了。

"我现在过去找你。"

义三说罢，正要挂电话的时候，桃子突然用孩子般的语气说："别，别来！"

义三仿佛看到了桃子边说话边摇头的样子。

"你不要来！用不着过来。"

"为什么？"

"你一下车就打电话给我，我很高兴。这是我近来最高兴的一次。"

桃子的声音晴空万里，听上去十分雀跃。义三重新在心里掂量着，这么晚了，到旅馆里找一个女孩确实不太稳重。

"那我明天一早就过去。我答应舅母一定要见到你的。"

义三想起了舅母拜托他的事——见到了桃子就告诉她她很可爱。

"你别来。"

"我说的是明天早上……"

"我明天一大早就要回去了。学校已经开始上课了。和母亲的约定别太放在心上。"桃子有些严肃地说道。

义三轻松地取笑她："你不孤单吗？"

"孤单啊，所以才睡到这家人的房间里了嘛。"

"哦。"

"外面下雪了，静悄悄的……真不像是在东京。"

看样子，桃子是不肯挂电话了。义三感觉到外面有人在等待，于是对桃子说："总之先这样吧，晚安。"

"我讨厌你说'总之'。"

"晚安。"

"过不了多久我们就能见到了。还有，明天你去她那儿……"桃子说到一半，"晚安。"

短发

义三走出公用电话亭，匆匆赶上了山手线。在这个时间点，有的私营线路末班电车已经停运了。

雪下得很大，已经积了十厘米左右那么厚。雪映出的亮光在东京很是罕见。

私营线路的末班电车内拥挤不堪，在站台停了很久还没发车，直到从国铁电车上下来换乘的乘客把车厢塞满之后才发动。在 N 站下车的乘客寥寥无几。从后面车厢下车的义三走下楼梯后，就连检票口的乘务人员也已经下班了。这是一个万籁俱寂的雪夜。

洁白无瑕的雪覆在笔直的路面上，两侧的商店已经关了门，就连游戏厅也静悄悄的。义三站在 Clean Hit 的店门前，霓虹灯已经暗了，二楼却还亮着。那应该就是富佐子。

如果富佐子像桃子一样感觉灵敏，如果她也在等待义三，那么二楼的窗户就会被打开。然而，义三连呼喊她都做不到。

桃子见到了富佐子，她们二人说了些什么呢？义三的脸上浮现出了微笑，但或许现在还不是可以微笑的时候。

义三往回走着，一步一回头。他没有带雨伞，于是把大衣领子裹得更紧了些。

咚的一下，有人撞在了义三的身上。义三打了个趔趄站住了。

"干吗？小心点！"

"抱歉。"义三说罢，才发现这是平日里打着"算命"旗帜、摆算命摊儿的地方。只见眼前围站着三四个身穿运动服的年轻人。

义三感觉他们要抢劫，于是暗自琢磨如何顺利脱身。

"喂！你晕晕乎乎地一直盯着 Clean Hit 的二楼看，还撞了人，想干吗?！那二楼住着多漂亮的人？"刚才撞到义三的家伙胡搅蛮缠道。

义三听说 N 站前的繁华地带有不良青年出没，虽然有时会被巡警们驱逐，可人少的时候还是会上街敲诈勒索。义三没有钱给他们抢去，倒是他们提到了富佐子，令义三感到担心。青年们逼近，大概是打算把义三带进一条小巷。义三主动走了几步，假装要走进小巷的时候，一个转身就逃脱了他们的包围。他们从后面散沙似的追着，可惜踏在雪中，难以前行，不一会儿就被义三甩开了。

在雪路上跑怎么能输给他们！我可是从小就生活在雪乡的人！义三笑出了声。明天早上见了桃子，就把这件事情告诉她，一定会惹得她咯咯发笑的。

然而，义三睡过了头。外面传来了雪融化的声音，听起来就像哗啦哗啦的雨水。阳光照着，外面变得明亮、喧闹起来。义三给江之村打电话，听闻桃子已经出发了。

"真糟糕！"义三嘟囔着，为自己的诚意不足感到后悔。

即使自己坐早班电车出发，也不一定赶得上，桃子很可能已经坐上了列车。义三不禁自我反省，和为了寻找富佐子而飞奔来东京的桃子相比，本打算去见桃子却因为睡过头而赶不上的自己的确大大缺乏诚意。

义三琢磨着要不要给舅母打个电话，可一想到她打算把桃子托付给自己就迟疑了。

义三带着万分失落的心情去了医院。这是实习的最后一个月了，他得对这一段经历做一个总结，并且直到五月的考试结束，他的日子都不会轻松了。医院里，患者依旧来来往往，进进出出。

新年里第一次见面的同学都对义三道了声"新年好"，还有人关心他的肺炎是否好转。民子也在。她一如既往地梳着一头利落的短发，和身上的白大褂很是相称。民子看上去不像学生，而是一个已经出师的女医生了。民子看到义三后，更是充满了知性和干劲。

"过了一个正月，你看上去正派多了，越来越像个医生了！"

义三随意地调侃道。民子听了，转向别处回应道："是啊，女子很快就能做得很好，才不是'像'呢……"

"对不住，不该说'像'。"

"我听过太多人说'像'。不过多亏了你生病时让我来看，我才变得像个医生了。"

义三想说那才不像医生呢，可是没有说出口。

不知是由于休假和患病，还是懈怠了，义三穿上白大褂，作为主任的助手为患者进行初诊时，像小孩一样怯生生的。而且，民子那一本正经的样子也让义三无法平静。

义三下楼去了检验室。烧瓶、试管、酒精、苯酚的气味和染色液体的色彩让义三平静了不少。他在明亮窗前的实验桌边坐了下来。液体煮沸的声音、秒表走动的声音、年轻的护士交谈的声音……一切都和往常一样。

义三并非对做实验情有独钟，只是觉得与其从书本上学习临床的各种检查方法，不如亲自来检验室里更有效果。

如果在国家考试中落第，就意味着还要再接受一年来自舅舅的资助。这让义三难以忍受，因此无论如何他也要合格。就算没有发生桃子的事，义三也无意在舅舅的医院上班。虽说这儿是东京，可N町只是东京一角的平民之地，因此舅舅在这里建立小资产阶级风格的医院让义三颇为反感。

身后传来了民子的声音。"不是细菌，是蛋白。"她是在对护士说。接着又转向义三，问道："你什么时候回来的？"

从这一句话中，义三就察觉到了民子一直在挂念着自己。她的语调和刚才判若两人。义三回头，仰望着民子答道："昨夜。"

"很快嘛！我还以为你要多待一些时日。乡下安静，适合静下心来学习。"

"我懈怠了。只有在东京……"

"豆糕呢？"

"啊！"义三突然想起来，"我忘了！慌慌张张回来的……不过，普通年糕我倒是带了一些。"

"没有诚意才会忘记。"这次由民子提出了诚意的问题。

"从自己家慌张出发是因为什么事？你说想看故乡的雪，所以才在大病初愈后勉强回去的，不是吗？"

义三没有作答。于是，民子换了一个话题。

"我查了去年的考试题，供你参考。随后给你。"

"哦。"义三站了起来，"去吃午饭吗？"

去了食堂，民子继续说道："二、三、四，还有三个月。一想到这个就紧张，果然女人抗压能力弱。"

"是吗？我也是，因为不能再考一年，光是想想都发愁……"

"这大概是最后一次考试了。从小学开始就常年为考试所困。因为实习制度，又增加了一个考试。这实习制度自然遭人讨厌。虽然这儿没人抗议，可有的医院里反对和抗议的学生还不少呢。"

"唉，如果只分及格和不及格，我还能接受。考完这次，还有无穷无尽、漫长的测试。而且，考题、考官和考试时间都还不清楚呢。"

饭后闲谈总是围绕着齿科的实习医生原，他总能逗得大家前仰后合。他们的声音甚至传到了义三这里。

原和义三、民子同岁，都是二十三岁，却看似有三十岁。手指灵巧，大概因此选择了齿科。不仅如此，他做什么都很擅长，特别是赌博。该说他胜运强吗？无论是打麻将、赌马，还是赌车，他都是赢家，他自己也常常得意地自夸。似乎还买了些股票，阔气得不像个学生。

从长相看，原是个开朗的人，可是目光冷峻，再加上他那讽刺的说话语气，在他的身上有一种看不出年龄的颓废之美。原的滔滔不绝彰显了他的伶俐机智和丰富的知识，他身上有一种人见人爱的魅力，没什么是他不知道的。

"原，打弹子怎么样？"有人问他。

"弹子？挺大众的，看上去简单到白痴的程度，实际却有些难度，因为店方会调节机器嘛。今天出得多的机器明天就会一个也不出，别人老是能打出弹子的机器又不一定适合自己，所以还是应该去机器多的店。碰到偶然的机会，或者说偶然的必然的机会，就会多得多。"

"怪不得你常光顾 Clean Hit。"

"那儿的销售窗口有个美少女。这种时候就是弹子出得越少，买弹子的机会就越多嘛。"原说罢，仰天哈哈大笑起来。

"她要是来看个牙就好了，可惜她长了一口整齐的好牙，估计都没有虫牙。"

义三听原说起富佐子，不由得盯着他看。

"他挺有趣，当医生可惜了。"民子在义三耳边私语道。

"不，这种人善于社交，当医生也能成功。手又巧，别说牙齿矫正，就是做眼睛整形、隆鼻什么的也不在话下，没准将来会成为整形医学的专家。"

食堂的黑板上写着本月面向准备考试、不再工作的实习医生的研讨会和讲课的日程。义三看了看，民子也瞥了一眼，似乎没放在心上。

"最近啊，我回家本来打算学习，可脑子一点都不转。正觉得沮丧的时候，我嫂子来叫我打麻将。我哥经常不在家，我就陪她玩玩。后来我发现只有在打麻将的时候头脑才不胡思乱想，再后来，三次麻将局中就有一局是我开口张罗的了。"

"你也会这样啊……"义三嘟囔着，低下了头。他从没见过民子这样堕落。义三心想，自己不仅伤害了桃子，也深深地伤害了民子啊！

"你干什么都认真，我一直以为你是个有行动力的人，很佩服你。"

"我看起来是那种人吗？都是装出来的。我真羡慕男人，烦透当女人了。"民子说着，眼角浮现出一丝羞涩，"只有一周觉得当女人挺好。"她扔下这句话，就从义三身边走开了。

义三下班前到处留意民子的身影，却不见她。

永远，永远

义三走上公寓二楼后，发现富佐子站在走廊里，紧贴着自己房间的墙壁。

"啊！"

富佐子认真的眼神像利剑一样刺穿了义三的胸部。

"吓到您了？对不起。"富佐子满脸通红，似要哭出来了。

"不，不是的。"义三慌张地说，"我只是没想到你会来……"

"对不起。那之后，我就再没来拜访您向您道谢……"

"不，不是的。我本来想去找你的，没想到你来了……"义三的脸上洋溢出了喜悦之色，"下着雪呢，别站在走廊里头，怪冷的，进屋吧！"

富佐子轻轻地点了点头。

义三把富佐子推进屋里，然后去向宿舍的主妇借火种。

"我来了客人，待会儿的饭……"

义三还没说完，主妇便反问道："客人？什么时候来的？"

富佐子看着义三把火种放进濑户圆火盆中并添足了炭，对他说："我比您擅长做这些。"说着，便把火钳从义三手里接了过来。

"你擅长生火？"

"当然，我可是女人。"

她俯身点火的动作中没有一丝不幸的影子，看上去反而有一种乐在其中的温馨感。

"冷不冷？等了很久吗？"义三温柔地问道。

"没有，我刚去洗澡回来。晚上就不方便出门了，所以我就在回去的路上绕道过来一下。"

她的长发自然地盘起，脸上毫无粉黛之色，有一种毫不造作的美。

富佐子的侧脸对着义三，她轻轻地吹着火苗，似乎在吹幸福之火。每吹一下，可爱的耳朵似乎在跟着愉悦地呼吸，嘟起的嘴唇似乎在邀请义三。

义三原本因对桃子和民子产生的消极反省和近似自虐的悔恨而退缩的内心现在突然膨胀了起来，对未来充满了信心。自己为什么要畏惧这种普通人都会经历的事呢？然而，他很难轻易表达出来。

富佐子停顿了一下，说道："昨天夜里，我和一个叫桃子的女孩见面了……我觉得惶恐，不明白为什么她要说那些话。"

炭火在富佐子的脸下方熊熊燃烧着，富佐子说着就抬起头来。义三在火上点燃了一支烟。

"她为什么要从那么远的地方赶来找我呢？"

"她是我的表妹，是为了我而来的。"

"为什么？"富佐子把刚出浴的手放在火盆上面烤着，看上去很安心。

"拜托舅舅让你在医院里工作的也是桃子。"

"为了我？她还说了，我可以待在原来的地方。"

"你可以不用搬家的。"

"搬到店里以后，净遇到些讨厌的事……"

"我去了一次，看到你的家没有了，吓了一跳。"

"只剩我一个人之后，太孤单了。又觉得给您舅舅添麻烦，对您也不好。那么好的医院，我也待不下去……"

义三点了点头。

"其实，我在搬家前也去拜访过您，您当时在休息，还有另一位客人在……"富佐子说着，肩膀僵直了。

"我生病了，跟你弟弟是一样的病。"

"啊？是被和男传染的吗？"

"不是。不过，你对那人什么也没说就走了？"

富佐子满脸通红："嗯，悄悄地……"

"你真傻……"义三说着就轻轻地拍了拍她的手，把她往自己身边揽。

"等等……"富佐子嘴上这样说着，身体却无力地跌落并埋在了义三的怀里。

义三一想起生病时的自己，和富佐子之间的藩篱就崩塌了。因发烧而意识模糊时想见的人现在就在眼前。富佐子所说的那个人，也就是民子，在进屋时听到的义三的梦呓——"啊，我一直在等你……"——中的"你"不是民子，而是富佐子。他在梦中一直等待着富佐子的到来。

"我一直在等你。"义三再次说道。富佐子现在就在他的臂弯里。

富佐子想回家，起身的时候趔趄了一下，义三马上扶着她，说："我送你。"

"不行！您不能去那儿。那一带有坏人，您要是送我回去，被别人看见了，一定会被说难听的闲话的。"

义三想起昨天晚上抬头看二楼富佐子的房间之后被不良青年纠缠的事来。

"医生，我想照照镜子。"富佐子说道。

"怎么了？"

"我想看一下现在的脸，感觉自己好像变回了小时候。"

富佐子的这句话和她看着镜子里自己的眼、唇的样子让义三更加产生了怜爱之心，于是再一次壮起胆子，吻了右手拿着小镜子的富佐子的嘴唇。

"我还是学生，不要叫我医生了。"

"好。"富佐子被义三紧紧地抱在怀里，"我要回去了。我还会再来的，可以吗？"

富佐子从他的身边站起来，不知道想到了什么，突然把胸前的上衣敞开。"这件衣服我第一次穿，颜色适合我吗……"

看她穿着一件淡粉色毛衣，义三应道："很漂亮。"

"是吗？对了，我还有件事要拜托您。"

"什么……"

"这个，我想请您帮我保管。"富佐子说着，就从口袋里掏出一个尼龙质地的滑溜溜的钱包来，放在义三的手心里，"这对我来说很重要……可是，我害怕自己把它浪费掉。"

"是钱啊，装了很多嘛！"

义三被富佐子表达爱情的方式震惊了。

富佐子从义三的房间离开之后，在渐行渐远直到看不到宿舍的地方，边走边用手掌抚摸着嘴唇，仿佛是为了不让义三的吻暴露在寒风中。指腹放在唇上轻轻摩挲，刚才的情景重现了。

应该再多待一会儿的！为什么要回去呢？明明想要永远永远无穷无尽地待在义三的身边……然而，她又对这样的自己感到羞耻和恐惧。

富佐子仿佛做梦一样穿过街道，甚至没有注意到 Clean Hit 的老板娘正从美容院里看着自己。老板娘正盘好了头，对着镜子拿小镜子反射后脑勺时，镜子里映出了灯火通明的街上正走来的富佐子的身影。

洗个澡可真久。老板娘心里这样想道，咂了咂舌。转念又想，对了！让她买足袋回来吧！味噌酱正好也没了。

美容院的老板娘客气地说道："听说您在 T 町也马上要开一家店？"

"嗯，今天开业，所以我待会儿还要出门，今天晚上就住在那边了。"

"生意兴隆可真不错。两家店都很忙吧？"

"这边的店我打算让儿子负责，他挺有干劲的，我不在也能行。"

"那……您二楼还不能出租吗？"

"不能。楼下太窄，东西就都堆到二楼去了。而且，里面还住了一个没有亲人的姑娘。就在不久之前，她还领着民生委员补助呢，现在在楼下的店里上班。”

“那个长了一双漂亮眼睛的美人？”

“嗯，没错⋯⋯”

“您可真心善啊！”

“一从新制中学毕业，就会被判定有工作能力，补助金也随之没有了。这太不合理了。她这个年纪的人靠自己养家糊口⋯⋯所以才有人自杀，有人当了‘潘潘[1]’。”

“那您的房子是租不成了。地段好，以前又是美容院⋯⋯”

“你自己建一个不就行了？反正能从国库里借钱，能建一个相当不错的房子呢。”

“我倒是申请了，可就是中不了。”

这条街上重建的房子很多。这家店虽说是个美容院，其实不过是个破旧的简易房，倒是便宜。这儿的老板娘很久之前就盯上了Clean Hit。

老板娘回到店里后，富佐子也还是一副心不在焉的样子。老板娘叫她去办事，她松了一口气，朝着街道上拥挤的人群走去。

“店里这么忙，怎么能让门口的销售窗口空着呢?!”儿子冲母亲发火。

“我让她去买足袋了。我待会儿要去T町，今天晚上就不回来了，你要关好门窗，小心火烛哦！”

“真啰唆！”儿子转动着眼珠子，看了一眼老板娘。

---

1 “潘潘”是指日本战败后在街头招揽美国大兵的做私娼的女性。现在这个称呼是歧视用语。

夜晚的恐惧

晚上十一点时，Clean Hit正面的玻璃门关了一半，窗帘也拉上了。客人们见了，都回家去了，店里也迎来了清闲的时候。要是一家小店，那么就这样去休息，第二天早上再做开店的准备也来得及。然而，Clean Hit的店员都会在关店后收拾完毕才回家。

洋一在店里穿梭着，检查弹子机，在白天出了不少弹子和不怎么出弹子的机器前站定，自己边打边调整。他的打法非常华丽，不愧是老手。打弹子时的洋一看上去就像换了一个人似的。

店里因为只有他一个人在打，弹子的碰撞声很是聒噪。

留在最后的工作人员一边擦拭弹子，一边说："我要能打出那么多，真的就高兴死了。去别家打，能大赚一笔呢。"

"大家都是同行，怎么能破坏别人的生意呢？话说别的店可能出不来这么多。咱们店每天都经他手，都跟他一样是个厉害的活物……机器说到底，还是取决于用的人。"

"就像我们一样？"

"机器更听话。他可是调整机器的专家。每天观察客人的脸色，把出弹子的频率调整到刚刚好的程度。"

"能调整得那么好啊……可是就算机器能出来弹子，如果客人技术不高明，岂不是也出不来？"

"马上税金就要正式公布了，过了正月就别让机器弹出太多弹子了，老板娘这样安顿过。"

店员在一旁窃窃私语，富佐子来到她们身边，对其中一个店员说："我来帮你们。"

那人抬起头来，看着富佐子说："哎呀，富佐子，你的脸色真温柔啊，眼里好像有火在烧。"

富佐子垂下了眼帘。

"看上去很开心嘛！发生了什么好事？"

店员们擦拭完弹子就回去了。富佐子给入口的玻璃门上了锁，关掉了外面的灯。

"后门也锁上，再煮个茶吧。"洋一一边弹着弹子，一边对富佐子说道。

"老板娘……还没回来。"

"她不回来了。"

富佐子听了，心里不由得一惊，问道："为什么？"

"她今晚不回来。"洋一不高兴地说道，声音里充满了震慑。

"后门也要关？"富佐子战战兢兢地问道。

"这不是废话吗?！我妈叫我注意关紧门窗后才走的。"

"她去哪儿了？"

"T 町的新店今天开业，当然是去那边住了。"

富佐子知道 T 町要开新店，但没听说就是今天。因为老板娘在告诉店员们的时候，富佐子去了义三家。她没想到，今夜要和洋一单独待在这里。

店里只剩下自己和洋一，这对富佐子来说是一个意外事件。她很担心，心里难受极了。至于究竟是在担心什么、哪里有危险，富佐子不清楚，她只是本能地感到恐惧，一种不同寻常的恐惧。两个人一起过夜，迎接清晨，她只是对这件事抱有一种近乎洁癖的厌恶。自己尚且无法忍受，为了义三更是不能让此事发生。

"你做什么呢？结束之后，一起喝个茶吧？"洋一回过头来，对她说，"天这么冷，一起吃个中华荞麦面？烤猪肉的馄饨怎么样？"

洋一大步流星地走到富佐子身旁，富佐子皱着眉头，目光闪烁地看着他。

洋一有些犯怵地说："眼睛可真厉害，像在专心祈祷什么似的。"他说罢，就转过身子，用手指拨弄起身边的一台机器来，弹子哗啦哗啦地弹了出来。

　　富佐子突然走了出去，把洗涤槽一角放着的茶叶渣拿到外面的垃圾堆里。天上星光闪烁着。她在外面静静地站了一会儿，听着洋一打弹子的声响，从外面轻轻地关上了后门。把手放在头上，向上拢了拢头发，蹑手蹑脚地离开这里，顺着路边的房檐下小跑而去。

十二点的宿舍

义三投宿的宿舍里都是学生，无一例外。眼下正是新学期伊始，处处洋溢着闲适的气息，甚至还能听见搓麻将牌的声响、单调的单簧管声、年轻女子的笑声等。

富佐子离开之后，义三很晚才吃了晚饭。至于吃了什么、是什么味道，义三全然不知。学习无法投入，翻看借来的杂志上刊登的小说也读不进去。

他真想到街上暴走，或者跟谁闲聊一整夜！

富佐子交与他保管的尼龙钱包就放在他的膝上。里面放了多少呢？富佐子虽然拜托他保管，却没有告诉他金额，义三也没有过问。真奇怪！义三想去数一数，可转而感到内疚，似乎那样做就玷污了他们之间的信赖。

富佐子的拜托和自己的接受，本身就是不寻常的事。富佐子冷不防地将其拿出，因此义三想都没想就收下了。回头一想，才觉得这简直是一种不可思议的爱的表达方式。

这是她失去居所的代价，哪怕只是一个简易小屋……义三恍惚间觉得，富佐子变成了尼龙钱包，正坐在他的膝上。他接连吸了好几根烟。

就在这时，敲门声响起，一个比他低一级的医学生走了进来。

"可以进来吗？"

"请。"义三爽朗地欢迎道。眼下正是他希望与人聊天的时刻。

该学生在不久之后也会变成像义三一样的实习医生。他们念同一所大学，所以他时常会来找义三聊天。

"好久不见呀。"

"我年末的时候生了一场病，后来又回了一趟老家……"

"快要考试了吗？"

"是啊，我如果不放假就没法专心学习……虽然是借口。"

"马上要放假了？真好呀！"

"不过是不用签到那种程度的自由而已。"

"你只在现在的医院里实习吗？"

"现在这家医院里有全科，但没有精神病科……我在内科时间最长，接下来要去 M 医院的精神病科，结束之后就放假了。"

"实习日程从一开始就定好了吗？"

"可以这么说。哪所大学都一样，实习医生就像旋转的灯笼，到处都得走一走。有人最初分在精神病科，也有像我一样最后去的，还有人最初分在保健所。"

"学生里头对实习制度的抵制声很高啊……"

"因为要延长一年嘛……对我这种穷人来说，确实挺困难的。而且又多了一门考试。"

"栗田学长，你实际经历后觉得怎么样？"

"就我自己的经验而言，比起在学校学习基础知识，我觉得实习的时候搞临床更有意思。能学到很多，又不用记笔记，因为考试也是临床知识更多嘛，所以有过实习经验的人应该更有优势吧。战争前不也是从学校毕业后不能马上从事临床吗？"

"可是，实习的时候去不同的地方，学习到的知识不就会因医院不同而产生很大差别吗？"

"怎么说呢，实习医生是学生，三分之一又是医生，也就是走入社会的人，通过患者我们也能看到人生百态。就是说，就算是没有心怀医生哲学的人，也会碰到心态问题的。实习医生中如果有人产生了怀疑和否定，那么他是可以辞职不干的。"

"有人辞职吗？"

"这我倒不知道……"义三打马虎眼道，"科学和人情的比例是很难的问题。实习医生的工作有诱惑，也有堕落……"

"女人的问题？"

"不光是女人的问题。"义三脸红了。

"去年的国家考试听说非常难，也不知道今年会怎么样。"

"谁知道呢。去年听说只合格了三分之二，今年也差不多吧。"

"三分之二？大学毕业后在国家考试中不合格、成不了医生的那三分之一的人该怎么办？真让人悲观！考试这种东西就是给头脑装一把尺子，真是讨厌。而且尺子比考试正确多了，考试就是拼运气。"

"因为考试既不正确又是拼运气，所以哪怕不合格，也能以此来安慰自己吧。"义三的发言很尖锐，"我的想法是，考试就是一个目标，合格了很好。对像我这样的人来说，如果没有考试，就没法专心学习……"

"栗田学长这么有自信，真羡慕你。"

"我要是失败了，会比普通人惨一倍，我只能有自信。"

学生目光稍稍下沉地说："栗田学长，不好意思，你能借我点钱吗？虽然我家里说要给我寄钱，可是开学有很多用钱的地方……"

义三心中咯噔一沉，如果他是因此而来，为什么不早一点把话挑明呢？自己一直把他当作聊天对象来着，真是让人不悦。

"关于钱，我可从来没有自信啊。"义三苦笑着说道。

学生羞赧地说了什么，义三似乎比他更羞赧地表示了拒绝。义三真的没钱，对于即将到来的考试，他甚至买不起参考书。

然而，富佐子的钱包在这里。

莫非他刚才看到了自己把钱包放进怀中的动作？或者，富佐子拜托义三保管钱包的时候被站在门外的他听到了？义三难以想象他是这种狡猾的坏家伙，可是怀中揣着的富佐子的钱包，仿佛是偷来的东西。

学生和义三都为了掩饰尴尬聊起了近来的电影和体育，楼下的时钟缓缓地报了时。

"哎呀，十二点了吗？一不小心就聊得太投入了……"学生在时钟最后的声响中站了起来说，"晚安。"

"晚安。"

学生趿拉着拖鞋走出门外，又转身回头轻呼义三："栗田学长，有客人。外面有人。"

"欸?"义三从门里向外探出了头。

是富佐子。只见她别开了脸，站在走廊里。

借电话

第二天是个风和日丽的好天气。

义三在清晨的阳光下沿着河边往医院走，脑子里全都是刚才在房间里与富佐子分别时的对话。富佐子想送他到这条路上，义三嘴里说着"不行，不行，你得藏起来"，把她推回了房间里。富佐子又把房门打开了一条细缝，露出一只眼睛，唤着义三。

"医生，那个……"

义三回头，又退回走廊里。

"怎么？"

"我不能出房间？"

"不要出比较好。"

"是吗？"

义三注意到富佐子的一只眼睛湿润了，眼皮和眼睑都泛着红。

"对不住，对不住，这也是没办法嘛。那，到时候你就出来吧。"

义三边走边回想，觉得有趣极了，富佐子太可爱了。

昨天晚上十二点多，楼下的主妇已经睡了，因此没有借到寝具。于是，他将一张褥子横放，腿下长度不够的地方铺上坐垫，两床被子也横着摞在一起，上面还盖着义三的大衣和富佐子的上衣。

"我不睡。"富佐子低声说道。

"不行不行，给和男守夜的时候你不是睡得很沉吗？"

"那时候过于悲伤，所以劳累不堪。今天晚上可不一样，我一宿不睡都没事。反而睡着了才是浪费……"然而大概是出于对义三的信任，富佐子在他身边安心无虞，灯一关就睡着了，裙子和袜子都没来得及脱掉。

义三有生以来第一次和亲人以外的女人一起睡觉，还离得这样近，这让他整夜辗转反侧。

富佐子说，她已经不打算再回 Clean Hit 了，等老板娘在店里的时候就回去取她那为数不多的行李。富佐子来投奔义三，这让他很高兴，同时又十分同情她孤苦一身。

义三根本没有想到，刚刚离开的富佐子会在当晚十二点再次到来。莫非自己已经对富佐子产生了责任感？义三这样一想，便受到了震动。他被富佐子那一双燃烧似的美丽双眸深深吸引着，为她那无依无靠、可怜巴巴的模样着迷，他爱富佐子，可是她这样来到义三的房间又似乎有些为时过早。

义三还在接受桃子父亲的资助，如果这就和富佐子开始二人生活，以后该如何是好？桃子很快就要来东京了，如果被她看到富佐子和自己生活在一起，会怎么想？之前虽然就富佐子的事拜托过舅舅，可是二人生活在一起会不会太过分了？舅舅和舅母一定不会原谅他的吧。而且，他的洁癖和男人的自尊心也不允许——义三的爱情欢愉被蒙上了一层阴影。

这天，义三在医院里也是魂不守舍的，同时又渴望赶快结束工作，回到孤苦伶仃、等待自己的富佐子身边。义三已不再是自由之身了。他的心中充斥着喜悦，喉咙里又似乎被什么东西堵着。当他比以往更早地收拾好准备下班时，被小儿科主任叫住了。这位主任与义三已经非常熟悉了。

义三走进药局时，主任正在和义三的同伴们聊天，他突然高兴地微笑道："栗田，你能喝吗？今天晚上给你们开送别会哦，从明天起就不会像以前那样经常见面了。"

民子也在，还有另一个实习女医生。

义三努力不做出失望的表情，但一想到不能回去，在房间里一人枯坐的富佐子的身影就清晰地浮现在眼前。

他们搭乘两辆出租车，花了不到三十分钟就抵达了涩谷的繁华街区，进入一条小巷后，一家料理店就出现在了面前。店里已经为小型宴会做好了准备，大概刚才打电话预约过。

　　义三被一杯接着一杯地劝酒，一会儿是啤酒，一会儿是日本酒。餐食送来后，大家都消停了，可是义三坐立难安。他起身去账台借电话，嘱咐宿舍的主妇道："请你转告我房里的那个人，我有饭局，会晚些时候回去。"

　　"房里的那个人，没有名字吗？"主妇捉弄他，"可以让她来接电话哦。"

　　"不必，不必，请帮我转告。"

　　"栗田，房里的人今晚会住下吗？没关系吗？"

　　"什么没关系？说什么呢？对了，如果你有多余的被褥，可否借我两三天？"

　　"什么？要借被褥？你知不知道宿舍的规定啊？"

　　"知道倒是知道，可我还是想请你帮帮忙。她无家可归，就留她住两三天……给你添麻烦了。"

　　"真拿你没办法呀。"

　　"拜托了！还有，我的晚饭就给她吃吧。"

　　"知道了，知道了！"主妇笑着说，可能还咂了咂舌。

　　义三一放下电话，就陷入了自我厌恶。他那副看轻富佐子、生分的说话语气是怎么回事？这难道就是男人无聊的虚荣吗？为什么不让富佐子来听电话呢？

　　主任那桌似乎已经开始喝酒了，喧闹的谈笑声传到了他的耳中。义三刚要去打开拉门，民子从里面走了出来。民子似乎也喝了一些酒，月牙形的眉毛向上吊着，眼眶湿润地斜眼瞪着义三。

　　"你很奇怪啊，一整天都心不在焉的。今天晚上不醉不归！"她说着，便抓住义三的手，"不醉不归！"

　　义三桌上的食物被移到了不喝酒的学生面前。

　　"我可爱的'孩子'离家出走啦！"

　　义三说罢，那人便回应道："让喝酒的家伙吃简直浪费。"

"交给你了！你可要善待它！"

"啊！我会好好吃掉它的。"学生说着，便把一串猪肉塞到了嘴里。

义三的杯子里、酒盅里总是被斟满酒。

"你们太狠了。"义三边说边喝，昨夜的紧张感似乎得到了释放。他敞开了胸怀，变得浪漫而奔放起来，在心里做起了按照自己的想法去塑造还是少女的、未经雕琢的富佐子的美梦，教育也别有一番乐趣。

所有人都兴致勃勃、欢天喜地地笑着、说着。最先热闹起来的人唱了一首民谣，一首古老到出乎意料的歌——武岛羽衣作词的《花》，接着又唱起《桑塔露琪亚》和《海滨之歌》，到了《黑田节》的时候，有人站起来伴舞。

不知道什么时候，民子走到了义三的左边坐下，之后就没再移动过。坐在义三右边的学生一喝酒就变得悲观起来，说起人生的虚无来滔滔不绝，纠缠着义三。义三不断地用手摸脸，似乎在抹去挂在脸上的蜘蛛网。

"你对这个充满幸福和梦想的人说这些，简直就是找错人了。"民子从义三面前探身出来，对那个学生说道，"你所说的虚无不过是热情不足罢了，不能和大家一起唱歌而已。"

"不敢和大家一起唱歌，这不也是一种很好的虚无吗？"

"这叫醉汉虚无，你不会醉酒大哭吗？"

"嗯，不会。我倒想让社会变得一喝酒就大哭。"

从这家料理店出来后，学生们又去了其他小酒馆，只喝一家不过瘾。不知从什么时候起，一群人只剩下了义三和民子。

没办法

在没有开灯的车里，民子盯着义三的脸，温柔地叹息一声道："真拿你没办法啊！"

义三醉醺醺地说："看来确实是这样。刚才也有人这么说。"

"谁说的？"

"忘了。"

"你可别糊弄我。快告诉我！"

"算了。我自己回去。"

"你醉成这样，能自己回去吗？我的表亲就是因为喝醉了酒摔倒在路上，受了伤。我送你吧，谁叫你是我可爱的患者呢。"

民子的心意突然刺穿了义三的心。

"今天晚上有姑娘在等我，"义三说，"所以不能让你送我。"

"哦，是吗？"民子震惊得说不出话来，可又轻轻歪了歪脑袋，一副不相信的样子，"等你的那个姑娘是谁啊？那家医院的桃子？"

"桃子？我对你提到过桃子吗？真意外。"

"怎么样，被我猜中了？"

"桃子是个好孩子。我很可爱——啊，不对——她说我很可爱，我有一颗善良的心。可我们是表兄妹，就像亲兄妹一样。如果我的人生出现破局或者身体残疾，那么最后拯救我的人只能是她。无论我再怎么落魄，她都不会对我施以同情，而是沉浸在她自己那有趣、温柔的梦里……"

"真是自作多情。"

"不是的，桃子才不觉得我自作多情。以后我让你见见她。"义三说着，眼前浮现出了那个冒雪来东京帮自己找富佐子的桃子，那个为了不在东京见义三而匆忙地在昨天一早就返乡的桃子，与桃子的兄妹情和对在宿舍里等自己的富佐子的感情一齐涌上心头，"不过等我的人不是桃子。你也认识，就是去年夏天我救的那个落水男孩的姐姐。弟弟去年年底死了，姐姐没有了去处，就来到了我这儿。"

"啊，是吗……"民子佩服似的说道，过了一会儿脸上失去了表情，一言不发，"她喜欢你，你也喜欢她吧？"

义三点了点头。

"今天晚上你真是个大好人，诚实、坦率，你还是稍微喝醉一点好。"民子透过车窗看向外面的街景。

到了国铁车站附近时，义三说："停一下，就把我放在车站前吧。"

"我下车。"

"不用了，你……"

民子迅速地支付了到 N 町的车费，就让司机停车了。

"栗田，刚才的约定别忘了啊！"

"我们约定什么了？我不记得了。"

"真拿你没办法啊！"

义三又听到了这句话。

"从明天开始要去新的医院，九点，我在 M 站等你。第一天上班别迟到，早点去。你自己可说过：'我虽然是个学生，可我精气神大着呢！'"

小小的出租车大大地敞开了车门，民子迅猛地关上了车门，干脆地说了一声"再见"。

义三独自坐在车里，随车摇摆着醉得更厉害了。他晃晃悠悠地走在宿舍的台阶上，四处撞墙，终于摸索着到了自己的房间。

富佐子站在门口迎接他："您怎么了……"

"我回来晚了，你担心了吗？"

"太晚了！我当然……"

"当然什么？"

"我在想自己是不是做了坏事，给您添了麻烦，我好伤心。"

"没有，没有。待在喜欢的人的身边，有什么不好的！"

义三扶着富佐子的肩膀，把鞋子粗暴地丢开。

"您喝醉了。您还会喝酒啊？"

"今天啊，没办法。明天就要去新医院了，现在的医院给开了送别会。对不住啊！"

"哎呀，没什么的。"

义三把大衣和上衣同时脱了下来，裤子也褪了下去，疲惫不堪地穿着内衣就钻进了被窝里。

富佐子眼眶含泪，把义三脱得到处都是的衣物收拾起来。她美丽的双眸像宝石闪烁着。

义三挣扎着睁开垂下的眼帘，问她："你不睡吗？"

"睡。晚安。"

富佐子在义三的枕边行了礼后，便在角落里换上了主妇连同被褥一起借给她的朴素的睡衣。主妇送来晚饭时，表达了自己的意见。她说这里是禁止宿舍之外的人留宿的，还有栗田是个有前途的人。富佐子想起了栗田得到的资助与其说是来自舅舅，其实是来自有婚约的表妹。她关了灯，小心翼翼地钻进了另一边的被窝，拼命地忍着哭声。

这样不行，不可以。富佐子被自己孑然一身的情绪打败了，她想埋头在义三的胸口上睡一觉，却不敢触碰义三的被褥。对贫穷、无依无靠的富佐子来说，光是听着义三醉酒的粗重呼吸声就已经感到无上幸福了。

清晨，义三突然睁开眼睛，发现身旁的被褥叠得整整齐齐。富佐子把小镜子放在桌子上，两手搓摩着脸颊。昨夜她是从 Clean Hit 的后门出来的，因此没有随身携带化妆品。

义三想喝水，又想抽烟。

"现在，几点？"

"八点多一点。"

"啊！糟了！"

义三想起了和民子九点钟在 M 站见面的约定，瞬间从褥子上弹了起来。

今天是去新医院的第一天，他还想剃胡子，不想太邋遢。就在义三匆忙整理的时候，富佐子从楼下端来了早饭。简单的二人份早餐，看来是宿舍主妇的好意。

然而，义三昨夜喝的酒似乎还留在胃里，现在没有一点食欲，甚至没有时间吃饭。

"今天要去新医院了，不能迟到，你自己吃吧。"

"那您会饿的。"

义三匆忙穿上鞋，说："今天会早回来的。"

说罢，就让富佐子依偎在他胸口。富佐子一脸悲伤，她有多孤单，义三是不知道的。

义三急急忙忙向楼梯跑去，富佐子拿着便当包了上来："这个，您忘带了。"

"啊，谢谢！"

富佐子快步走着，跟在义三身后说："我能在您这里等您回来吗？"

"我会早回来的。回来以后得好好拜托一下楼下的主妇，千叶舅舅很快也要搬来了，医院也要开业了……"

义三从私铁换乘国铁，再换乘私铁，才终于抵达了 M 站，一下车就看见民子身穿焦糖色大衣在那里等着。

"你可真慢，我都等三趟车了，你迟到了十五分钟哦。"

"抱歉，抱歉。"

民子没再说什么，迅速向前走去。过了十字路口，正对面就是东京都立 M 医院的立牌。宽阔的场地里有几栋灰色的建筑。民子先走了进去，在挂号处的窗口前弯腰说了些什么。

第一天就在参观中结束了。

没想到有那么多因为大脑有缺陷而受到社会排斥的人，外来就诊患者也很多。而且，在这里，陪同患者的人看上去比患者本人更加痛苦。

冬天的太阳还没落山，义三就和民子一起回家了。他边走边考虑干脆让民子收留富佐子一段时间。一段时间是指到义三国家考试合格之后可以拿到工资的时候，不过这样的要求有些过分了。义三暗暗为自己感到羞耻，接着又思考其他方法。他真想带着富佐子住在一个没有人的童话王国。

民子完全没有提及昨夜发生的事和富佐子的事。

"我搭公交车，这样不用走太多路就能到。"民子在 M 站前干脆利落地与义三告别。民子从昨天晚上起就似乎在表面上割舍了对义三的情感，重新做回了朋友。

老照片

义三似乎没有接收到给了两份早餐的宿舍主妇的好意，就在匆忙之间跑出了家门。

富佐子看着眼前的二人份早餐，只觉得难以下咽。如果只吃一点，义三那份原封不动的话，主妇会怎么想呢？如果两都吃一点，"两人份我吃不了"，这样解释就能被原谅吗？富佐子为自己如此顾虑而感到难为情。在自己原来的简易小屋里，无论过得多么凄惨，都不用为了这些事小心翼翼。

富佐子打开义三和自己碗上的盖子，喝着凉了的味噌汤，差点哭出来。他昨夜和今早都没有在这里用餐，难道是因为自己的到来？富佐子多疑了。

"栗田，有快递。"主妇敲着门说道。

富佐子在听到"快递"之后提心吊胆起来，她总感觉这快递与自己来此地有关。待她取回快递之后，发现是桃子寄来的明信片。富佐子知道不能擅自去看，可又忍不住。

我安全地回来了。后天就会把行李寄出去一部分，听说我父母打算请你去那边的家里看着。又要麻烦你了，我担心会影响你准备考试。

那位怎么样了？代我向她问好哦！我很期待再次见到你。前些日子发生了那种事，这个月没能送到，另外再寄给你。

桃子

富佐子立即意识到"那位"指的就是自己，"没能送到"的一定就是钱了。

富佐子来到这里之前，一直认为义三已经是一个独立的医生了，既没有生活的辛劳，也没有学习的重担。

"不可以。"富佐子自言自语道。今夜待义三回来后，要好生与他谈谈，然后就回到店里去。如果不想在那家店，就到别的地方边工作边等待。她终于明白，自己来投靠义三的行动过于轻率了。从小家境贫寒，还要养育弟弟的富佐子在得知义三接受桃子家的资助时，内心大为震动。

富佐子把桃子寄给义三的明信片放在桌子上，怔怔地坐着。

富佐子没有行李，待在六叠大的房间里无事可做，只有义三攒起来的脏袜子。富佐子把他的袜子和昨天从楼下主妇那里借来的床褥拿去洗衣房了。

这两日天气不错，楼下主妇正端着洗衣盆从洗衣房里出来，她看到富佐子后一脸不可思议地问道："你有肥皂？"

"是的。"

"那是洗脸的肥皂吧？"

"嗯，不过稍微……"

"这可是被褥，只用了一晚上就要洗吗？"主妇打量着富佐子的表情说道。富佐子听了她的话，犹豫起来。她没法告诉主妇自己今天就要回去了。

主妇转过身去洗自己的东西了，过了一会儿，主妇问她："几岁了？"

富佐子没有回应。

"你住在这附近吗？"

"嗯。"

"你家里的人知道你在这里吗？"

"我没有家人……家里只有我自己。"

"你自己？没有父母和兄弟姐妹？"主妇半信半疑地问道，眼睛盯着富佐子，"你和栗田像兄妹，不知道哪里很像。"

消沉的富佐子听了这话，表情突然就明朗了起来。

二人洗完衣物后，就一起端去了二楼的晾衣场。蓝蓝的天上挂着一轮白色的残月，温暖的阳光沁人肌肤。

有一座乱糟糟的小城被一条男子腰带似的黑色的河围绕着，低矮的屋顶对面可以看到车站的站台，站台上有人坐着，有人走来走去，看上去就像是在遥远的舞台上上演的一出戏。刚建好的千叶医院——涂成淡紫色的建筑，呈现出一种与周围的街景不和谐的美感。

"哎呀，听说那是一家医院，真漂亮，"主妇对富佐子说，"把其他建筑都比下去了。"她得意扬扬地说，"听说那是栗田亲戚家建的，只要栗田考试合格，就能在那家医院里工作了，所以现在正是学习的最关键时期。"

富佐子晾晒的东西少，很快就离开了主妇，回到了房间。

回到房间后，发现榻榻米上掉了一张老照片。

"咦？这是怎么回事？"富佐子打扫完出门的时候，地上应该干净得没有一片纸屑才对。富佐子觉得可疑地走上前去，捡起照片。

那是富佐子的父亲在世时拍的照片，富佐子长了一头长长的河童发，自然大方地站在父母中间。她已经不记得那是什么时候了，只知道这张小小的照片在战争的空袭中幸存了下来，一看到照片里一家人幸福的表情，她就觉得高兴。那是富佐子一直以来随身携带的宝贝，几乎是寸步不离。

前天晚上，她把这张照片放在了交给义三保管的钱包里。钱包交给了义三，照片却掉在了榻榻米上，真是不可思议。

小偷

　　富佐子的眼神在义三的桌子上游走。这是一张一侧有三段抽屉，中间有一个大抽屉的结实的桌子。朴素的书挡之间堆积着医学书、笔记本，还有大辞典和七八本文学书，最上面有一面扣着放的小镜子。

　　富佐子的红色尼龙钱包也在桌子上放了一段时间。昨天早上，义三说着"放到这里咯"，就把钱包放进了中间的大抽屉里，富佐子看到了。

　　现在那个抽屉被打开了两寸左右。富佐子预感出事了，于是把整个抽屉都抽开来。抽屉里最先看到的就是钱包，富佐子拉开拉锁，张大了嘴："啊！"

　　果不其然，里面的钱都不见了。

　　富佐子脸上失去了血色，环顾着房间。钥匙仍然插在门内的钥匙孔里，原来自己忘记锁门了。就在自己洗衣服的间隙，有人进来了。

　　富佐子慌了神，来到走廊里。外面没有人，每间屋子都是安安静静的。富佐子跑去管理人的房间，控诉道："小偷……小偷进来了。"

　　"什么？你说小偷？栗田的房间？"管理人摘下老花镜，看着富佐子说。

　　"是，是的，没错。"

　　"丢了什么？"

　　"钱。"

　　"钱？多少钱？"

　　"大约两万五千日元……"

"两万五？真是一大笔钱啊！"管理人吃了一惊，"怎么会有这么多钱……是栗田的吗？"

"不，是我的。"

管理人讶异地问："你的？"

"是的。就在我洗衣服的时候不见的。"

管理人一副不相信的神情。"这就奇怪了。不是你搞错了吗？"

"不是。我就把钱放在这里了。现在是空的！"

富佐子说着，让管理人看了看钱包。这钱包正是贫穷少女会用的钱包。管理人不客气地看了看，继续问道："放在这里的？"

"和照片一起放在里面的。可现在只有照片掉在了房间里，桌子的抽屉也被打开了一条缝。一定是有人进来了。"

"你说有人去过，可是我一直在这儿，我妻子刚出门办事，也没有其他人出入。今天整个宿舍的人应该都不在房间里……"

"可是……"

"这就奇怪了。房间的门一直都没关吗？"

"没锁。"

管理人不情愿地起身走到走廊里。走廊墙上挂着的牌子显示着各房间的住户是否在室，牌子都被翻转了，显出上面红色的文字。只有一户没有翻转。

"咦？户波今天休息吗？"管理人嘟囔着走到他的房门前，拧了一下门把，喊着他的名字。

"不在。他忘记翻牌了。宿舍里没有人，也没人从外面进来，真奇怪啊！这个宿舍楼里还从没发生过丢钱这种麻烦事。"

"可钱确实是丢了。"

"不应该不关门的呀！真的有人进去了吗？"管理人说着，就和富佐子一起走进了栗田的房间。听了富佐子的一通讲述之后，他说："这可真奇怪。那些钱会不会是栗田带着出门了？"

"不可能。"

"你把钱交给栗田保管这件事有人知道吗……你心里有怀疑对象吗？"

"没有。"

"这件事我很想听听看你怀疑的对象。你看这窗户，也进不来人嘛……"

为了让外面的阳光照射进来，窗户大大地敞开着。窗外是一条狭窄的小路，对面就是邻居家的院墙。孩子们正在那里玩耍，狗窝里还拴着一只褐色的狗。

"我虽然也想帮你调查一下，可是首先你不是宿舍的住户，这就很难办，不应该住在这里的人在这里本身就是个大麻烦。作为宿舍管理方，不想借助警察之手。要是说是在这里丢的，那么宿舍里所有人都要受到牵连。而且让一个姑娘留宿在这里，不光是栗田，就连我也会名誉受损。等栗田回来之后，咱们再商量一下吧。"

听管理人的语气，他似乎不是在同情富佐子，而是嫌她丢钱很麻烦，半怀疑半嘲笑地接受了这件事的发生。管理人离开之后，富佐子就像泄气的气球一样萎靡了。明明是理直气壮地去投诉盗窃案件，没想到却被管理人的态度挫伤了士气。

这笔丢了的钱对富佐子来说是一大笔钱，是失去住所的代价。她以前从未拿过两三万这么多的钱。她交给义三保管也是出于这种担心，放在自己的手里不踏实。虽然这一大笔钱是她的，可又完全没有这种实感。再加上这笔钱是义三的舅舅、桃子家给她的钱，富佐子在内心也受到了苛责。如今，比起丢钱，她更害怕的是不知道的人闯入了房间里。就像被看不见的敌人抢走了腿，阴森瘆人。

富佐子锁上门，又关上玻璃窗，在桌子前像石头一样坐了一会儿。她借了义三的铅笔和纸，在上面写道：

非常感谢。我不能在这里再待下去了。这三天的快乐我不会忘记。悲伤的时候我还会回来的。请代我向桃子问好……

　　满眶的眼泪落在纸上，富佐子用指尖把眼泪擦掉，这是她最悲伤的时刻。

寒椿

　　义三走出 M 医院与民子分开后，叹了口气，自言自语似的嘟囔道："唉，有秘密真讨厌。"

　　富佐子来到义三的宿舍这件事虽然对民子来说不是秘密，但是今天的民子什么都没有提起，也没有表现出任何在意的样子。这样一来，反而显得义三小气了，似乎在对民子保密。

　　义三觉得不管在谁面前，自己都不够舒展。自从富佐子来到他宿舍之后，他就开始在意周围人的目光了。他讨厌这样的自己。

　　"这有什么错？没什么需要感到羞耻的。"义三似训斥又似鼓励地对自己说。他从来没想过自己会在这种时候如此懦弱，在人生大事上如此犹豫不决。和不顾一切向自己奔来的富佐子相比，自己又算得了什么？在摇摇晃晃的回程电车上，他的心里又涌现出了想为富佐子付出一切的强烈愿望。

　　眼下不能再让富佐子回到那个令她厌恶的弹子房了。如果能被原谅的话，他想在桃子一家搬到医院来之前就让富佐子留在这里。

　　可是，二人同住在一个房间，今夜也能像昨夜那样守住界线吗？富佐子已经被自己抱过几次了，应该不会拒绝。义三的内心震颤不已。

　　一旦越过那条线，富佐子又会怎样呢？如果再拜托桃子让她留在舅舅的医院里，就太不知廉耻了。而且，富佐子受到异常的惊吓之后，可能会走上弯路也说不定。总之，还是应该温柔地守护着富佐子，重新对她进行教育。

　　义三在 N 站下了电车，把手放进裤子口袋里只摸到了一点钱。他被漂亮的点心店橱窗吸引着走了进去。那是一家最近新开的店。他买到了如同布艺制品般精致的和式点心。橱窗上面放着水仙花。女店员灵巧地用一小片纸包好。义三看着她的手，问道："这种点心叫什么？"

"这种叫'练切'，我正在包的叫'寒椿'。"

"哦，寒椿……"义三拿着点心微笑地走出了点心店，仿佛手里有一个小小的梦想。

外面起风了。

"冬天的风突然就是一阵，真讨厌！"一个与义三擦肩而过的女人说。

义三转身用后背抵挡着寒风，竖起了大衣领子。他抬头看着星空，断了线的风筝挂在电线上，发出咔嚓咔嚓的声响。河边的风冷得刺骨，义三不禁加快了脚步。

"栗田先生,您回来了。"管理人夫妇站在玄关说,"我们在等您。"接着，他们把富佐子丢钱的事告诉义三。

"栗田先生，您真的帮她保管钱了吗？有多少呢？"管理人夫妇追问道。

"我没看具体有多少钱……"

"不知道有多少钱，就帮人保管了吗？又不是旅馆的保险箱……她说啊，有两万五千日元呢，可是看上去又不像有那么多钱的样子。"

"也许真的有。因为钱包很厚，是她房子的拆迁费……"

管理人面带不悦地说："栗田先生，那怎么办？这要是您的钱，我们可以大声宣扬，可如果是她的，那么有可能是她自己弄错了，或者她不小心……"

"那笔钱我确定是有的。"

"栗田先生，您看过钱包里吗？"

"没有。"义三心里挂念着富佐子，于是只说了"先稍等一下"就上了二楼。

房间里没有开灯，富佐子不在。桌子上有富佐子留下的字条。糟了！义三心想，跑了过去。

"你们知道她去哪儿了吗？几点出去的？"义三焦急地问管理

人，还没等到回应就跑了出去。

他径直跑去了 Clean Hit，心急如焚地向态度恶劣的洋一询问，洋一则冷漠地回答："我不知道，她辞职了……"

店里丰腴的老板娘也面带不悦地说："今天她过来了一下，倔强得要命。对别人的好意也不领情，对别人的恩情也不知道感恩。我还挽留了她一下，她竟然头也不回地走了。"

义三也询问了在玻璃窗口里面销售弹子的少女，得知富佐子卖掉了为数不多的行李之后就不知所终了。

义三的脚下失去了力气，瘫软了下去。他觉得自己犯了无法挽回的失误，这失误可能会毁了她的人生。从悔恨的无底洞中又涌上了无限的爱情。

富佐子究竟去哪儿了？

义三红着眼眶把附近的弹子房和咖啡馆都找了一通，他以为富佐子或许会在这些店里寻求工作。

富佐子留给义三的短短的信里没有提到钱的事。这么一想，义三更是领悟了她那短短的离别之词是在多么悲伤的心情下写的。

丢失了珍贵的财产，卖掉仅有的行李又能怎么样？不管怎么说，这都是义三的责任。听了管理人的描述，就知道是有小偷，而且很难找到，他当时又不在房间里，所以很难做出判断。不过，丢钱一事与富佐子出走一事到底有什么关系呢？

义三觉得必须去报案，可是如果钱的主人也不见了，那么警察会如何理解呢？应该同时上报失踪和钱财丢失吗？

义三去了 N 站，看着从刷票口进进出出的人群。他悔恨不已，冰冷的寒气从身体的深处升起。

下次再见到她，绝不让她离开我——然而，富佐子没有再来 N 站。

临近开业

离千叶医院开业的日子不远了。

夹在报纸中的广告纸上印刷着内科、外科、妇产科、病房设施完善等信息，上面还并列着千叶院长及其友人、妇产科主任的名字。

义三退掉了宿舍，搬到了医院里。义三在悔恨和失望中度过了每一天。从那之后，富佐子没有给他来信，他也没有去找。义三无法平静，似乎在等着什么。究竟是谁偷走了富佐子的钱？义三有时会怔怔地望着干净房间里崭新的墙壁陷入沉思。

桃子通过了东京某学校的转学考试，虽然已经开始上课，但似乎没有交到朋友。在家里也总是一副不开心的样子，不知被谁惹到了。

医院开业之前，院长夫妇决定邀请他们的友人等熟人，还有战前东京的一些患者，办一场庆祝酒会。母亲曾建议桃子"让你那位年轻的院长也邀请他的好友来嘛"，可是桃子说"义三可不会被这家医院束缚"，她的表情并没有变得快活起来。

那天，桃子的母亲容光焕发，仿佛回到了年轻的时候，还久违地在宾客面前唱起了歌。

酒会是站立自助餐风格的，宾客们边参观医院的设施和病房，边自由地谈笑风生。

义三和民子也各自邀请了二三好友前来。桃子身穿可爱的粉色晚礼服，在人群中不知什么时候离席了。

民子被义三带着参观医院，边看边说："真厉害！要是自己开医院，就必须是这种规模的才行。在医院上班跟工薪族没什么两样，甚至还不如工薪族，女医生更是如此了。听说就算是大医院，刚入职的也只有六千日元左右。栗田你这可好，真羡慕你！"

民子在国家考试之后要去大学研究室里工作，或许正是出于这种走向社会之后无法过上理想生活的考量，义三这样怀疑。或许，女子更注重眼前。

然而，民子似乎一心记挂着桃子，待她发现看不到桃子时，便问义三："我想和那位可爱的小姐玩，她在做什么？"

义三为了把桃子带来介绍给民子，敲了敲她的房门。只见桃子已经换上了裤子和毛衣，正和柯利长毛犬躺在床上看书。

"你也讨厌这种场合吗？"桃子抬头看着义三，笑着问道。

"你已经换衣服了？"

"穿新衣服会不习惯，从小我就是这样，一穿上新衣服就觉得累。"

"还真没看出来。"

"穿上之前的渴望才是我的乐趣所在。"桃子坐了起来，"不过，那件晚礼服是母亲的设计，跟我想的不一样。"

"我的朋友想见你。"

"男子？女子？"

"女子。"

"那不能把她带过来吗？我不想再穿晚礼服了。"

"桃桃，看来你真的累了啊。"

"我不累。"

"以前你从动物园来到这里的时候还说这里很有趣呢，这一住下来，就不习惯了吗？"

桃子虽然是被当作城市女孩养育长大的，却对城市一无所知。

这个小城虽然看上去是个贫民集中的地方，可是在早晨和傍晚的大马路上随处可见高级车。在倒映出医院酒会霓虹灯的河的对岸，还矗立着昼夜运转的工厂。臭味扑鼻的溶液冒着烟从那里淌出，昏暗的房间里迸射出火花，白天浑身沾满金属粉末的工人们进进出出。

桃子甚至不敢牵着华丽的柯利犬去那里散步。

"你不也是住不习惯这里吗？"桃子反问道，"像个病人似的。

你精神好，我才能好。"

"到了七月，我就有精神了。"

"因为那时候就知道考试成绩了？那样一来，你肯定就会去别的地方了吧？"

"去哪儿……"

"我不知道你去哪儿。你难道不想找富佐子去吗？"

义三没有作答。

"我也想按照自己的想法生活。"

"按照自己的想法生活，这是个幻想。"

"富佐子要是来了我们家，我可是会对你撒娇的哦，像对待真正的哥哥那样……她为什么离开你了呢？"

桃子很少像这样提起富佐子，这令义三感到一种真实的痛，他无法在桃子面前待下去了。

"到底是为什么呢？"义三没有气力地嘟囔着。

"你光顾着想她怎么了，我还想问你怎么了呢。"桃子抱着那只白色的柯利犬，用脸颊蹭着其颈部，说，"露娜是最好的。"

义三站起来迎接民子。桃子看似性格阳光，充满幻想，其实很容易钻牛角尖。淡泊爽朗的民子应该能让她做些改变吧。

民子一走进桃子的房间，就开门见山地问道："桃子，你知道栗田事件吗？"

"哪有什么事件！"义三惊慌失措地回应着。

桃子立马接过了话题："我知道。就是青鸟不见的那件事吧？"

"没错。要是你知道，三个人说也无妨了。"民子从正面看着义三的脸，"桃子也同情他吗？"

"同情谁？栗田，还是那个行踪不明的人？我对这两位都……"

"是吗？我倒是谁也不同情。"民子爽快地说，"不过，看到栗田这样为情所动，我倒是觉得很不错，很喜欢。"

临近春分

医院开业后，比预想中兴隆。看来在小城周边建一座过于气派的医院也不坏。有以前的患者远道而来，还有在工厂里切断手指赶来就诊的人，出诊的病例也不少。

妇产科接待的第一位顾客是一位年轻的少妇，她生了一个男孩。桃子的父亲为了庆祝医院的这件大喜事，请求为婴儿取名。

桃子经常去那间病房里探望，把诸多备选名字一一写在纸上，来找义三商量。义三数了数，说："欸？竟然有十四个！太多了，孩子的母亲该不知道怎么选好了。桃桃要是自己有了孩子，会想上一百多个吧！"

"我不结婚，生不出孩子。"桃子冷不丁地说。

那些备选名字中有一个"桃男"，"桃"取自桃子。

在医院开业之初的紧张日程中，三月三女儿节也过去了。那个放在乡下仓库里的旧人偶没有来到东京。

医院挂号处的小窗旁边贴着一张纸，上边写着："周二下午六点和周六下午两点，本院将实施脑下垂体移植手术。"因此，每当到了周二和周六，来接受手术的患者就会多到影响其他病患的程度。

能分泌激素的小梅干大小的牛脑下垂体前叶被浸泡在青霉素溶液里，从屠宰场直接运到医院里来。将其弄成碎片后进行移植，如果不限制人数，那么就会有不够用的时候。

最先进行移植的是舅舅和舅母。置于培养皿中的用剪刀剪碎的肉片状物质埋在胳膊或者胸部的皮下，光是看着都会觉得野蛮，完全不是文明的现代医学。义三对其是否真正起作用感到怀疑，更对想要重返青春的人如此之多而瞠目结舌。

"垂死的挣扎。年轻，年轻，我明明有用不完的青春……"

一次手术的费用是两千至三千日元不等，那些当场支付现金的人可以说都是生活富裕的人。医院靠这些也能挣钱，可是吸引义三目光的是那些贴在小城电线杆上的用毛笔书写在被雨水浸湿的麦秆纸上的"招募供血者，N 医疗 CLUB"。

"我住在新建医院漂亮的房间里，虽说生活无虞，但是跟那些卖血的人没什么区别。富佐子或许也在某些地方干着卖血的事，或是类似卖血的事……"

义三想，考试合格后的第一件事，就是为富佐子赚回那笔丢失的钱，哪怕要花上两三年。

周二接受手术的人会在周六来拆线，周六做手术的人会在周二来……就这样，医院里因为脑下垂体的手术而忙得人手不够，义三也穿上了白大褂，当起了舅舅的助手。

Clean Hit 的老板娘也来做手术，据她说是为了减肥。义三见了，在手术结束后从护士的手里接过了睡觉用的镇静剂，走到她身边，说："打扰了，我想问一下，在你的店里上班的富佐子，你完全不知道她去哪儿了吗？"

"哎呀，您是这儿的医生？"老板娘看到义三后大吃一惊，与上次他去她店里时对他的态度也不同了，"稍等，让我想一下。她之前是半夜里突然不见的，后来突然回来拿走行李卖掉了……走的时候，好像说哪儿有亲戚……和她的名字很像，好像是叫什么Fusa[1]，立川方向的 Fusa。"

"只有这些？"

"因为那地名跟她的名字差不多，所以我才记下的。"老板娘说着，便把大拇指弯曲着放到义三的眼前，"医生，您也玩这个吗？欢迎您来，下次我给您优惠。"

---

1 "富佐子"的读音是 Fusako。位于东京西部的立川有一个名叫"福生"的地方，读音是 Fusa。

　　义三苦笑着说："弹子玩多了，大拇指就不会弯曲了，有的患者还得接受小手术。院长也觉得不可思议。"

　　义三迅速地购买了地图寻找 Fusa。是福生吗？去了福生，就能找到富佐子吗？

　　富佐子在字条上写着"悲伤的时候我还会回来的"，她那燃烧似的目光大概还没有悲伤到要回来的地步吧。

　　进入三月之后，下了两三次雨夹雪。临近春分，寒气渐薄。桃子已经放春假了。

落花

樱花开了，又很快凋零了。有时风大得可以撼动大树。

五月一日、二日、三日的国家考试临近了。民子闭门的时间也长了起来，可这段时间她不只是在埋头用功。

"有人说，男女的学习方法有别……"她想起大学的时候听别人说起的这句话，于是自言自语道。

民子写得一手漂亮的钢笔字，她会记好笔记，再背下来。在旁人看来，她确实是在用功学习。有些偷懒的男学生借了民子的笔记，半是感叹半是轻蔑地说："男女有别……"

可是，现在的民子在整理和摘抄漂亮的笔记的时候，心去了其他地方。最不应该看到的是在 N 町的附属医院里实习时所做的笔记。

"这时候，栗田在……"这么想着，义三的脸就会出现在她的脑海里。

在 M 医院里，因爱情而生病的女性患者明显较多，民子感到很惊讶。她继而调查了男性患者的人数，结果与女性患者简直不可相提并论。民子立即就这个话题与义三分享。

"我觉得我明白了为什么女子无法好好学习和工作。"

"我不认为一定是男子在爱情中更绝情。只是因为女子不擅长应付爱情以外的生活。"

"男子会将爱情、学业、工作分开。"

"怎么说呢……难道不是因为男子在这方面的忍耐训练更多吗？无论是从社会的角度，还是传统……"

"不管你怎么说，吃爱情的苦的男子就是少数。"

"可是因爱杀人的还是男子更多吧？"

"你也会因爱杀人吗？"

"嗯，我不会杀人的。"

"我可能会杀人。"

义三似乎大吃一惊地扭头看着民子："别胡思乱想。你可能杀人？你可是医生。"

当时的自己是一副什么样的表情——民子后来反复想起。民子从身边的哥嫂婚姻中就看到了麻烦的爱情问题。哥哥近来回家总是很晚，就连周日也会找借口离开家。嫂子嘴上说着"男人不在，女人才轻松"，民子却明显发现了她的变化：化妆越来越浓，对孩子们也时常情绪化。哥哥也是，在家的时候一与嫂子节子发生不愉快，就会朝民子的房间呼喊："民子，来喝茶。"民子就像哥嫂之间的缓冲地带。

"民子，你看我们这样，是不是不想结婚了？"老实的嫂子有时会用这样的话来表示对哥哥的抗议，"挺没意思的，当女人。"

节子是个善良的人，面容也姣好，可是哥哥不满足什么呢？民子就算不是节子的朋友，也与节子同为女子。民子和哥哥很小的时候就失去了母亲，继母到来后，又生了两个同父异母的妹妹。哥哥结婚后就继承了父亲的生意，之后父亲也去世了。无论是战前还是战后，家里因为经营着药品公司，所以生活上没有什么障碍。嫂子生了两个女孩，因此，哥哥去了东京都中心附近的店里上班后，家里就是女子的天地了。哥哥在家的时候，大家就玩麻将。哥哥不在的时候，大家就玩花牌之类的。不过，哥哥不在的时候，女子们完全没有了热情，很快就会感到厌倦。

一天，节子突然来到了民子的房间里："民子，不休息会儿吗？"

"休息……我已经把命运交给上天了。"

"民子，文乐你喜欢看吗？母亲似乎不来，票富余了两张，你邀请朋友一起去吧……"

"哦，不过快要考试了，这时候去打扰不太好吧。"

"不能约栗田同学吗？"节子若无其事地说着。

岁末至正月，民子那样照顾栗田，就连节子也觉得不是普通之事。再加上民子经常提到栗田的名字。近来，民子没怎么说起过他，节子想暗暗试探一下民子的心意。

民子因节子突如其来的话而感到慌张。"我想约的不是栗田，而是他可爱的表妹。"民子说出了让自己都震惊的话来，逃也似的走向了放着电话的走廊。

"是桃子吗？我是民子，井上民子。"

"哎呀，是民子姐？"

民子一听到桃子的声音，就兴奋得热血上涌。"你好吗？"

"嗯，我挺好的。"桃子略迟疑地应道，不过她的声音柔柔的、甜甜的、低低的。

"栗田呢……"

"他最近好像一直在用功学习，不过也没有到拼命三郎的程度。我去叫他来吗？"

"不用了，我不找他，我想邀请你去看文乐。你讨厌文乐吗……"

"我？我没看过。什么时候啊？"

"明天下午。"

"明天？我倒是没事，我去问一下我母亲，请稍等……"

桃子像少女一样去问她的母亲了，民子在电话这头等着她。

"喂，喂。"义三的声音传来。

"晚上好……我不找你。"

"听说你要和桃桃去看文乐？这么悠闲，看来考试很有自信嘛。"

"我哪有什么自信……"

不等民子说完，义三就说："考试结束后，我们一起去哪儿玩吧？"

"好啊！"

"你有精神吗？"

"我有啊！"

"怎么回事……听你的声音可没有一点精神。"

给桃子打电话，义三就一定会接吧——虽然民子没有这样具体地考虑过，不过事实如此。瞬间想到要邀请桃子去看文乐，也是想让义三从桃子口中听到些什么吧。

"换桃桃接电话。"义三说。

桃子回到电话旁，就站在他的身后。

"请。"民子简短地应道。

Welcome Fussa!

"Welcome Fussa!"的字上装饰着不会凋谢的人造樱花，在风中发出干燥的声响。

田野中的小路在春天会扬起沙尘，每当有车驶过，人们都得别过脸去站定，等待车辆驶过。

樱桃舞厅所在的小山岗上，樱花树在街灯的光芒之中浮动着绿色的嫩叶，映出深夜的寂静。然而，此刻通常是舞厅内最喧闹的时刻。这家舞厅是驻留美军的专用舞厅，装饰物也显示出了这一点。大厅的天花板上绽放着粉色的人造樱花，红色的提灯里燃烧着火烛。摇摆乐乐队、歌手和舞者的舞台周围围着一圈朱红色栏杆。舞者们的妆面和晚礼服都采用了大胆的原色调，且十分暴露。他们的身上同时存在着颓废和野蛮。

富佐子就是其中一人。她是一个身体僵硬的实习舞者。不知是化了淡妆的缘故，还是穿了翡翠色舞裙的缘故，她看上去苍白无比，就像大花篮里的一株鸭跖草，开着非常小朵的花。她长睫毛下的眼睛里露出燃烧一般的光，令见者沉迷和吃惊。然而客人一旦靠近她，被她的目光注视，就会避开她，转而走到其他舞者面前。

"富佐子，还没有人请你跳舞吗？真没办法呀。"摇摆曲终，加奈子从客人的桌上走来对她说道，顺势拉着她的手让她起来。

"有客人走到你面前时，不要用眼睛瞪。光是用眼睛注视着就很麻烦，你的眼睛实在是太可怕了。"加奈子把手环绕在富佐子的腰间，伴随着音乐的节奏时而靠近、时而分离，两位女子跳了起来。"这不行，你的脸色就像在守夜……"加奈子喝醉了似的说道。

富佐子一听到"守夜"，就情不自禁地想起了和男，脚下一阵无力。

"富佐子！"加奈子用力地抱住她，透过身上的薄衫，心脏的跳动传递给了富佐子，"富佐子，你住在那个年轻医生那儿，还是个姑娘？"

富佐子面红耳赤，眼里有泪光在闪烁。

"要不是的话，在这儿挺好的。他对你做什么了？"

富佐子回答不上来。

加奈子更加粗野豪放地舞动着，说："怎么样，跳跳舞，是不是就高兴一些？"

"没有。"

"大家都很开朗，喜欢热热闹闹的。你就好好享受吧！"

"我总感觉无法放松。"

富佐子的身体被加奈子拥着，紧咬着唇。富佐子来福生投奔伸子、加奈子姐妹俩，只是因为她单纯地依恋人，而且没有其他地方可去。

伸子和加奈子也很亲切，只是与以前相比像变了个人似的。富佐子本无意成为舞女，而是被她们强迫的——虽然不是出于恶意，而是真正的好意。姐妹俩看上去只要每天过得开心有趣就够了，而且存款在增加，外表也更漂亮了。

加奈子放开了富佐子的身体，对她说："你看，帅气的达吉不是在迷恋你吗？他又在看你了。"说罢，就被一个黑人将校伸出的手揽了过去，橘红色的舞裙一摆一摆地滑在地板上面。

达吉就是那个长得像义三的服务生。富佐子独自去寺里埋葬了弟弟之后，在回来的路上见到了他，在来看望加奈子姐妹俩的夜里也看到了他。

达吉在不到二十岁的时候就来到这种地方，周旋于女人之间，因此反而陷入了孤独的境地。虽然他对自己英俊的外貌有着自信，可他总是感觉自己就像被抛弃的刀，时常处在虚无和不得不做点什么的焦虑之中。自从富佐子开始当实习舞女，达吉的目光就一直追随着她，似乎在说："你果然还是被我吸引来了……"每当被他注视，富佐子就会感到痛苦，因为他太像义三了。

然而，达吉仍每天密切地关注着她，似乎在倾诉悲伤。富佐子总是能感受到他的目光，每当二人视线交会时，富佐子就会不由得面红耳赤，身体紧张起来。

富佐子也不是完全没有客人青睐。在被眼球颜色迥异、身穿军服的男人拥着跳舞时，因为语言不通的关系，她总觉得像孤身一人处在一个遥远的世界里。当她感受到达吉的目光后，就会突然变得呼吸急促起来。当达吉的目光移开之后，她又会去想义三。

义三考试通过后，就会成为医生。在淡紫色的河边建筑里，身边有桃子那位温柔可爱的小姐。

"你哪儿都别去，就在这儿等着义三，好吗？"——这是桃子对她说的话。一想起来，富佐子就感到心头一热。

然而，和义三之间的联系已经被自己切断了。她来到了像外国一样的地方，和外国客人一起跳着舞。

"悲伤的时候我还会回来的。"——这是她出走前留给义三的字条上的话，可是她哪有什么不悲伤的日子呢？她想，这点痛苦还回不去。

葫芦花在铁门上盛开着，院子里结着果，被烧过的草坪上孤零零地矗立着小房子……这些都令富佐子感到怀念。如今那里建起了千叶医院。

富佐子经常梦见义三过来带她走，只有在梦里，她才不会悲伤。

待她清醒过来之后，一触碰到达吉的目光就感到心悸。

骑摩托车的人

朝鲜战场与驻日基地的军队更替之后，夜晚的舞厅变得更加繁忙。哪怕是像富佐子这样沉默寡言、不会撒娇、略显僵硬的女子，在夜晚结束时都会累得腿脚无力。

一到十二点，窗帘就被拉上了。乐队和舞者可以回家了，可是大厅一角的舞厅里依然灯火通明，有些舞者要在那儿待上一夜。

富佐子近来经常不等伸子和加奈子就回家。她在更衣室里听着大厅里播放着的像掠过草原的风声般的终曲，脱去舞裙的同时穿上衬裙，在外面穿上黑色的楼梯布质地的半身裙和红色格子衬衣，丝带在胸前打上一个大大的结——不知不觉中，富佐子的打扮也变得像个基地的姑娘了。这也不是她的选择，而是被加奈子强加的。

富佐子听说夜间一个人走路是危险的。然而，除了伸子和加奈子，她几乎不与其他人讲话，也没有朋友，甚至还听到有人议论她"假正经"。这使得她更难融入集体了。渐渐地，她养成了一个习惯，即不和任何人道别就悄悄地从后门溜出去，独自跑着回家。

要是等加奈子她们，不知道会变成什么样。

夜晚潮湿寒冷的空气沁入了她的双臂。再过不久，就是五月了。夜色中，不知从哪里飘来了一股清新的气味。富佐子放慢脚步，当眼睛适应了周围的黑暗，她看见了一株开着白花的树。

这时，山上开来一辆吉普车，富佐子听到有人似乎在呼喊她。吉普车在她前方两三米处停了下来。从车上下来一个高大的士兵，车里似乎还坐着几个女子。富佐子走过去后又回头看，心想会不会是伸子和加奈子。士兵不客气地走了过来，大声说了些什么，就突然将富佐子抱起来，要把她放进车里。

"No，no，no！"富佐子大喊着她唯一会说的否定词，从士兵的腋下挣脱了出来。但士兵用长臂搂着她，没费多大劲就把她抱走了。富佐子就像一只被人捏在手里的小虫子，关进了车里。富佐子浑身颤抖着，眼前一黑，感觉危险在向自己逼近。她拼命地发出呼喊声："不要！不要！救命啊！"直到声音沙哑，再也发不出声音来。

车里的士兵和女人们都像看着什么有趣的活物一样大笑着。她们果然是伸子和加奈子，可她们为什么什么都不说、什么都不做呢？富佐子感到诧异。富佐子抽泣着说："加奈子，帮帮我，我不想，让我回去吧！伸子！"富佐子在狭窄的车座里拼尽全力地反抗着，吉普车晃了起来。

"危险！富佐子！"加奈子说着，就探身按住富佐子的肩膀。

"别动，坐好了。"

"让我下车，我要下车。"

"没事的，就是去玩一下。"

见富佐子似要跳车，车子加速了。在黑暗的野路上不知行驶了多久，一辆摩托车飞也似的追了上来。与吉普车并行后，传来了"喂！停下！再不停，我就撞了！"的制止声，并从吉普车的前方斜插进来，挡住了吉普车的去路。

就在富佐子即将跳车的瞬间，士兵单手抓住了她。这时，吉普车突然歪了一下，撞了摩托车。摩托车被撞倒在了路上。

"啊！"

女人们捂住了脸。吉普车在猛烈的撞击下停了下来。摩托车上的男子站起来，大喊一声："富佐子！"他站到富佐子的面前，突然用手抓着高大士兵的前胸说："Never[1]！"

士兵看着面前凶狠的男人，退缩了。

---

1 绝不。——编者注

"她是我的 wife[1]，不是你的 girl[2]！"

富佐子从车上滑到了路面上。

"达吉真勇敢！太帅了！"加奈子说。

富佐子只顾自己拼命地逃走了，当她听到吉普车发动的声响后，突然清醒了过来。救了自己的达吉怎么样了？周围寂静得瘆人。富佐子小心翼翼地折返，见达吉跌倒在地，她浑身发抖，在达吉的身旁蹲了下来。

"达吉！达吉！你怎么样？"

"没事！不就是一条命嘛，不足惜。"达吉抓着富佐子的肩膀想站起来，却又因为疼痛喊了出来，"啊，疼！真疼！"

"富佐子，摩托车在吗？在哪儿？"达吉扶起摩托车，发动引擎，"没问题，还能骑。富佐子，坐后面！"

"能行吗？"

"能行，你从后面抓紧。"

摩托车疾驶起来，达吉和富佐子都没有说话。富佐子抱着达吉的腰，散乱的头发也没整理。

返回舞厅后门，富佐子胆怯地用肩膀将门打开。在灯光下看到达吉满脸是血，富佐子的脸色苍白了，声音颤抖地说："去看医生吧？"

达吉用眼神制止了她，似乎在说"别吵"。接着，达吉打开洗脸池的水龙头，不停地洗脸，让自己冷静。冲洗掉血泥混合物之后，耳朵上的裂伤显露出来，伤口已经变紫发肿。富佐子站在他的身后，不知所措。

舞厅里和刚才一样，有的舞者正在边换衣服边聊天，但是没有人注意到他们。

---

1 妻子。——编者注
2 女孩。——编者注

达吉回过头来说："你和别人一起回去吧。"

富佐子摇了摇头，关上了水龙头，拧了拧毛巾，然后递给了达吉。毛巾上沾着血，富佐子努力搓洗了一遍。

达吉一瘸一拐地向位于事务室后面的房间走去，对跟在他身后的富佐子说："你回去吧。"

这是一个只有列车一等卧铺那么狭小的房间，只有一面墙上有个小窗。达吉从小抽屉里取出红汞和曼秀雷敦薄荷软膏。他的胳膊看起来疼得厉害，而且站都站不住，一只手撑着坐在了床边，老实地歪着头，让富佐子给耳朵上的伤口涂红汞。

"疼吗？"

"哪有不疼的伤？"

"这样就行吗？"

"没事，就是有点头晕想吐。应该是从摩托车上掉下来受的伤，头是那个大兵用什么东西砸了一下。"达吉说着，摸了摸头，"这儿鼓了个包。"

"对不起。他们下手真重。"

"没办法，我要是他，肯定也会大打出手的。"

"男人真可怕。"

"是啊，可怕。"达吉一本正经地应道。

"不过，你要对这儿的人保密。他们闲言碎语太多。"

"我？可是，你要缠绷带的话，别人一看就知道。"

"我会说是跟别人打架了。"

"还是尽早去看医生吧，会留下伤疤的。"

"没事，也没有打在正脸……而且有了伤疤还会显得厉害一些。比起去医院，我更想在这儿待着。要是留了疤，以后看见疤就会想起今天。"

清晨的木莲

　　"我有个弟弟，我以前经常给他涂红汞。"富佐子回忆起了往事。弟弟掉到那条脏河里，哭着回了家，她就给他的某个部位涂了红汞。"他为什么总是会掉进河里呢……"

　　"我也是你的弟弟？"

　　"怎么可能。"

　　"你工作是为了这个弟弟和你母亲吗？"

　　"他们都死了。"

　　"哦。那你为什么来这儿？"

　　"是我拜托加奈子的。"

　　"这儿……不适合你吧？"达吉说着，就把鞋胡乱一脱躺在了床上。他紧皱着眉，似乎胳膊和脚脖子都发疼了。

　　"那个桌子下面有瓶樱桃白兰地，还有杯子。你倒上，坐在那边的椅子上喝喝看。"

　　"我喝酒？"

　　"你照照镜子，看看自己的脸色。我抽支烟……啊，打火机好像掉了。"

　　富佐子把火柴靠近，为达吉点烟。白兰地喝着甜，可进到肚里就像火一样热。不过，富佐子兴奋地说："我一直认为自己不会喝酒，没想到可以。虽然有点发烧，不过挺好喝的。我能再喝一杯吗？"

　　"行倒是行，不过甜酒喝醉是会痛苦的。"

　　"那个，大哥，你睡吧。天亮后我就能自己回去了。"

　　富佐子不能像加奈子她们那样称呼他"达吉"，直呼"你"又未免不合适。因此，她就喊了一声"大哥"——听起来像在喊陌生人"叔叔"。达吉听了，感觉很是刺耳。

"'大哥'……你是不是也沾染上这儿的不良风气了？"达吉爽朗地微笑着，以此来掩饰内心，"有没有人对你说过不要靠近我，很危险？"

"有。"

"这是真的。我在这儿一个人睡觉的次数屈指可数。"达吉说罢就脸红了。富佐子也跟着红了脸。

达吉为什么要说这些？富佐子感到惊恐、不解，心脏剧烈地跳着。

"富佐子，转过去。我要给腰和其他擦伤部位上些曼秀雷敦。"

富佐子照他的话做了，转了过去。

她想起了弟弟死去的那个夜晚，义三陪自己守夜，可是自己竟然睡了过去，为什么那么困呢？还有，在义三宿舍的那个夜晚……富佐子现在回想，觉得那时太幼稚了。短短半年里竟然连续发生了这么多意想不到的事。由此看来，从明日往后的漫长岁月岂不是也难以估量？

两三个小时以前，富佐子想都没想过会和达吉说话，反倒是一直躲着他。每当与达吉的目光交会，她都会觉得心跳漏了一拍，那是因为他和义三太像了，她又悲伤又害怕。可现在，她坐在达吉的身边才发现，他们只是脸形有一点像，气质完全不同。义三是纯洁的，有男性魅力的；达吉，虽然不能说不洁，但是他的眼周蒙着一层无常的阴影，天真无邪的内核是任性的冷漠，与义三的温情截然不同。在得到义三和达吉的帮助时，富佐子虽然都安心，但却是不同类型的。

不过，达吉是冒着危险和付出牺牲的，也不想从富佐子这里获取什么，只是想让她平安回家。身世坎坷的富佐子感到达吉更为亲近，她不仅没有面对义三时的自卑，甚至还有想去抚慰他的冲动。"好啊！"富佐子不禁在心里呢喃，她心动了，"够不着的地方，我来帮你。"

"不用了。"达吉感叹道，"净是些意想不到的事。自己、人生，真是难以捉摸。"

达吉说出了富佐子的心里话。达吉说完，坐起上半身："一跳一跳地疼，是不是肿了？"

　　富佐子顺着达吉白皙的后背向他腰部望去，或许是他身体前倾的缘故，肋骨和脊骨根根分明。"冷敷一下吧。我去把毛巾打湿。"富佐子说罢，走出房间来到洗脸池前。

　　当她返回时，达吉的眼神十分清冷。

　　"富佐子，快三点了。睡会儿比较好。太累了。"

　　"我一点也不困。倒是你，快睡吧……"

　　这回富佐子说了"你"。

　　"我也不困，就跟被砰地打了一样。要是打麻将，我准能拿到大满贯！"

　　"砰？"

　　"就是兴奋剂。"

　　"大家都喜欢打针，就像得了一种名叫打针的病。加奈子她们也经常打针。我光是想想都觉得讨厌。"

　　"你以前来过一次吧？和那次相比，你瘦多了，只有眼睛越来越有神了。是不是哪儿不舒服？"

　　"我不习惯这里，所以很累。"

　　"看上去以后也习惯不了。"

　　"我来这里之前在弹子房里销售弹子。在喧闹的弹子撞击声中一坐就好久，虽说无聊，却不劳神。"

　　"这儿与你的性格不合。我带你走吧？"

　　富佐子不禁倒抽了一口气。

　　"这样，先坐电车，有多少钱就坐多远。在谁也不认识的小城下车，在那儿工作。我到酒店当服务生，你去生意惨淡的电影院卖票……再有一个两三叠大小的房间。哪怕没钱，身体可得结实！"

　　"要是可以的话当然好。"

　　"当真觉得好？刚来这里的时候，你是不是也说了这种场面话？"

　　富佐子心中一惊。房间的灯光突然暗淡了，富佐子以为是出现了月晕，抬头一看，原来高高的窗外天已经蒙蒙亮了。

"天亮了。"

"让你陪我待了一宿。"

"从今天开始就是五月了。"

"对了，从今天起舞厅要焕然一新了。装饰店的人一早就会来，我得早点起床。真受不了，我得好好睡一觉。"

"我回去了。"

"我送你回家吧。"

"不用了，天已经亮了。"

达吉跟着富佐子走出后门，难得地望着眼前黎明的风景。"这就是五月的早晨啊，也没什么，真没意思。"

昨天晚上富佐子看到的开着白色花朵的树原来是木莲。白色的花朵向着天空，簇簇绽放着。

燕子

"燕子来了。"义三抬头看着 N 站的灯罩,对民子说道。

燕子在四月初就已经来了,只不过义三发现它们是在考试结束的今天。燕子已经筑好了巢,从行人的头顶迅速地低空飞过,让人几乎看不见。

"这是每年都来的燕子吧。"义三停下了脚步,"去年从这儿飞走的燕子如今又带着爱人回来了。"

民子揶揄道:"在成绩公布之前,你就研究鸟吧……"

义三却一脸严肃认真地说:"雪国的人都很珍惜燕子,我从小也是这样。所以看到它们回来,我就安心了。"

"我虽然也觉得很怀念,不过……"

民子没再说下去。对民子来说,N 町既是实习医院所在地,也是义三生活的地方。如果她是义三考完试后带回来的另一半……

今天考试结束后,义三邀请民子到家里做客。桃子母女似乎要为二人举办慰劳宴。

"桃子也叫我去?"民子似乎在问自己,接着又落寞地回答,"桃子真是个好人。"

"好孩子。"义三简短地回应道。

二人沿着河边的路走着。

"我还想去这里的附属医院看看,不过还是成绩公布之后再去比较好吧。"民子说,"我去年那个时候是最有精神的。考完试后,男生就会对未来充满干劲,而女生就会松懈下来,不知道该做什么。"

"你不是说要回大学研究室吗?"

"回去以后呢?"

"那不是你来决定吗?"

"你呢？"

义三沉默了。

"你看，河水变清澈了！"民子惊讶似的说道。

清理河底的护岸工程正在从上游循序而来。二人的脚下都堆满了清理河堤的青草后翻上来的泥土。一个半裸的男子扛着水泥方柱向下游走去。最近，义三每天都能看到这一景象。

"稍微一下雨，水位就会上涨，水势凶猛到根本想象不到这是一条小河。今年在台风来临之前，应该能够完工。将来就不会再出现孩子落水溺死的事了。"

"当时你跳进污浊的河里救人可真勇敢。那真是一个决定人生的决断啊。"

"什么决断不决断的，我当时光顾着救人，一看到孩子被水冲走就只能跑过去跳进河里救他。"

"不过那件事决定了你的命运，没错吧？"

"谁知道呢，不好说。"义三的浓眉覆上了一道阴影。

"还不知道她去哪儿了吗？"

"只知道她在一个叫福生的町里，可我根本不知道这个地方。"

"你不去找她？放弃了？"民子说着，向义三靠近。

"这不是放弃不放弃的问题。我没有放弃爱情的经验，也不想有。只不过，我担心自己的同情心和关心会让她的人生变得一团糟，我也很痛苦。如果我再一次出现在她的面前，她会怎么样？我也不知道该怎么做。日子就这样在迷茫中一天天过去了，我也很绝望。"

"要是一个落水的孩子，你倒是会马上跳进河里去救他……"民子说不下去了，"倒是爱你的女子们都落了水，在水里挣扎呢。"

"一关联到女子的命运，我就觉得可怕。这个世界上有人能让她真的幸福吗？我这样说，可能是因为我的爱情还太浅薄……"

"我觉得不是。"

"爱情不是一个人的冒险。可是就在说这些话的现在，我对她的现状一无所知。无论是爱情还是什么，都不能让世界停止运转，这是我近来的感悟……我从河里救上来的那个孩子最终也没能被我从病魔手中拯救。"义三说着，不知道被什么东西绊了一下，向反方向踉跄了一下。

"危险！"

脚下的路不好走，二人一前一后地向前走去。

前方，桃子正牵着露娜向他们走来。义三和民子向她笑了笑。

可是，桃子似乎没有看到民子，凑近义三的肩头说："你房间的桌子上放着富佐子的信哦。"

间奏曲

桃子领着狗走别的入口，义三径直走去自己的房间，民子则被带到了一个面朝庭院的西式房间里，不知是这家人的起居室还是客厅。

那里已经有客人就座了，是一位民子不认识的中年女性和一个青年，他们正背对钢琴坐在低矮的布椅上。他们看上去像一对母子，穿着都很讲究。

民子的目光无处安放，只好漫不经心地盯着淡紫色的崭新墙壁，心想再过一会儿就好了。淡茶色的窗帘也是崭新的。

桃子的父亲满面笑容地走了进来。

那对母子似乎是桃子家的老相识。母亲好像很担心儿子的身体，在儿子接受完桃子父亲的诊断之后，又念叨了一阵子。

桃子的父亲也适时地向游离在他们谈话之外的民子搭话："考试怎么样？想起我们那时候不用考试就能当医生，真是幸福啊！"

桃子的父亲似乎是在诊疗间隙过来放松的，美美地吸了两口烟之后就被护士叫了回去。他前脚出去，千叶夫人后脚就走了进来。她身穿黑色半身裙和黑白相间的上衣，看上去非常适合她。民子对她很是钦佩。

桃子端来的银盆上放着一个白色小碟，里面是草莓。

"我还以为父亲也在……"

"他真是一刻都闲不下来。"夫人说完，将民子身旁的椅子稍微挪了挪，面向那位身穿和服的女客坐了下来。

二人似乎是老朋友了，只听桃子母亲说道："准和桃子都长这么大了呀，真没想到还能像这样聚在一起，真是像梦一样啊！"

名叫"准"的青年脸上挂着羞涩的微笑，看着桃子。

"义三在干什么呢？"桃子说着，回头看去。桃子的母亲则向他们介绍了民子。

"现在倒是好了，能安静地说说话，真不容易。大家都平安无事吧……"女客说道。

"但是自从我来了东京之后，就完全没有自己的时间了。就像始终站在路的中央，无法静下心来。光是我不擅长的税务问题就已经让我应付不过来了。真想回到桃子这个无忧无虑的年纪再活一回啊！"

"母亲，我这个年纪也不是无忧无虑哦……"桃子抗议道，"而且我们家开医院，医院里哪会来什么健康的客人！为什么会有这么多不健康的人呢？可是一想我自己也不是健健康康、无忧无虑的啊！"

"你说得没错。"女客点了点头，又对桃子母亲说，"你一直都过得平安喜乐，所以可能没有什么变化。战争结束后，我们的生活很困难。这阵子刚刚安定了下来，没想到我丈夫又撒下了我们，男人可真自私。"

青年听母亲的话已经变成了对家庭琐事的抱怨之后，转移了话题。

"桃子的学校是男女共校吗？"

"我在乡下的时候读的是共校，现在的学校是私立女校。"

"哦，你刚转学过来吧。桃子要上大学吗？"

"我还不知道。"桃子看着母亲笑道，"我倒是喜欢音乐，可是声音太细，只能唱歌谣曲，练钢琴也总是偷懒……高中毕业后我打算就游手好闲了。"

"这么可爱的小姐，一个人生活肯定很辛苦。"

民子似乎变成了局外人，一想到要和他们一起吃饭就有些心烦。义三到底在做什么？真希望他快点过来。可没过一会儿，那对母子就准备离开了，说着告辞的话站了起来。

"当女人任何时候都不划算。这孩子也是，这么大了，有事从来不找我丈夫，都是来找我。他一找我要大件东西，我就头疼。说什么要我买摩托车给他。"女客还在断断续续地说着，"今天千叶先生说他很健康，我也就放心了，不过他又要让我买摩托车，一骑上那玩意儿多危险啊！要是桃子愿意和他一起玩，我也就不担心了……"

"让桃子替代摩托车？"

"哎呀，你这人真是一点没变，以前也是这样，抓人话柄让人难堪。"

桃子也出门送客，民子一个人留在了房间里。她望着窗外的鲤鱼旗，正在数数看有几条。

义三一脸忧郁地走了进来。民子似乎在赌气，一句话不说。义三也一言不发。民子终于忍不住开口道："栗田！我还在这儿呢，你到底在干什么？真是憋死我了。"

"啊，我不懂，她的信我完全不知所云。"

"什么？"

"她寄信给我了……"

"你知道她在哪儿了吗？"

义三摇了摇头，两手按压着太阳穴说："我头疼得厉害。"

"是吗？脸色也很不好。栗田，你要是生病了就好了。我更喜欢你当病人，而不是医生。我还会照顾你的。"

义三一脸不解地苦笑道："谢谢。我也觉得生病后被你照顾比较放心。"

"无论什么时候生病，我都会照顾你，你这个病人可真幸运啊！"民子温柔地说道。

"确实，我很幸运。生病的时候依靠你，不光是生病，我总是依赖着你。就像我爱着富佐子时，甚至依赖着桃桃。你和桃桃为什么会让我依靠呢？"

"因为喜欢啊。"

"我甚至也依赖着富佐子的不幸。这叫爱吗？让她丢了一大笔钱是我的责任，而她非但没有责备我，反而自己离家出走了，就像我赶走了她似的。"

"一旦爱了，就会受伤，谁都是这样……"

"我希望自己是个医生，也感恩自己是个医生。可我没能救活她的弟弟，也同样无法拯救她的命运。因为我爱她，所以你和桃桃才同情我？"

"这样说可不对。先不说我，桃子的善意希望你能领会。富佐子的命运无法改变不是因为你，桃子也不是……"民子落泪了，仿佛在说她自己。

"我只能爱一个人。"义三嘟囔着，用手掌抵着额头，"可是，爱不能解决一切。就算是良药，也要根据用法和患者的体质来使用，否则就会变成毒药。同理，要是我让她喝了毒药……"

"那就需要急救措施。"

"没错。"义三沉默了一阵，接着说，"我想成为这个社会里最不幸的那群人的医生。这是她的爱给我的教训。如果我的爱以带给她伤害而结束，那么我只能这样活下去，去弥补。"

"可是还没有结束啊。"

"没有结束，我不觉得爱会结束……"

"她在信里说了什么？"

"我让她受到了异常大的打击，她可能脑子不太清楚了，所以写的信意思不通。她让我过去，却没有写住址。她说有一个濒死的病人，可那病人是她的什么人，我完全不知道。"义三脸色苍白，抬起头来，"你看过她的眼睛吗？"

"嗯，瞥过一眼。"

"她的眼睛正在我的眼前燃烧着。"

民子盯着义三那双激动的眼睛。

摇晃的巢

　　达吉来樱桃舞厅当服务生还不足一年，但凭借着狂野和冷漠之中的天真无邪、媲美女性的敏锐情感，还有那孤独的气质，在舞者和客人中大受欢迎。女人在他面前能感受到同性般的理解，于是会脱下在异性面前的伪装，渐渐被他吸引。明知他不会付出真心，仍然毫不畏惧。总是被他抛弃，也只会感到经受了擦伤程度的伤害。只要达吉在，就不会发生什么大麻烦，真是不可思议。

　　达吉的母亲在他十六岁的时候与一个年纪小的男人同居，从那之后，达吉就陷入了孤单。大概因为他俊美的外貌，他从那时就开始了解女人是怎么一回事，但他从未陷入过爱情，他不相信女人。他从十几岁就开始独立生活，只不过他的独立借助的是他的聪明才智和与罪恶一纸相隔的为虎作伥。

　　达吉没有逃避地倾心于富佐子，虽然他自己没有发觉这是因为他小时候被社会抛弃的命运与富佐子的身世有相似之处。他甚至对与自己有着相似怀念和悲伤的富佐子产生了憧憬，这可以说是他的初恋。达吉怜惜富佐子，想要保护她。他不想打扰富佐子，当然也不允许别人打扰。因此，他听到富佐子的求救声后坐立难安，产生了一种近似自己拯救自己的冲动。

　　前一天夜里，家住在东京的舞厅经理是搭客人的车离开的，他的摩托车就放在舞厅里。达吉将它找出来，在那个时刻派上了用场。

　　这辆摩托车是经理的爱车，是英国产的新款。他要是知道了达吉开着它去撞吉普车，不知道会有多震惊。

　　达吉因为自己受了伤，还要照料富佐子，就忘记了去看摩托车的破损程度。

　　黎明时送走富佐子之后，一股难言的孤寂向达吉袭来。他钻进被窝，睡死了过去，睡姿就像蝉蜕下的壳。当被人粗暴地推醒，他睁开眼发现屋里的灯都亮着，外面不知道什么时候下起了雨，中午已经过去了。

"是你吗？把老子的摩托弄坏的人？"经理那张精力充沛的脸俯视着达吉。

达吉嬉皮笑脸的，一副不在意的样子，狡黠一笑，点了点头。

"怎么回事？挡泥板瘪了，前叉弯了，消音塞也坏了。光修就得花两万左右！"

"我赔。"

"赔？说得倒轻松！"

"吉普车撞的。"

"吉普车？！你这浑蛋！滚出去！不知好歹的东西！服务生要多少有多少！"

经理骂骂咧咧地走了。

"哼，正如我愿！"

达吉转身又钻到了床上。这样一来，他反倒是心里痛快了。他心底里那个带着富佐子离开这儿，去别处流浪的梦又开始动摇了。他闭上眼，又沉沉地睡着了。

富佐子来到舞厅之后大吃一惊，昨夜发生的事已经尽人皆知了。富佐子想去看望达吉，可她又畏惧周遭人的目光。富佐子在舞厅里没看见达吉，心里放不下。

从今天起，舞厅的装饰换成了柳树上的燕子和彩带中闪烁的五彩小灯泡。和着音乐的节奏，灯泡也变幻着颜色，蓝色、粉色、柠檬黄……把整个舞厅都照亮了。

还不到客人多的时候，身穿露背舞裙的加奈子向着富佐子走来。

"你看见达吉没有？"

"没有。"

"你真薄情……听说他被炒鱿鱼了，因为他把经理的摩托车弄坏了……"

"什么？他已经不在这里了？"富佐子内心不安起来。

"他可能在房间里。达吉是个美少年，运气又好，还有男子气概，像昨夜那样……富佐子，你如果喜欢他，可以把他带到家里来。他是住在店里的，一旦被炒鱿鱼连住的地方都没有了。不过，我家也不能长住……"加奈子滔滔不绝地说道。

"你去房间看看他吧！"

"你陪我一起去嘛。"富佐子害怕极了，只好拜托加奈子和自己一起去。

富佐子跟在加奈子的后面走进了达吉的房间。

"怎么了？"加奈子问。

达吉的脸颊红通通的，他说："我睡了一整天，肚子饿瘪了。想了想，自从昨夜吃了饭，到现在还没吃一口。"

加奈子没笑，继续问他："你被炒了？"

"听谁说的？"

"都传开了。"

"没错。或许我应该低下头道歉，不过我没有。"

"打算怎么办？"

"离开这儿。"

富佐子发现他的手提包里放着用报纸包裹着的鞋子。

"你要去哪儿？"

"总有女人会让我待上一两晚吧。"

富佐子听了，脖子像被拍打了一样。达吉盯着富佐子的眼睛，说："我说，富佐子，跟我一起走吧？就我们两个人……"

他的语气就像在开玩笑，逗得加奈子和富佐子都笑了。

"去哪儿？"富佐子问道。

"去你喜欢的地方，或者走到哪儿算哪儿。别看我这样，我可是出去好几次了。明天的事明天再说，我也不清楚。"达吉像个搞恶作剧的儿童，把帽子扣在头上。他炫目的美貌因为有了伤痕，看上去更像个孩子了。

"达吉一个人倒是也可以。"加奈子看了看默不作声的富佐子，以姐姐的口吻说道，"达吉，你来我家吧，就这么定了。"

"去你那儿？你让我住？真的吗？那我今天晚上就过去。"达吉的目光真诚地闪烁着光芒，"富佐子也在你那儿吧？"

舞厅歇业后，伸子和加奈子要去酒吧，富佐子要拉着她们一起回去。

"你们两个回去吧。我们回去了会打扰你们的。富佐子，你可真奇怪。"伸子说。

"不是的。"

"那是怎么回事？"

"我很为难，跟我一起回去吧……"

富佐子并不是对达吉抱有警惕之心，只是她想有人陪着自己。

夜深了，雨还在下。

伸子和加奈子虽然取笑富佐子，却没什么坏心眼，只是一阵喧闹罢了。她们一路上哼着爵士乐步行回到了家。

回去一看，本该先到的达吉并不在。伸子和加奈子都一脸失望。

"怎么回事，富佐子？"

富佐子也回答不上来。

达吉知道要住在这里的时候，明明是那么开心，可他现在去哪儿了呢？一想到有可能去了别的女人那里，富佐子就坐立难安起来。

家里没有多余的寝具给达吉，她们铺床时特意为达吉空出一个角落，三个人挤在一起睡下了。

"不知道他究竟来还是不来。开头就让人这么担心，富佐子以后的日子可不好过咯。"加奈子说。

"富佐子，你有多喜欢他？"

富佐子没有回答。

"别隐瞒了。你不想和喜欢的人像这样一起睡觉吗？"

灯熄灭了，黑暗中的富佐子声音颤抖着说："我喜欢的是一个跟他长得很像的人……"

"哎呀！真的吗？跟达吉长得像的人……"

"哦，原来如此。加奈子，就是那个年轻医生。"姐姐伸子对加奈子说。

"哦，是吗？"加奈子说罢就陷入了沉思。

富佐子始终把义三深藏心中，从来没有对加奈子她们提起过，因此她们对此一无所知。

"富佐子的理想真远大！是单相思吗？所以，你是想让达吉来替代？"

"替代？怎么可能……"富佐子否定道。

伸子翻了个身，接着说："无论是那个医生，还是达吉，都对富佐子很好。不过，那个医生你已经放弃了吧？就是放弃了之后才来这里的，对不对？"

既然这么说，没准也就是这样。富佐子在心里想。

伸子和加奈子都睡着了，富佐子还睡不着。她在等达吉。不过，等到睡意袭来之后，她半梦半醒间似乎在等待义三。浅眠中的富佐子似乎在认真煮饭，那是弟弟死去之后的那个清晨她为义三做的事。等饭终于煮熟了，义三也回去了。富佐子在后面想叫，却没有叫出声来。

"富佐子，富佐子。"达吉在门外喊她。

"来了，欢迎回来。"富佐子噌的一下站起来，心里突然涌上一股热流，"我还以为你出什么事了。"

达吉脱下被雨淋湿的上衣，说："我想着今晚上赚钱来着，结果都输了，运气都跑掉了。我好像只要一想女人的事，就会被赌神讨厌。哎呀，她们姐妹俩已经睡了？"

"既然要住在这里，早点回来才好。"

"我还以为她们还没回来。"达吉说着，低头看了看，"这是伸子吧？女人的睡姿可真不错。大家的脸蛋都像孩子一样。"

"是啊。"

"可怜的人们。睡吧！"达吉脱了衣服和鞋子，只穿着内衣。

富佐子的身体一下子僵硬了起来。

"我睡在这里？"达吉毫无恶意地走到空出来的地方，"啊，我想赚钱。"

"你想要钱的话，我有一些，前天舞厅给我的，给你吧。"

达吉没有作声，抬头看着富佐子。富佐子在达吉的身旁坐着。达吉趴着，点了一根烟。

"你真的别再当舞女了。在那种地方，你会堕落的。"

富佐子点了点头。

明亮的五月

　　第二天早上，雨停了。五月的阳光明晃晃的。虽说是早上，其实已经快到吃午饭的时间了。吃过饭后，达吉就说："我现在要去找东京的朋友们，看有没有什么活可以干，也顺便找找住的地方。"他说着就站起来，"对了，加奈子，我能再回来这里一趟吗？"

　　"当然可以。"加奈子说完，眼睛弯弯地笑着，"达吉，你游说女人的时候总是这样绕圈子吗？"

　　"我啊，虽然嘴臭，却从不游说女人。"

　　"让女人游说你吗？不管怎么说，这事你问我是不是问错人了？你去问问富佐子。"

　　"富佐子，我想让她辞职，不干舞女了。我对她说的只有这个，她不适合这里。"

　　加奈子倒吸了一口气似的不说话了。

　　"我也要改头换面，好好赚钱。富佐子，她应该拥有更好的生活方式。"

　　达吉面向加奈子的梳妆镜，剃了一下唇边的胡子。

　　伸子心平气和地说："你以为是我们把富佐子骗来的？你说要好好赚钱，难不成是要结婚？"

　　"总之，如果世界不善待她，那就由我来保护她。"

　　达吉气势汹汹地走了出去。可就在伸子和加奈子出发去舞厅之前，达吉又一副快累死的模样孤零零地回来了，不过语气倒还算开朗："这个那个都是穷光蛋！我一说因为打架被辞退了，他们反倒让我道歉，再接着干。回来的时候太累了，坐进出租车里和司机聊天，我还想着要不要也去考个驾照开出租车算了。"

　　达吉对加奈子说着这些话，其实是在对富佐子说。他把一盒白色西洋点心放在伸子姐妹俩的面前，以表达他的心意。他似乎连坐着都筋疲力尽，挪了挪身体，无力地说："让我歇会儿。"

加奈子扭过头来问他："你身体不舒服？"

"嗯，有一点。"

"让富佐子照顾你，我们马上要出门了。富佐子，你今天休息吧。"

伸子和加奈子出门后，达吉大概是过于累了，发出轻微的呼吸声睡着了。富佐子为他盖上被子后，因为在他的身边待不住，所以去院子里洗东西了。

富佐子听见他好像在呼唤自己的名字，于是走进了房间。只见达吉痛苦地呻吟着。

"你怎么了？难受？"

达吉从齿缝间挤出的呻吟声听上去痛苦极了。富佐子有一种不祥的预感，她把达吉的头抱在膝间，盯着他的脸。

"嗯……舒服，舒服，舒服，嗯……舒服，舒服……"

达吉露出下齿，干燥的嘴唇间挤出了这样的声音。他已经张不开嘴了。

富佐子跑去找医生，医生马上跟着过来，一见达吉就说："是破伤风。"还说耳朵上面靠近脑袋的地方受的伤让病情恶化了。医生说着，脸上一片愁云。

"救救他！医生！让他好受一点！他看上去太痛苦了……"富佐子手足无措地哭诉道。

"受了伤之后应该打一针预防针。"医生说。

医生给达吉做血清静脉注射的时候，达吉全身上下激烈地痉挛着，富佐子不得不用双手按着他的身体。医生为他注射完强心剂、镇静剂之后，又观察了一阵，说："我叫个护士来再给他打一针强心剂吧。"

"拜托了！"

"不过家里只有你一个人吗？如果有亲属，就都叫过来，一起看护怎么样？"医生的话暗示着死亡。

　　富佐子按照医嘱调暗了灯光，侧头看了看达吉，只见他的脸因痉挛而看上去像在大笑。

　　"活下去！好吗？活下去……我也想保护你，你一定得活下去！"

　　富佐子把脸颊贴在达吉的身上，发出了祷告般的低语。富佐子的眼泪顺着达吉咬紧的牙关流了进去。达吉的胸腹猛烈地起伏着，手脚使劲拧着，伏在他身上的富佐子差点被甩出去。

　　"啊！"富佐子害怕地尖叫一声。她突然想起了义三。义三能救达吉，他一定会帮自己救达吉的。要不要给他发一封电报？

　　"不可以！"富佐子自言自语道。她不能把达吉以外的爱人叫到这里。此时此处她爱着达吉，想让达吉活下去。看着痛苦的达吉，富佐子觉得那就是自己。她头脑一片混沌。她靠在剧烈痉挛着的达吉身上，像说梦话一样呢喃道："活下去，活下去……"

　　护士赶来时，两个人仿佛都患了重病。

　　"还好吗？"

　　富佐子听了，抬起头用呆滞的目光望着护士。护士还以为他们是一对年轻夫妻。

　　"太太，振作一点！"

　　护士说完为达吉号脉，同时准备注射强心剂。

昏暗的房间

阳光明媚的晴天好似初夏，还以为温度会骤然上升的时候，突然就下起雨来，冷得人们只得穿上外套或毛衣。阴晴不定的天气持续了数日。

不论雨天还是晴天，花匠小屋一直没有打开挡雨窗。在与光隔绝、与声隔绝的昏暗的房间里，达吉已经与死神斗争了七天之久。虽然万分痛苦，达吉的意识还是十分清醒的，执着的眼神不断追寻着富佐子。为了他，富佐子也连着几日没有休息了。

伸子和加奈子不忍心，走路的时候小心翼翼地不发出声响，其他时候也尽量不发出大声音。夜里达吉的病情发作起来，使得她们都无法安心休息。然而，富佐子和达吉的样子过于悲惨，而且情况相当紧迫，所以伸子她们也就顾不得考虑这些不便了。

"富佐子，让我稍微代替你一会儿吧。你去睡一下。总是这样的话，你也会病倒的。"加奈子说。

"没错，人的精力有限，就让加奈子代替你照顾一会儿吧。"伸子也从旁劝说。

"富佐子，看你憔悴的，只剩下一双眼睛了。是不是吃不下东西？"加奈子又说。

"可是……"富佐子说不下去了，"我……没事。"

她想说的是"死了也没事"，可是她说不出那个"死"字来。富佐子真心是这样想的。

达吉为了救富佐子而受的伤成了这场大病的根源，这让富佐子内疚不已。悲伤的爱情也深埋于此。看到在痛苦中挣扎着的达吉如此依赖自己，富佐子的母性充分被调动了起来。达吉和自己独自照顾却没能活下来的弟弟和男重叠在一起，充斥着富佐子疲惫的大脑。

富佐子看着达吉，就像看到了和男。她呆呆地抚摸达吉的时候，又把他看成了义三。富佐子的心里波涛汹涌，一刻也无法平静，好似怀揣了一只小鸟，心里七上八下的。

富佐子不停地抚摸着达吉的手腕，否则就一刻也得不到安宁。达吉痛苦的时候，富佐子又打起精神来安抚他、按住他。说是按压，力气小的富佐子不过是被痉挛时扭动的达吉晃来晃去罢了。

达吉的痉挛不断发作，结果头发蓬乱，胡子疯长，颧骨也高高凸起了。

"我有种预感，我照顾的病人都会死。"富佐子从达吉的身边稍微离开，加奈子在她的盘发中插入梳子时，富佐子哭泣着呢喃道，"和男就是……"

那天，达吉难得地从一大早就安安静静的，全身被汗水浸湿，陷入了深沉的睡眠。

富佐子松了一口气，说："啊，看上去他活过来了。"她为达吉擦去脸上的汗水，整理好散乱的头发。随着手上的动作停下来，她紧接着打了一个盹。她把头深深地埋在膝间，枕着加奈子的胳膊躺在榻榻米上，仿佛瞬间被某个东西拉扯着进入了梦乡。

熟睡之中，脑子里浮现出了一个金色的光环，不知是达吉还是义三的黑影在里面出现后又消失了。加奈子轻摇着她，她睁开了眼睛，第一句话就是："啊，有人叫我？"再一看，房间里气氛异样，她心里一沉。

医生来了。达吉还在呻吟，伸子按着达吉的身子，把脸扭向了另一边。

"对不起。"富佐子慌忙走近，看着达吉的脸。

达吉的脸变形了，眼睛大大睁开，眼球像是空的，异常的痉挛让他的全身像被电击了一样。

医生取出胸部的皮下注射针头，毫不避讳患者，说："心脏已经萎缩了。"

　　富佐子心想，恐怕医生是故意说给达吉听的。

　　"今天一整天都没有发作，我还以为他好多了。"加奈子看着医生的脸。

　　"他已经没有意识了。虽然撑了很久……"医生静静地说着，拿起达吉的手腕摸了摸脉，又在胸口注射了一针。然而，在拔针头的时候，周围的皮肤也跟着被拽了上去。

　　在加奈子姐妹俩看来，这一幕就像是把达吉的生命力从他的身体里拔出来了一样。

　　医生继续数着脉搏，过了一会儿，他放开达吉的手，低声宣布道："结束了。"

　　加奈子最先哽咽起来，不断地说道："达吉，达吉，太可怜了，太可怜了。"

　　原本以为达吉只会在这里住上两三日，没想到竟然死在了这里。这给她们带来了很大的麻烦，无常的命运同样捉弄着加奈子她们。

　　送走了医生，伸子打开了挡雨窗。时隔几日，房间里终于射进了光。

　　"北是哪边？"

　　"院子朝南，这样就行。"加奈子说。她们在说死人的枕头方向。

　　达吉的耳朵上方还留着一个小伤口，就是它夺走了一个年轻的生命。达吉死去的面容俊美得像一个温柔的人偶。痛苦也消失不见了。

　　"对不起，对不起。"富佐子似乎忘记了身边的伸子和加奈子，把自己的脸颊贴在达吉脸上，痛苦地说，"是我害死你的！是我……"达吉因自己而死的恐惧让富佐子浑身战栗不止。

　　伸子走到阳光刺眼的外廊，踏了出去，深深地吐出烟圈。

　　"达吉的母亲可真薄情，我们给她打了电报，至少趁还活着的时候来看一眼多好……女人一旦和别的男人好上了，就会忘掉自己的孩子吗？"

　　"人死的过程真是痛苦。虽然活着也不简单……"加奈子说着，不知是对姐姐还是对富佐子。

"生和死都简单，这样想比较容易些。"伸子答道。

"我不想死，死太无聊了。"

"是不是得给死人擦干净了，换上纯白的和服？"

"是的，虽然也有人没有得到这样的对待。为了达吉，我们就把能做的事都做了吧。加奈子，你去买花。不知道这时节有没有姜百合，我喜欢姜百合。我去舞厅把达吉的朋友们聚集起来。加奈子，我们一起出门。"

"富佐子，你去洗把脸，换身衣裳，整理一下自己。等别人来的时候，看到达吉是在漂亮的女朋友的守护下离开的，达吉也一定会安心升天的。他不也总是打扮得漂漂亮亮的吗？"加奈子说罢，伸子也点了点头。

"是的，富佐子也是个不幸的人……但还是打扮得漂亮些为好。"

徘徊

加奈子姐妹俩离开后，富佐子突然从达吉身边走开了。

"好冷，真讨厌。"

挡雨窗大开的院子里充斥着刺眼的白色光线。

富佐子相信达吉能够活过来，所以在达吉与死神斗争的时候，富佐子也在战斗。达吉诉说痛苦时的呻吟和扭动，富佐子都能忍受。然而达吉一变凉，富佐子似乎就失去了正常的心力。

每每看到达吉痛苦的目光，富佐子就会想，如果他死了，自己也会疯掉的，没想到竟成了真。悲惨的母亲死去了，年幼的弟弟也死去了，如今就连短暂爱过且救过自己的达吉也死了……与自己有关的人全都死了。

"栗田……栗田……"富佐子呢喃着，突然站了起来。

"富佐子，怎么了？"加奈子扔掉手里的花，抱住了富佐子，"振作一点！"

"栗田呢？"

"栗田？"加奈子盯着富佐子。

眼下正值花季，加奈子买的花束里有很多种类的花。一束颜色繁多的美丽的花被扔在脚下有一种奇怪的感觉。加奈子把花捡起来，找到一个花瓶，放在了达吉的枕边。

伸子也回来了。加奈子拽着伸子的衣袖，带她走到外廊的角落里说："富佐子有点不对劲。"

"肯定啦。一直陪伴在痛苦的病人身边，病人又死掉了，换作谁也会不对劲的。就连咱俩都不太对劲呢。"

"你说得倒是没错，不过富佐子那一双像火一样的眼睛里面已经不仅仅是光了。"

"想到亲近的人死了，精神上受不了的。"

"姐姐也多注意一下富佐子吧……"

回到房间后，伸子在一个白色的雪花膏瓶子里放上一些灰，插上香。

"这味道真难闻。"富佐子说，"我讨厌香。"

"成佛者就得有成佛者的样子……"伸子讶异地看着富佐子。

"……要给脸上盖一块白布的。"富佐子望着远方，像在寻找什么，"我母亲死的时候，葫芦花开了。我记得给她盖了布，贴上了一张写有'忌中'的纸。"她说着，就把红色的尼龙钱包砰的一下扔在了榻榻米上，"用我的钱……"

"你的钱？"伸子心里一紧，"光是付了医生的出诊费，你已经不剩多少了，不是吗？无论如何，达吉的母亲总会来的吧。如果她不来，大家就一起想办法解决。达吉人好，有很多朋友。有人想来探望，可又顾及你，还有人一听他死了就哭了起来。"伸子说完也吓了一跳，马上去观察富佐子的脸色，可是富佐子依旧在望着远方。伸子提到了达吉的那些女朋友，可富佐子好像没有任何反应。

富佐子究竟在想什么呢？只见她突然走到外廊下站住，似乎在倾听什么声音。

"有乐队的声音。"

"乐队？舞厅的乐队？还不到时间呢。"

"不知道是哪家店里传来的……可能是大甩卖的广告声。"

加奈子也仔细听了听，说："我听不到。"

"是来迎接我的吗？"富佐子说着，就准备往院子里走去。只见她又呆呆地回到了房间，像个小孩一样用剪刀剪了自己的手帕，盖在了达吉的眼睛上。那些白色的小片让达吉看起来更可怜了。

"不是有更好、更新的布吗？加奈子，你去找找……"伸子说。

富佐子突然双手捂脸，大哭着说："是我害死了他，我害死了他！"

沿街奏乐的喧闹的广告声越来越近。"富佐子，富佐子，果然有音乐声。你说得对。"加奈子大声说。

富佐子站起来，仿佛看见了 N 町的拥挤模样，不同商店里乐队和唱片音乐声交织在一起，明亮喧闹。达吉的死似乎被她抛到了脑后。

"我想再见一次……"

"见谁？"加奈子问。

"桃子……"富佐子向脑海中桃子的身影呼唤着。

"富佐子，你说什么呢？"

"桃子……"富佐子又叫了一声。

对富佐子来说，与桃子在 N 町的中国料理店里谈话恐怕让她产生了一种不常有的感动，一直深深地印刻在她的心里。一直过着悲惨贫穷生活的富佐子从来没有被那样温柔地善待过。一身惹人爱怜的滑雪装束的桃子把富佐子当作义三的恋人，从心底里珍惜她。两个女子都互相感受到了灼热的温情。换作富佐子，也会为了桃子而放弃义三的。

当时富佐子没能好好地对桃子说出真心话，身心备受打击的现在，她脑中的盖子仿佛一下被打开了，她有无数的话想对桃子说。

"悲伤的时候我还会回来的……"富佐子在留给义三的信中如此写道，她念到一半就哭了。

"富佐子，你怎么了？睡一会儿吧？"伸子用力地摇晃着富佐子的肩膀，她才猛然从梦境中醒来一般。然而，她的脑子里依然是模糊的，对眼前发生的事一无所知。

"富佐子，你振作起来！达吉死了，我们已经不能承受更多了！"伸子因为一股不祥的预感皱起了眉头。

过了一会儿，舞厅的人们陆陆续续前来探望，伸子姐妹俩忙得七手八脚，没有发现富佐子不见了。

富佐子在福生站买了去往立川的车票，因为她的口袋里只有这么一点钱。她在电车上重重地把额头靠在车窗上，出神地看着窗外的风景。她一心想回到 N 町，正确地在立川下了车，漫无目的地走在陌生的街道上。去东京，去 N 町，去有河的小城……

她突兀地向过往的行人断断续续地问道："东京，走这条路，能到吗？"

"哪条路都能去东京，你要去东京哪里？"一个年轻男子笑着说。他的笑容让富佐子为之倾心。接着，她又无意识地迈开了脚步。直到走到一个明亮的西洋馆前庭，一个美丽的五月花园突然出现在富佐子的眼前，晃得她睁不开眼。她走近低矮的石墙，听到了安静的钢琴声。

"桃子，栗田也在啊。"富佐子出声道，心跳快得整个心都疼痛起来。

富佐子打开了小门，按下了玄关的门铃，对着那头的女人说："我是富佐子，桃子小姐……"

女人被富佐子黑暗星辰般的眼睛吓得不敢直视。"桃子小姐不在这里，你找错了。"说罢便关上了门。

富佐子晃晃悠悠地靠在门上，极度的疲劳使她瘫坐在了门前，失去了意识。

钢琴声停止了，中年女性和她的女儿走了出来。

"她认错人了吧。"

"她这么待着可不行啊。"

"不过她可真漂亮。就是眼睛太厉害了。"

"报警比较好吧。"

"最好是女警，因为是个姑娘嘛……"

"对，对，有一个人虽然不是女警……"中年女性想起了一个人，"就是井上家的那位小姐，她是个女医生吧？"

"民子？"

"是的。让民子小姐过来看看吧，怎么样？如果是精神有问题的病人，她一看就能知道。"

"民子可以，拜托她，她一定会来的。"

庭院的嫩叶

国家考试结束之后，义三一直在等待机会向舅舅表明自己要脱离对舅舅一家生活上的依赖。可终于到了这一天，舅舅反而轻松地接受了。

"你自己出去看看也挺好的。不过考试成绩公布是在一个月后吧，在那之前在我这儿帮帮忙，怎么样？"

舅母也从心里把义三当孩子般对待，听了义三的话后一脸不放心地说："你干吗想得那么复杂？想离开这个家可是危险思想哦。桃子该多寂寞啊！"

虽然桃子最寂寞，但她也是最懂义三心情的。桃子看义三的目光里总是流露出爱的挂念。她能理解义三总有一天会离开自己家，只是从没触及过这个话题，也没有像以前那样缠着义三撒娇。当义三失落、浮躁的时候，桃子总是显出快活的样子，爽朗亲切地对待他。

期中考试临近了，桃子常常把数学和英语作业推给义三。医院周日休诊，所以义三还帮着桃子整理了笔记。桃子来到义三的房间里，一边看笔记本，一边说："义三作为家教还是很厉害的……我得趁着好老师在的时候努力学习……"

义三沉默不语。

"国语也教教我……"桃子说。

"国语？"

"《更级日记》。"

"我不行，我的国语学得不好。不过我倒是有几本不错的《更级日记》参考书。"

"参考书也是囫囵吞枣，过目即忘。一个好家教教教我，我就不会忘了。"

"要是教错了，两个人就都错了。"

"那算了。我午后去买参考书，你陪我去，帮我看看。今天天气不错。"

"这附近就有书店，不过还是去神田比较好。"

"我对东京不大了解。我还记得你带我去动物园的事，之后就是第一次来这个町，又去了你的宿舍。当时这儿还是一片被烧毁的废墟，生锈的铁门上开着葫芦花。"

"葫芦花？"

义三也回忆起来了。葫芦花铁门内杂草丛生，里面的月见草还开了花。富佐子的小屋也在那里。把富佐子从那里赶出去，之后又从Ｎ町赶走的人是谁呢？义三无法忍受在舅舅医院里的安逸生活了。舅舅虽然好心劝他再留一个月，但是为了富佐子，一个月恐怕太久了。义三的心里焦急如焚。如果现在就去福生町找她，如果自己无法独立生活，哪怕是贫穷的生活，就不能让富佐子安心生活。虽然可以拜托桃子让富佐子在舅舅的医院里工作，然而这个想法过于天真。站在从义三的公寓出走的富佐子的立场上，在舅舅的医院里只会感到压抑，或许她还会为了桃子而放弃义三，再次逃跑。

"去完神田的书店后，你带我去哪儿玩吧？"桃子说。

"好啊。去新宿御苑或者皇居的护城河周围散散步吧，那里现在应该是一片绿意盎然。"义三打算在美丽的绿树之下，向桃子倾诉当下的心情，并且向她表达真诚的谢意。

庭院里传来了喧闹的人声。桃子从窗户里探出去半个身子，脸颊上映着嫩叶的影子。眼下是一个花坛，花坛里有一辆德国制造的新款宝马牌摩托车，家人们全都聚集在那里。

"我父亲正想买一辆轻型踏板车或者大摩托车，出诊的时候骑着方便。这些人是来推销的。"桃子说着，就奔了过去，到楼下后呼叫义三，"你也来！"

"怎么样，你对摩托车没兴趣吗？"舅舅也说。

于是，义三走进了庭院里。"我也骑一下试试看，比滑雪简单吧？"

"医生怎么能没有交通工具呢。"

"可是这一带人多拥挤，撞到孩子和别的行人多危险。"

"病人的家大多在小巷里面。"

销售员看着活泼的桃子，邀请她道："小姐，你想坐上来去兜兜风吗？"

"好啊！听上去很好玩。"桃子轻易地答应了。

他们把摩托车卸下来，放在医院下面的路上。桃子身穿羊毛阔腿短裤，身轻如燕地坐上了摩托车后座。

销售员戴上太阳镜和手套，发动引擎，整个医院的人都来目送他们驶去。

"就像坐飞机去美国一样，明明是被不良青年拐走的……"桃子笑道。

"对我来说，销售比拐人更重要哦。"销售员也笑了。

"要去哪儿？"

"从甲州街道去村山的蓄水池怎么样？往返两小时左右……"

"不经过福生町吗？"

"要是想经过，倒是也可以。你想去看看吗？那里有很多接待外国人的舞厅，日本人去了容易害羞。在一个孤零零的小村子里头……"

桃子向义三挥了挥手，摩托车转瞬就不见了踪影。义三的裤子上有一只飞舞的白色蝴蝶停在了上面。义三心想，桃子这一去，忧郁的心情也会放晴吧。

"桃子真是容易兴起，义三，你不在乎吗？"舅母说着，就把两手搭在了义三的肩膀上。

"舅母，"义三红了脸，"我这人只顾自己，不行的。我想一个人过下去，请您原谅我。"

舅母的白脸突然凑近了说："怎么，对这儿的生活有什么不满意？"

"没有，我很满意。只是，我想凭自己的努力在社会上闯荡一番，尝尝挫折的滋味。我不想带着桃子走上这条路。"

"嗯，难以理解。"舅母瞪着大眼睛看着义三，眼中流露出了亲切的感情，让义三不禁目眩。义三垂下了俊秀的眉毛，说："我想请您跟舅舅说说。"

"你舅舅说你是个奇怪的孩子。你打算什么时候走……"

"我想尽早去国立疗养所或者保健所之类的地方工作。我长年承蒙舅舅的关照，现在我毕业了，因为自己也是穷人，所以想为穷人做点什么。在医院里实习的时候也是，来了这儿也是。我切身感受到了穷人是多么需要医生，而且……"义三下决心要把富佐子的事告诉她，于是喘了口气。

"而且，你喜欢上了桃子之外的人？这我知道。人心真是捉摸不定啊。你就按照自己所想的去做吧，这样对谁都好。"义三想说的话被舅母先说了，满脸涨得通红。

"桃子让摩托销售员带她去兜风可不是什么寻常事啊，想必她很孤单吧。"舅母直截了当地说，"桃子和我不一样，她是个心地纯洁的孩子，她不会妨碍你的，所以你就把她当成妹妹看待吧。"

"是。"

"我在嫁来这里之前也有初恋的人，不过桃子的初恋可比我认真多了。我觉得她一时半会儿是结不了婚的。虽然我认为你与桃子结婚是绝对不会不幸福的，不过，我也不打算阻止你去冒险。如果失败了，就还回到桃子身边来吧。她是不会变心的。"

义三低下了头。

"摩托车去哪儿了？那位空想家现在正在想什么？"

工作

义三和民子都通过了国家考试。

民子事先了解了义三想去的工作单位，因此瞒着义三报了同一家医院。义三则如他所愿地进入了国立疗养所。可是民子的第一志愿不是国立疗养所，于是被保健所录取了。本来保健所和疗养所这类机构就很欢迎像义三和民子这样刚结束实习期的年轻医生，因为工资少，也不好出人头地，很多人不喜欢来，所以总是人手不够。

用不了多久，民子就能调整到义三所在的疗养所。民子想在可能的范围内，同义三一起工作。这不仅是她眼下的快乐，也能成为将来的回忆。

桃子在义三离开家时与他约定："周六要回来吃饭！如果你忘了，我就捣乱，吓破你的胆。"

"现在没有牙膏照片大赛了吧？"义三笑着说。

"你总是迷迷糊糊的，我有很多可以捉弄你的地方。"

义三来到疗养所之后，最震惊的就是患者太多、病床不够。贫困和结核病形成一个恶性循环——针对这种情况，义三考虑要尽早研究多种新药和早期治疗的方法。

疗养所位于武藏野的绿化地带，被枫树、杉树、松树等包围着，是一栋朴素的木制建筑。男性病房是以前士兵宿舍的感觉，通道两侧各放着二十张床。只有病情危重的患者才能住进单人病房，而单人病房只有十间。

病房禁止婴儿进入。

重症病患住院楼要注意走廊肃静。

——医院里到处张贴着面向前来探病的人的告示。

有一个肾结核重症患者是在《生活保护法》的保护之下住院的。他生病时间长，义三从没见过他的家人。前些日子，他做了单侧肾脏手术，出院了一阵，后来又复发了。他已经不能再进行手术了，所以只能采用拖延的内科疗法等待死期。最近，他夜尿频繁到了极限，据说所里已经把他恶化的病情通知了家属。

义三在他的病房里查房结束，出来后，一个在疗养所里罕见的穿着时髦华丽的女子从走廊里向这边走来。她身穿黄色连衣裙，手里拎着茶色手提包，浓妆艳抹的脸盯着义三看个不停。

"稍等，稍等一下……"她唤住了义三，"医生，您就是富佐子弟弟死去时在她家里的那位吧？您不在 N 町了吗？我就是之前住在富佐子隔壁的那个。"她大声说着。

义三带她走到了院子里，站在菽草草丛里。

"我今天是来看望哥哥的，医生，我哥哥真的不行了吗？"

"我刚来……你问一下 T 医生吧，不过你还是尽量多来看看他吧。"义三逃避似的应道，目光却盯着富佐子的这位邻居加奈子。

"哥哥果然不行了。"加奈子从义三的话判断道，"他住院很久了，而且我听说新药也研发出来了，还以为他能活下去。"加奈子随意甩动着手里的提包，"哥哥的一生就要在这里落幕了，这是什么事嘛！如果确实没救了，还不如像达吉一样突然地、激烈地死去。医生，你是不是不觉得年轻人的死有什么？"

义三没有回答。

"医生，富佐子拼命照顾的达吉死了。"

"达吉？"义三反问道。他想起了富佐子那封不知所云的电报。

"他长得很像你。"

"像我？"

加奈子凝视着义三，说："虽然也没有特别像，但是富佐子一定觉得你俩很像。因为她总是在达吉身上找你的影子……"

义三的脸颊到脖子忽地紧绷起来，问道："你知道她在哪儿吗？富佐子……"

"她在 M 医院。富佐子身边净是些惨事，身世坎坷。达吉去世后，她的精神也不正常了。"

义三与加奈子告别之后，匆忙赶到了 M 医院。那是他和井上民子最后一起实习的地方。

无论是在电车里，还是走进医院的大门后，义三仿佛什么都看不见，直到差点撞上眼前伸手拦住他的女子，才忽然惊醒。

"栗田。"

"啊！"

"你才来吗？"民子平静地问道，"太迟了。"

"民子？"

"你最重要的人在我这里，我让她住进来的。"

"你？为什么？"

"我也不知道为什么，可能这就是命运。"民子淡淡地微笑道，"我还不能把她还给你。就算你来，也不能见她。不过要是医生，倒是可以……你不是她的医生，而是超越医生的存在。"

义三听了"医生"这个词，稍稍平静了下来："所以呢？"

"她只是一时受了打击，不用太担心……不过她身体很衰弱，在我家附近昏倒了。"

义三紧锁眉头，向民子低下了头。

"栗田，你真是净给人添麻烦啊。我当医生的第一个重病患者就是你和她……"

"对不起。"

"不用。这可能也是我的幸运。"

"谢谢你。"

"谢我还早着呢。"民子看着义三，"我不知道她是否会回到你的身边，她现在钻了牛角尖，觉得自己爱的人都会死。"

"怎么会……"

"事实上没错。先不说她的父亲、她悲惨的母亲和幼小的弟弟，还有舞厅的服务生……服务生是为了救她才受的伤，结果得了破伤风……听说她被你舅舅从医院的地皮上赶走之后，就去了一个名叫福生的地方，投靠了一起被赶走的邻居姐妹，在舞厅上班。"

义三想起了加奈子，说："那对姐妹的哥哥是疗养所的病人。"

"所以你知道了富佐子在这儿？你可得好好照顾她们的哥哥。"

"可是，她们的哥哥已经没救了。"

"是吗？因为穷，所以耽误了？"

"可以这么说，是肾脏的问题。"

"你也是，为什么没在她被伤害之前去抓住她呢？我认为爱情也有关键的时刻。觉得只要爱着，无论何时都能结合的想法是错误的。像她那样无依无靠的女子，你为何就让她在外漂泊呢？"

"对不起。"

"看到你那冲进来的气势，我也不好责备你。你刚才的眼神和她很像，不过让她不顾你的死活回到你的身边也不容易。真是可怜。"民子说着，眼眶里噙满了泪水，"她有时候会像说梦话一样喊着桃子的名字，其实就是在喊你。不过，桃子干脆利落地放弃你，还对她那么好，一是桃子的性格使然，但主要的还是照顾富佐子的感受吧。栗田，你真是个有福气的人啊。"

民子嘴上说着桃子，其实也在说她自己吧。义三的心里堵得难受。

民子换了一副语气问道："你怎么了？"

"嗯？"

"你要进去看看吗？去看看她的情况？"

"好。"

富佐子像火一样燃烧着的眼睛似乎在召唤义三。

"好吗？我倒觉得你不去看她为好，哪怕只是远远地看着。"民子说罢，突然把投向天空的目光移到了义三的身上，一副即将告辞回家的表情。

TOOI TABI / KAWA NO ARU SHITAMACHI NO HANASHI
by KAWABATA Yasunari
Copyright © 1958/1953 The Heirs of KAWABATA Yasunari
All rights reserved.
Originally published in Japan.
Chinese (in simplified character only) translation rights arranged with
The Heirs of KAWABATA Yasunari, Japan
through THE SAKAI AGENCY and BARDON–CHINESE MEDIA AGENCY.

©中南博集天卷文化传媒有限公司。本书版权受法律保护。未经权利人许可，任何人不得以任何方式使用本书包括正文、插图、封面、版式等任何部分内容，违者将受到法律制裁。

著作权合同登记号：图字18-2020-237

图书在版编目（CIP）数据

遥远的旅行 /（日）川端康成著；连子心译. -- 长沙：湖南文艺出版社，2021.4（2022.2重印）

ISBN 978-7-5726-0071-5

Ⅰ. ①遥… Ⅱ. ①川… ②连… Ⅲ. ①中篇小说一小说集一日本一现代 Ⅳ. ①I313.45

中国版本图书馆CIP数据核字（2021）第028960号

上架建议：畅销·日本文学

YAOYUAN DE LÜXING
遥远的旅行

著　　者：	［日］川端康成
译　　者：	连子心
出 版 人：	曾赛丰
责任编辑：	匡杨乐
监　　制：	邢越超
策划编辑：	李彩萍　韩　帅
特约编辑：	汪　璐
版权支持：	金　哲　闫　雪
营销支持：	文刀刀
封面设计：	唐旭&谢丽
版式设计：	李　洁
出　　版：	湖南文艺出版社
	（长沙市雨花区东二环一段508号　邮编：410014）
网　　址：	www.hnwy.net
印　　刷：	三河市中晟雅豪印务有限公司
经　　销：	新华书店
开　　本：	860mm × 1200mm　1/32
字　　数：	256千字
印　　张：	9.5
版　　次：	2021年4月第1版
印　　次：	2022年2月第2次印刷
书　　号：	ISBN 978-7-5726-0071-5
定　　价：	52.00元

若有质量问题，请致电质量监督电话：010-59096394
团购电话：010-59320018

上架建议：畅销·日本文学

ISBN 978-7-5726-0071-5

定价：52.00元